LA BODA DEL SEÑOR CURA

ALBIA NOVA

1

Distribuidor:

ESPASA-CALPE, S. A.
Carretera de Irún, km. 12,200
(Variante de Fuencarral)
Apartado 547
MADRID-34

Dirección telegráfica y cablegráfica: ESPACALPE
Teléfono 734 38 00 (8 líneas)

Fernando Vizcaíno Casas

LA BODA DEL SEÑOR CURA

Novela

SEGUNDA EDICIÓN

EDICIONES ALBIA
BILBAO
1978

Primera edición: Noviembre 1977
Segunda edición: Enero 1978

Ediciones Albia. Novia de Salcedo, 12. Bilbao
Depósito legal: M. 6—1978
ISBN: 84-7436-201-6
Impreso en España
Printed in Spain
Imprime: Concograf
Los Madrazo, 11 (Madrid-14)

A la memoria de
FELIPE ALCALÁ-SANTAELLA,
compañero de colegio

Me importa mucho hacer una aclaración previa. Que nadie piense que con esta novela trato de zaherir a la Iglesia, ni mucho menos a la Compañía de Jesús, de la que fui alumno y de la que guardo (de aquélla de entonces) *un entrañable y agradecido recuerdo.*

Otra cosa es que, justamente por creerme cristiano, sienta la obligación de contar (puesto que también soy escritor) el espectáculo que últimamente nos ofrecen algunos curas. Cuya rectitud de intenciones incluso estoy dispuesto a admitir; pero, cumpliendo sus propias invitaciones a que sigamos el dictado de nuestra conciencia y manifestemos nuestros criterios, sin sujeción a frenos convencionales, uso mi democrático derecho a decir que no estoy conforme con ellos y a dar mi versión sobre sus andanzas y actitudes.

Debo precisar que todos los personajes de esta novela son ficticios. Aunque también advierto que las situaciones básicas del relato han sucedido realmente; lo que yo he hecho ha sido ordenarlas, añadirles ambientación y comentario y, eso sí, acumular en mi protagonista hechos y anécdotas que corresponden, en la realidad, a varias personas.

Téngase en cuenta todo ello por el lector, en evitación de escándalos injustificados o de personalizaciones indebidas.

F. V. C.

PRIMERA PARTE

LA FORMACIÓN

I

El aula era blanca, limpia y un tanto aséptica. Presidía, al fondo, una imagen de la Purísima, muy azul, que estaba colocada sobre una repisa de madera labrada. Por los amplios ventanales entraba un sol tibio, sol de primavera, sol nada convincente. Los colegiales iban todos con su delantal de rayadillo y estaban sentados en los pupitres de manera perfectamente ordenada; que por algo el Padre Subprefecto tenía un plano del aula, donde cada alumno ocupaba un puesto debidamente asignado. El Padre Subprefecto era rubio, joven y llevaba el pelo cortado a cepillo, lo que le daba cierto aspecto de oficial prusiano. Se llamaba Juan; Juan Camí, *Societatis Jesus* (S. J.), o sea, jesuita. Vestía una sotana impecable, con el fajín en posición horizontal perfecta y tenía la costumbre de no quitarse jamás el bonete, aquel curioso bonete cuadrangular con tres planos verticales y curvos.

Era la hora del estudio y el Padre Camí lo aprovechaba para cumplir su diaria obligación de rezar el Breviario. Los muchachos hacían como que repasaban las lecciones y de cuando en cuando, alguno levantaba el brazo y extendía un dedo, lo que quería decir que pedía permiso para «menores» (o sea, hacer pis), ya que cuando los dedos extendidos eran dos, la solicitud alcanzaba superiores exigencias fisiológicas, por tratarse de «mayores», es decir, caca (con perdón). Los servicios estaban al lado mismo del aula y las puertas del retrete (o excusado) no podían cerrarse desde dentro, para evitar así tentaciones pecaminosas solitarias. Aunque hacía tanto frío en los servicios (por culpa de una ventana que estaba siempre abierta) que hasta el juvenil ardor de los alumnos del Colegio de San Tarsicio frenaba sus fogosos instintos.

A las cuatro menos cinco de la tarde, sonaba un timbre y el Padre Camí daba una palmada y todos se ponían en pie y los «jefes de filas» ocupaban su lugar frente a la puerta y los demás alumnos iban saliendo en riguroso orden de sus pupitres y se iniciaba el desfile por el pasillo, hacia las respectivas clases. Todo funcionaba de manera sincrónica, y cuando los de séptimo (que eran los últimos) entraban en su aula, el Padre Subprefecto se quedaba solo y marchaba hacia la Clausura, que estaba en el primer piso y se encerraba en su cuarto, hasta que una hora después tuviese que volver a recoger a los chicos, ya en el recreo. Donde jugaban al fútbol masivamente y algunos se subían en los zancos y los menos paseaban charlando entre el griterío de sus compañeros, que alborotaban de una manera tremenda.

El Padre Camí vigilaba el festejo desde un ángulo del patio y nunca le faltaba compañía; que para eso estaban los pelotas, bien conocidos de todos; los cobistas, que se acercaban al Padre y le daban palique e incluso (que esto era lo malo) se chivaban de las malas acciones de sus compañeros. Los pelotas eran pocos; cuatro o cinco nada más, pero tenían muy mala baba. Y así, Ricardito Vidal le había contado al Padre que su compañero Ernesto Ríos fumaba en el retrete y el Padre le cogió un día «in fraganti» y le castigó el jueves por la tarde, porque se trataba de una falta verdaderamente grave. Y no se diga cuando Alfredito Rueda (otro pelota) se chivó de que Pepe Lloret, con eso de que estaba muy desarrollado y aparentaba más edad de la que tenía, se iba al cine a ver películas clasificadas moralmente como «3-R». Comprobada tan terrible iniquidad, se le puso un «cero» en conducta y sus padres fueron debidamente advertidos de las alarmantes tendencias del muchacho.

El Padre Camí tenía 29 años, había ingresado en la Compañía durante la República, o sea, cuando la Compañía fue disuelta por aquel ominoso régimen y cursó sus estudios en Italia. Estaba pendiente de la llamada «tercera probación»; es decir, que no era todavía sacerdote, aunque esperaba con ilusión el momento, ya cercano, de cantar misa y convertirse en un súbdito entero y fidelísimo de San Ignacio. Sus años italianos le habían dejado un acento muy suave al pronunciar el latín, una clara vocación estética y cierto indisimulable tono fascista en su contemplación del contorno social. Cuando en sus charlas, les recomendaba a los alumnos como norma existencial, lo de «serio et constanter», imprimía a su dicción un inevitable tono mussoliniano.

Quizá por eso, el Padre Rector le había encomendado la gestión de las relaciones del Colegio con el Frente de Juventudes y el Padre Camí, perfectamente acorde con las directrices oficiales de la organización juvenil, formó las centurias de «flechas» y «cadetes» y propició la creación de una banda de cornetas y tambores, que pronto fue conocida y admirada en la ciudad, porque la brillantez de sus acordes era realmente esplendorosa. Se ocupaba también el Padre Camí de la llamada Prefectura de Deportes y logró con su admirable dirección que el equipo de fútbol del Colegio fuese Campeón del Torneo Escolar del F. de J., sin conocer la derrota y con la aquiescencia entusiástica del Padre Rector, que estaba tan enloquecido con los deportistas, que les aprobaba y hasta les daba nota en la clase de Religión (que él impartía) e incluso al capitán, Pepe Navarro, le dejaba fumarse un pitillo en el descanso de los partidos, una vez que el entrenador le aseguró que con ello no mermaba su rendimiento. Y cuando, en el decisivo encuentro con los Escolapios (que los Jesuitas del San Tarcisio ganaron por 2-1), al portero del equipo, Luisito Garzón, le fracturaron la clavícula en un espectacular choque con el delantero-centro contrario, el Padre Rector le acompañó hasta su casa luego de la cura de urgencia y entregó a sus padres al escayolado muchacho con una frase singular:

—Sí, sí; tiene un hueso roto. ¡Pero hemos ganado!

A los señores de Garzón, el triunfo de los blanquinegros (que tales eran los colores del «once» del Colegio) no les compensó nada de la fractura del hueso de su hijo único y hasta doña Angustias, la madre, sufrió una cierta crisis histérica, con llanto intermitente. Pero bien que se ufanaron, semanas más tarde, cuando en la Promulgación de Dignidades del trimestre, su hijo fue nombrado «Príncipe de Religión» y entonces doña Angustias se sintió feliz, colgando del pecho de su retoño la medalla de latón, con ciertas dificultades por culpa de la escayola que le cubría el pecho y entre los entusiastas aplausos de los colegiales que llenaban la parte alta del Salón de Actos, cuya planta baja estaba ocupada por las familias. Y hubo cierto problemilla con el señor Gobernador Civil, ya que su hijo Manolito siempre había sido el «Príncipe de Religión», puesto que sólo el buen Padre Rector era capaz de olvidarse de la burrería del muchacho y distinguirle con una medalla, en bien de las relaciones Iglesia-Estado. Pero se solucionó, merced a la buena disposición del Padre Visús, que accedió a nombrar a Manolito «Príncipe de Cosmología», con lo que se alegró tanto el señor Gobernador, que le regaló al Padre días más tarde una cabeza disecada de jabalí y otra de un ciervo macho, con muchos cuernos (dicho sea respetuosamente), que pasaron a formar parte de la escasa dotación del Museo de Ciencias Naturales del Colegio.

Acabadas las vacaciones de la Semana Santa (los pelotas habían acudido a las funciones litúrgicas del Jueves y Viernes Santo), los alumnos del séptimo entraban en su fase final de bachilleres y lo hacían con un noble entusiasmo, conscientes de su cercana liberación. Estudiaban con especial interés y hasta algunos daban clases particulares de matemáticas, a la salida del Colegio, con el profesor seglar, el señor López Piedra, que era capaz de meterles en la cabeza aquella monstruosidad del «logaritmo neperiano del número e», que se sabía que preguntaban mucho en el Examen de Estado.

Los alumnos de séptimo eran pocos en el curso 48-49. Quince nada más; cinco, internos; tres, externos, y siete, mediopensionistas. La figura del curso se llamaba Arcadio Figueras y en la última Promulgación de Dignidades logró tres «Principados» (en Matemáticas, Física y Química y Griego, nada menos) y además de ser «Brigadier» de los internos, era el Presidente de la Congregación Mayor de la Inmaculada y sus compañeros rumoreaban que acabaría yéndose de jesuita al Noviciado de Veruela, porque el Padre Alonso, que tenía a su cargo el fomento de las vocaciones, le hacía claramente objeto de sus preferencias. Pero Arcadio, a pesar de todo, era un chico muy normal y hasta fumaba algunas veces (a escondidas), aunque, sin lugar a dudas, luego se confesaría de semejante pecado con el Padre Espiritual.

Claro que el Padre Espiritual era lo que se dice un santo y confesarse con él resultaba fácil, ya que nunca hacía preguntas indiscretas ni solicitaba descripciones exhaustivas del pecado cometido, en todas sus fases, como hacían otros Padres. Y por eso los alumnos le visitaban con frecuencia en su habitación y le contaban que por las noches solía entrarles una comezón, al acordarse de la colegiala de Loreto de la que estaban un poco enamorados o, más lujuriosamente, recordando los muslos de Dorothy Lamour, en la película de Bing Crosby y Bob Hope sobre una ruta determinada. Y el Padre Espiritual les hablaba entonces muy dulcemente de San Tarsicio, que daba nombre al Colegio y fue un mártir de la Eucaristía, en la que ellos, que por su corta edad estaban expuestos a la tentación fácil de la carne, encontrarían el sosiego y también les hablaba de San Estanislao de Kostka, ejemplo de pureza.

Pero otros Padres no eran así y estaba, por ejemplo, el Padre López del Bosque, Prefecto de Misiones, que ya se sabía que cuando un colegial se acercaba al confesonario y le decía, entrecortadamente, que la noche anterior había sido víctima de la demoníaca tentación y no había podido resistirse al vicio solitario y había puesto perdida la sábana, comenzaba a inquirir detalles:

—¿Y comenzaste palpándote tus partes húmedas?

—¿Y en qué mujeres lascivas pensabas?

—¿Y te manejabas con la mano derecha o con la izquierda? (Este tema preocupaba mucho al Padre.)

—¿Y te organizabas mentalmente una participación en el festejo pecaminoso o eran otros los que intervenían en él?

—¿Y la mujer aquélla se desnudaba del todo o se quedaba con el liguero y las medias puestas?

—¿Y no había otros muchachos como tú en la horrible orgía de tu cerebro?

—¿Y qué era lo que más te excitaba de todo?

Con el Padre López del Bosque se confesaban muy pocos, como puede suponerse; pero sucedía que los domingos había tanta cola frente al confesonario del Padre Espiritual, que a la fuerza tenían algunos que acudir a otro, porque se acercaba ya el momento de la comunión, y fatalmente, resultaba que sólo el Padre López del Bosque estaba ejerciendo y entonces caían en él, que siempre insistía en que si fue con la mano izquierda o con la derecha y pedía una referencia detallada del montaje mental que había llevado al vil colegial a su horrísono pecado contra el sexto mandamiento. Encima, además de los anatemas morales, el Padre ampliaba su regañina con consideraciones fisiológicas y anticipaba al joven pecador las enfermedades que se le vendrían encima, de persistir en tan deleznable vicio.

—Porque no sólo te saldrán más granos, que ya tienes muchos y por algo se llama granujas a los muchachos como tú; es que este horrísono pecado produce nefastas consecuencias para el organismo y es generador de la tuberculosis galopante y reblandece la médula y afecta al cerebro. Con lo que resulta, ¡oh, desdichado!, que no sólo estás matando tu alma, sino también tu cuerpo.

Entonces, el colegial abandonaba el confesonario hecho polvo y rezaba muy contrito el rosario que le habían impuesto como penitencia (en los misterios de dolor) y en el recreo, cuando jugaba al fútbol, le parecía que estaba mucho peor de facultades que el día anterior. Pero a pesar de todo y como la carne (sobre todo, la joven) es flaca, en cuanto leyendo la revista *Primer Plano* se encontraba con una fotografía de Gene Tierney con las piernas al aire, volvía a excitarse y por la noche le entraba la comezón de nuevo y sin discriminar por el momento cuál era la mano agente del pecado, si la derecha o la izquierda, volvía a las andadas. Pero tenía buen cuidado en confesarse luego con el Padre Espiritual, que sólo le hablaba de San Tarsicio y de San Estanislao de Kostka y le ponía de penitencia tres avemarías.

Por lo demás, el Padre López del Bosque daba la clase de alemán, que tenía muy pocos alumnos en los últimos tiempos, desde que los aliados ganaron la guerra, aunque antes había sido la más nutrida, cuando se pensaba que Hitler acabaría siendo el dueño del mundo. En su labor de Prefecto de Misiones, el Padre llevaba a cabo una intensa labor de proselitismo en favor de la conversión de los paganos y había creado la Juventud Española Misionera (J. E. M.), que publicaba una hoja mensual de propaganda y lanzaba a la calle a sus adheridos cuando se celebraba el Día Universal de las Misiones, con unas huchas muy graciosas, que representaban cabecitas de negros y de indios y de chinitos, a los que había que salvar llevándoles la luz de la verdadera fe, para lo cual hacían falta muchas pesetas.

En la J. E. M. se recogía papel de plata, ya que por lo visto, con mucho papel de plata se salvaban a porrillo almas de infieles y se recogían también sellos de correos, cuya conversión en capital exportable ya resultaba más lógica. Y tenía la J. E. M. un cuadro artístico, que representaba obras de tema misional y que estaba ensayando una, de gran espectacularidad, llamada «Apóstol de Oriente», que se refería a la gloriosa historia de San Francisco Javier, el evangelizador del Japón. Precisamente Arcadio Figueras hacía el papel del santo y trabajaban otros muchos alumnos de sexto y de séptimo y luego, interpretando personajes secundarios, de niños japoneses infieles, colegiales de los primeros cursos, a quienes el Padre atendía con especial cariño y les regalaba caramelos para estimularles en su afición dramática.

Esto de pertenecer al Cuadro Artístico era, en realidad, un enchufe, gracias al cual los «actores» eludían el pesado estudio de la mañana, de doce y media a dos y también, algunos días, el de la tarde, de siete a ocho y además, cuando eran alumnos de alemán, gozaban de una especial benevolencia en las calificaciones del Padre López del Bosque. Había otro buen enchufe en el colegio (aparte del superenchufe de pertenecer al equipo titular de fútbol, pero para eso había que servir), que era la Masa Coral o «Schola Cantorum», como prefería llamarle su director, don Fructuoso, que era un ser angelical vestido de gris, explotado por la Comunidad en un pluriempleo sinfónico tremendo, que le hacía tocar el órgano los domingos, fiestas de guardar y solemnidades litúrgicas especiales, dar clases de solfeo a los exquisitos que las solicitaban, enseñar piano a otra «élite» en la que figuraban varios presuntos herederos de títulos nobiliarios y dirigir la ya citada Masa Coral, formada por treinta y tantos muchachos de diversa edad y también diversas voces, desde los chiquitines que hacían de tiples, hasta los mozos de séptimo, que ya tenían registro de bajos, pasando por barítonos y demás necesarias tesituras.

La «Schola Cantorum» había ganado el Premio de Coros del Frente de Juventudes, cantando con gran brillantez «L'Ampurdá», sardana del maestro Morera (pieza obligada) y como obra de libre elección, el «Coro de repatriados» de la zarzuela «Gigantes y cabezudos». Y todavía, en plan de exhibición y absolutamente fuera de concurso, había ofrecido una versión «sui generis» de la obertura de «Tanhäuser», nada menos, con letra intitulada «Visión de luz» y en adaptación del propio don Fructuoso. El colosal triunfo de los «colegiales cantores» entusiasmó al Padre Rector, porque sumado al título de Campeones Escolares de Fútbol, demostraba la total hegemonía del Colegio de San Tarsicio, de la Compañía de Jesús, sobre los demás centros académicos de la ciudad.

En la «Schola Cantorum», como un barítono más (que desafinaba bastante, hasta el punto de que don Fructuoso llegó a rogarle que se mantuviese callado en los agudos) y también en el Cuadro Artístico, donde aparecía como simple figurante o «extra», que salía con otros nueve «cipayos» en la escena de la detención de San Francisco Javier y solamente decía una frase en toda la obra («falta el anillo»), actuaba Paco Ventura. Paco era un muchacho nada lucido, tenido por medianía en las clases, hijo de gentes campesinas, aunque adineradas, y espantosamente feo. A Paco le llamaban sus compañeros *Chapete,* porque era menudo, canijo y vulgar de apariencia y a él le reventaba mucho el apodo. Pero el apodo hizo fortuna y se extendió, y ya, para los restos, Paco Ventura quedó como *Chapete.* Sobre todo desde aquel día en que el chico decidió protestar por el mote y se fue al despacho del Padre Prefecto para quejarse y llamó con energía a la puerta.

Y se escuchó la voz del superior, que decía:

—Adelante...

Y entró Paco, con toda su indignación a cuestas por el apodo y dispuesto a exigir responsabilidades a quienes se lo aplicaban, y el Padre Prefecto, al verle, le saludó muy cariñosamente, diciendo:

—¡Hola, *Chapete!* ¿Qué te trae por aquí...?

Y él entonces se inventó un pretexto y quedó muy abatido y pensó que nunca podría ya eludir el mote y hasta le tomó cariño, especialmente cuando el Padre López del Bosque le dio un «8» en alemán porque había declinado a la perfección el «dieser, diese, dieses», pero en realidad, porque en el ensayo de la famosa escena de la captura de San Francisco Javier había estado genial, diciendo lo de «falta el anillo» como podría haberlo hecho Rafael Rivelles. Y el Padre aplaudió, a la vez que le felicitaba con un

—¡Bravo, *Chapete...*!

Y él comprendió que era inútil luchar contra lo imposible, porque en definitiva lo que le importaba eran las notas y el darse buena vida, con los pretextos del Cuadro Artístico y la «Schola Cantorum» (donde también don Fructuoso le llamaba por el apodo, pero no le daba de baja a pesar de sus desafinaciones), ya que Paco Ventura era un pragmático, que explotaba su simpatía y su apodo para conseguir evidentes prerrogativas en su vida de colegial interno.

Su amigo íntimo era Ernesto Ríos, huérfano de guerra o dicho más patrióticamente, hijo de caído, ya que a su padre, que tenía un comercio de ultramarinos en el pueblo, atendido por él, su mujer y un aprendiz, le habían dado el paseo cuando la guerra civil, los milicianos del P.S.O.E., por entender que se trataba de un ominoso capitalista. Parece ser que la causa real del asesinato fue que el «responsable» de aquel grupo debía cuarenta y tantos duros en la tienda y aprovechó la oportunidad política para dejar saldada la cuenta. Ernesto tenía cuatro años cuando sucedió aquello, pero lo recordaba perfectamente y de ahí le venía su fervoroso falangismo, que le había merecido el nombramiento de Jefe de la Centuria de Flechas del Colegio. Cargo que desempeñaba con impecable disciplina y había que verle los lunes, en la ceremonia de izar banderas, que se celebraba en el patio central, con qué rigor tiraba de las cuerdas para que fuesen subiendo las tres enseñas nacionales (la rojinegra, la blanca tradicionalista y la rojigualda), mientras los colegiales, formados por Brigadas, cantaban sin mucho entusiasmo el «Cara al sol».

Pero como el sentido patriótico de la existencia no está reñido, ni mucho menos, con la aversión por las lenguas muertas, Ernesto, tan ejemplar políticamente, era el último en la clase de griego y el Padre Durán ya le había advertido que su suspenso sería irremediable, como no consiguiese una puntuación suficiente en los exámenes parciales de abril. Si el suspenso llegaba (y su llegada parecía fatal), no podría Ernesto presentarse al examen de Estado en junio. Toda una tragedia, que el muchacho procuró evitar poniendo en juego su indiscutible inteligencia.

El Padre Durán, además de profesor de griego, era el subprefecto de la Brigada de los Internos y, por tanto, dormía con los colegiales en la misma habitación. Ernesto era alumno interno en la misma Brigada y tras hondas meditaciones, planeó una audaz operación para la que iba a contar con el decidido apoyo de su amigo *Chapete*. El examen decisivo se celebró en la última clase de la tarde; al terminar el Padre Durán recogió los folios que los alumnos habían escrito y se los llevó a la habitación. Ernesto había llenado tres hojas; las había llenado como Dios le dio a entender y, desde luego, nada de lo que allí se decía tenía que ver con la traducción al castellano del capítulo III del «Anabasis», que tal había sido el tema del ejercicio. Llegó la hora de acostarse; las diez de la noche. Se apagó la luz. El Padre Durán pasó revista al dormitorio. Todo estaba en orden y los colegiales roncaban como angelitos (los angelitos que roncan, ya se entiende).

Pero Ernesto y *Chapete* seguían bien despiertos. Aguardaron a que se apagara también la luz de la camarilla del Padre. Dejaron pasar dos horas. Y aún tres, por si las moscas. Cerca de las dos de la madrugada, Ernesto fue de puntillas hacia la camarilla del Padre, mientras Paco le cubría la retirada. Sabía bien el chico dónde estaban amontonados los folios del examen; el buen Padre dormía como un bendito. Temblándole todo el cuerpo, Ernesto encendió una cerilla y fue levantando los folios, hasta encontrar los suyos. Entonces, dio el cambiazo. Porque previamente había escrito otros folios, copiados al pie de la letra de la traducción del «Anabasis» y se trataba de sustituir los malos por los buenos. Lo hizo en un periquete.

Pero, con los nervios, cuando ya regresaba hacia su cama, tropezó con una silla y la silla, al caerse, armó tal estrépito, que el Padre Durán se despertó y encendió la luz y todavía pudo ver a Ernesto, que salía pitando. La «operación cambio» se había frustrado. Pero Ernesto era un muchacho nada propicio al desánimo y mientras se arrebujaba entre las sábanas y comprobaba que el Padre volvía a apagar la luz, estaba ya pensando en la manera de resolver el grave problema creado. Grave, porque además del suspenso, se le podía venir encima un castigo importante; a lo mejor, tres domingos sin salida.

A las siete y media de la mañana, como todos los días, sonó la campanilla y los alumnos se ducharon y se vistieron y bajaron a la capilla, para la misa. Nada más entrar, Ernesto se fue al confesonario donde el Padre Durán impartía el sacramento de la penitencia. Recitó apresuradamente el «Ave María, Purísima» y sin más prolegómenos, dijo:

—Padre, me acuso de que hace unas horas he ido a su camarilla y he cambiado mi examen de griego.

Cogió de improviso al jesuita, que lo único que pudo hacer fue cargar la mano en la penitencia. Pero que, naturalmente, por eso del secreto de confesión, no se dio por enterado de la trampa y tuvo que dar por buenos los folios cambiados, aprobando a Ernesto con un «5» mondo y lirondo. Pero suficiente.

*

Era la fiesta del Santo Patrono y el Colegio refulgía con iluminaciones especiales y estaban todos los alumnos vestiditos de azul marino y una centuria de flechas —mandada por Ernesto— esperaba en el patio de entrada a las jerarquías del Movimiento, debidamente uniformada y en correcta formación y los Padres se habían puesto la sotana nueva y estaba singularmente elegante el Padre Camí y el Padre Rector lucía sobre el pecho la insignia de la Hermandad de Ex-Cautivos, que en estas solemnidades se colocaba siempre, porque había pasado muchos meses en la cárcel, durante la dominación roja. Y eso que la primera vez que pudo ser detenido, en agosto del 36, eludió el problema practicando una muestra de la reserva o restricción mental, que desde entonces citaba siempre en clase como ejemplo. Ya que unos milicianos de la U.G.T. le pararon por la calle y examinaron su documentación y le preguntaron:

—¿Eres jesuita?

Y el Padre Rector, muy serenamente, contestó que no. Y según explicaba a los alumnos, no había mentido, ya que a la sazón la Compañía de Jesús estaba disuelta en España por la República y, consiguientemente, no podía haber, legalmente hablando, jesuítas en el país. Se trataba, por tanto, de la aplicación práctica de la reserva o restricción mental, que permite decir lo que no es cierto, sin faltar a la verdad. Cosa que aprovechó el astuto *Chapete* cuando el mismo Padre Rector le dijo en clase de Religión:

—Me fiaré de su palabra. ¿Ha copiado usted el examen escrito?

Contestó él que no y así era, puesto que llevaba previamente escritas todas las respuestas posibles a las posibles preguntas, con lo cual no había, ciertamente, copiado, sino sustituido los folios y dentro de la más pura interpretación de la reserva o restricción mental, su respuesta era impecable. Gracias a lo cual obtuvo un «9» y adelantó once puestos en la clase, quedándose el cuarto.

La fiesta del Santo Patrono se celebraba por la tarde y a ella acudían las familias y aprovechaban los colegiales para ver a las chicas que les gustaban, que iban vestidas de dulce y algunas, como Montse, con un escote incitante, porque aunque Montse era alumna de Jesús-María, tenía una cosa especial de sexy que entusiasmaba a los colegiales del San Tarsicio y que incluso perturbaba a Arcadio, el Presidente de la Congregación, hasta el punto de que tenía que confesarse en seguida por sus malos pensamientos, desatados por la lúbrica contemplación de los insinuantes pechos de Montse, que, cada cosa lo que sea, parecían tersos, duros y en definitiva, colosales. Y ella lo sabía y como las mujeres, aunque se eduquen en Jesús-María, lo que quieren es poner cachondos a los hombres, acudía a las fiestas del colegio de San Tarsicio con modelitos excitantes, que realzaban sus naturales encantos y hasta justificaron que, en una ocasión, el Padre López del Bosque le colocara un chal sobre los hombros, ya que la insinuación pectoral resultaba a todas luces excesiva.

La fiesta del Santo Patrono consistía en unas «Justas Académicas», que se celebraban en el Salón de Actos; en una solemne función religiosa, y en una procesión final, por los patios del Colegio. Las «Justas Académicas» corrían a cargo de los alumnos de séptimo, que preparaban debidamente una serie de preguntas y respuestas sobre temas de distintas disciplinas; en este caso, se trataba del latín. Ocupaban los chicos la tribuna o escenario y se colocaban por el orden de clase, mientras los «moderadores» estaban en una especie de atril, con el micrófono delante. Eran los moderadores Arcadio Figueras y Vicente Jarro: las dos «estrellas» del curso. Vicente, alto, rubio, campeón provincial de los 80 metros lisos en los campeonatos de atletismo del Frente de Juventudes, no parecía hijo único. Porque dicen que los hijos únicos son bastante gilipollas, presunción que la práctica desmiente, pero que, a pesar de eso, siempre se aduce. Los padres de Vicente eran comerciantes del ramo de la metalurgia: tenían una tienda donde vendían cerrojos, útiles para la construcción y ferretería en general. Don Bernardo (el padre) era concejal y tenía también una querida, cupletista; pero esto no lo sabía su hijo. (Lo de la querida; lo de concejal, claro que sí.)

La planta baja del Salón de Actos estaba llena con los familiares de los alumnos, que habían acudido con su mejor entusiasmo. Allí estaban los buenos padres, de traje oscuro, deseosos de comprobar la categoría cultural de sus chicos; y sus señoras, vestidas ostentosamente, con todas las pieles y todas las plumas, en una creciente competición de cursiladas. Había también algunas gentes elegantes y discretas, pero eran las menos. En los sitiales de honor se sentaban las autoridades locales: el Capitán General, de uniforme y con condecoraciones, el Gobernador Civil y Jefe Provincial del Movimiento, que iba de paisano, y el Alcalde de la ciudad, que en cambio vestía rigurosamente de guerrera negra, con camisa azul y los atributos de F.E.T. y de las J.O.N.S. En esta ocasión no había podido acudir el señor Obispo, quien delegó en un Familiar. Estaban también el Delegado Provincial del Frente de Juventudes (de uniforme) y el Presidente de la Acción Católica Provincial; pero a éstos nadie les hacía demasiado caso.

Las «Justas Académicas» comenzaron anunciándose el temario que iba a debatirse, que naturalmente nadie del público entendió. Pero todos aplaudieron con entusiasmo. Luego, los colegiales de séptimo curso se intercambiaron preguntas (en latín), que contestaban (también en latín), entre el total desconocimiento de los asistentes, que a pesar de eso seguían aplaudiendo cada dos por tres. Y llegó el momento cumbre, cuando se planteó (en latín) una tremenda duda escolástica y el «moderador», Arcadio, preguntó (en latín) a Paco Ventura «ita vel non?», que quiere decir (en castellano) «¿sí o no?» y *Chapete* se armó un lío y contestó (en latín) «vel», o sea (en castellano) «o», y mientras el Padre Rector se estremecía de pavor en su sillón, los familiares asistentes, convencidos de que la respuesta era impecable, prorrumpían en una ovación clamorosa.

Lo que, en definitiva, venía a confirmar el singular carisma de *Chapete,* o cuando menos, su gracia especial para salir airosamente de las más graves situaciones. Esto fastidiaba sobremanera a su compañero Arcadio, que siendo como era tan estudioso y tan cumplidor y tan ejemplar, no le caía, sin embargo, nada bien a la gente, la cual, evidentemente, se sentía fastidiada por sus muchas virtudes. De ahí que con frecuencia, el Padre Espiritual tuviese que consolarle y recordarle párrafos del Padre Ayala, en su tan aleccionador libro «Formación de selectos», donde ya anticipa a los elegidos del Señor lo que tendrán que sufrir, precisamente a causa de sus privilegiadas dotes intelectuales, pasto inevitable para la envidia de los mediocres, que constituyen, ¡ay!, la inmensa mayoría de humanos. Y Arcadio, para salir de sus tribulaciones, releía de nuevo aquellas páginas llenas de sabiduría y se reconfortaba al darse cuenta de que, en efecto, los selectos deben pagar su tributo al genio.

En fin; que las «Justas Académicas» terminaron entre aplausos y los de séptimo bajaron de la tribuna o escenario a los acordes de la marcha de «Aida», que inevitablemente, curso tras curso, eran coreados con palmas chungonas por todos los demás colegiales, sirviendo una tradición que los Padres no habían podido desterrar, a pesar de las amonestaciones y hasta los castigos. Últimamente, rindiéndose ante lo inevitable, el Rector sugirió que se hiciese la vista gorda, probablemente atendiendo las indicaciones del Padre Camí, que como era joven y tenía ideas modernas, no consideraba tan grave aquella expresión ruidosa de la euforia colegial.

La procesión recorría los patios del Colegio y llevaban las andas de la Inmaculada los «Príncipes» de cada clase y enarbolaba la bandera, blanca y azul, de la Congregación Mayor, su Presidente, Arcadio Figueras, que marcaba el paso de manera rítmica y solemne y ponía un gesto muy serio y muy piadoso. Detrás de la imagen, distanciado algunos metros de las autoridades, el Familiar del señor Obispo caminaba, con las manos juntas y la cabeza inclinada, como una encarnación viviente de la santidad. Las autoridades y jerarquías, en cambio, respetaban bastante menos la solemnidad del acto y hasta charlaban entre ellas y se cruzaban sonrisas y mucho dio que hablar el señor Gobernador, cuando al cruzar frente a don Bernardo Jarro, le dijo a media voz, pero de manera que algunas familias que también presenciaban el cortejo pudieron oírlo claramente:

—Arreglado lo del permiso de importación de las tachuelas. Pase usted a verme mañana, a eso de las once.

Y aunque, cuando le fueron con el cuento al Padre Visús, éste (que estaba tan agradecido a Su Excelencia por su donativo en favor del Museo de Ciencias Naturales) consideró que la mínima irreverencia del Gobernador quedaba ampliamente compensada por la prueba de interés hacia los problemas de los ciudadanos que había dado, la señora de Fandos no ocultó su repulsa por la falta de respeto a la Virgen que había mostrado la jerarquía. Bien es cierto que la señora de Fandos tenía fama de quisquillosa y de muy carca. Y cómo no iba a serlo, si tenía quince hijos (dos gemelos), de los que diez se educaban en el Colegio de San Tarsicio y todavía esperaba otro, ya que nuevamente (y como todos los cursos, uno tras otro) había acudido a presenciar la procesión echando por delante la barriga. Lo cual venía haciendo, desde muchos años atrás, de una manera ostentosa, casi ofensiva para las demás mujeres que no gozaban (o no querían gozar) de su inagotable fertilidad. Afortunadamente, las quejas de la señora de Fandos no impresionaban en absoluto al Padre Rector, toda vez que aquella colección de hijos se educaba, obvio será decirlo, acogida al beneficio de gratuidad que las generosas leyes del Nuevo Estado concedían a las familias numerosas de Clase Especial. O sea, que lo que habría llenado de alegría a la Comunidad hubiera sido que los Fandos, en señal de queja, abandonaran el Colegio.

Terminada la ceremonia religiosa y según costumbre (porque en el Colegio se mantenía rigurosamente la tradición, desde que fuera fundado, en 1887), las autoridades y jerarquías acompañaban al Padre Rector y al Padre Prefecto en una merienda-cena, que se servía en el refectorio de internos. No puede decirse que la colación fuese excesiva, pues consistía en unos pocos fiambres, un huevo pasado por agua y mucha fruta. La fruta, justamente, fue la causante de un agudo problema protocolario aquel año, que gracias a la infinita habilidad diplomática del Padre Rector no pasó a mayores.

Porque los criados (a quienes se llamaba siempre así, con patente desprecio) habían colocado junto a los platos de postre esos pocillos con agua que sirven para limpiarse los dedos, luego de mondar la fruta y haberla comido. Pero el Familiar del señor Obispo (después se supo que procedía de una modestísima familia de la serranía de Cuenca), que por las trazas, no estaba muy impuesto en las normas sociales que rigen en toda mesa distinguida, cuando advirtió aquel pequeño recipiente junto al plato donde quedaban las pieles de naranja, sin pensarlo un segundo lo tomó entre sus manos y de dos sorbos largos, incluso algo sonoros, se bebió su contenido.

El Gobernador, que estaba a su derecha y en aquel momento iba a explicarle al Alcalde el destino que pensaba dar a un crédito extraordinario que acababa de obtener en el Ministerio, enmudeció y sólo supo quedarse como hipnotizado, mirando hacia el Familiar. Menos discreto, el Alcalde dejó escapar unas inoportunas toses. Se hizo en la mesa un silencio dramático y entonces, el Padre Rector —que estaba a la izquierda del Familiar—, con pasmosa naturalidad, tomó también el pocillo con las manos y se bebió el agua, si bien al terminar denotó su indudable señorío (tenía derecho a un Marquesado, al que naturalmente había renunciado al ingresar en la Compañía), secándose con suma elegancia los labios con la servilleta. Inmediatamente, todas las autoridades y jerarquías presentes le imitaron y se bebieron, con mayor o menor desenvoltura, el agua que pensaban destinar a lavarse los dedos. Y aunque faltaba todavía por servir el café, el Padre Rector decidió completar su lección de diplomacia, tocando suavemente la copa con una cucharilla, para llamar la atención de los comensales y bisbiseando, mientras juntaba las manos santamente:

—Gracias, Señor, por el alimento que acabamos de tomar...

Después sonrió con beatitud y se puso en pie, ante el asombro de los criados que tenían preparadas las cafeteras y que no entendían el porqué, aquel año, los señores importantes de siempre se marchaban sin catar el rico moka.

Ajenos a todo aquello, mientras las autoridades y jerarquías besaban la mano del Padre Rector al despedirse y el Familiar del señor Obispo era acompañado hasta su automóvil, entre sonrisas y reverencias, los alumnos gozaban del paseo por la calle del Generalísimo, que como su mismo nombre indica, era la principal de la ciudad. Tenían permiso de sus padres para regresar a casa a las nueve y media de la noche —¡nada menos!— y como el festejo colegial había terminado poco antes de las ocho, aprovechaban el mucho tiempo libre para beberse una cerveza en el elegante bar «Navarra», en cuyos veladores solían sentarse señoritas monísimas, aunque, eso sí, algo mayores para ellos, si bien alguna que otra (amiga de la familia, sin duda) les dedicaba una sonrisa y hasta alguna frase amable:

—¡Estás hecho un hombre, Vicente...!

(Y a Vicente le reventaba muchísimo el cumplido, porque menudo descubrimiento el de Inmaculada Prat. ¡Como si no quedara fuera de discusión que era un tío con toda la barba y con todo lo que hay que tener! ¡Te lo demostraba ahora mismo, chata!)

—¿Cuándo te examinas de Estado, Paco?

(Y Paco, alias *Chapete,* se ponía contentísimo al ser llamado por su nombre de pila y decía que sólo faltaban cinco semanas y que tenía mucho miedo al examen oral, ya que el escrito ni que decir tiene que lo iba a copiar. Lo cual sería cierto, porque a *Chapete* se le reconocía, entre sus variados méritos, el de dominar de manera total el difícil arte de la «chuleta», en el que había llegado a una perfección suma.)

—¿Qué tal tu hermano, Ernesto?

(A Ernesto no le gustaba que Fina Ferrer le preguntase siempre por su hermano, que estaba en Segundo de Derecho y tenía mucho éxito con las chicas, porque a él, Fina le volvía loco y hubiese preferido que le prestara atención personal y directa, no por vía fraterna, como siempre le ocurría.)

Por la calle del Generalísimo bajaban y subían los tranvías, armando un guirigay de mil diablos y los chicos sabían cogerlos en marcha con una elegancia soberana. Consistía la buena técnica en dejar llegar al armatoste, aguantando junto a la vía con la misma serenidad conque el torero aguanta la embestida de la res y justo al quedar frente por frente de la portezuela trasera, agarrarse al asa y, de un salto bien medido, caer con seguridad sobre el escalón, al tiempo que se giraba con suavidad el cuerpo, para quedar dando cara a la marcha. Descender (también en marcha) era más sencillo, aunque las mujeres solían darse siempre una costalada, porque las mujeres son burras (según explicaba *Chapete*) y desconocen la ley física de la inercia y se empeñaban en bajar de espaldas, con lo que el coscorrón resultaba inevitable.

Como el día siguiente de la fiesta del Santo Patrono no era lectivo en el Colegio, los de séptimo quedaron para ir al Parque, no porque sintiesen demasiado interés en aumentar sus conocimientos zoológicos (lo cual tampoco resultaba fácil, dada la cortedad de especies animales que allí se exhibían), sino mayormente porque al Parque solían acudir las chicas de Loreto y de Jesús-María y del Sagrado Corazón, cuando salían a las doce de sus colegios, que todos estaban en el barrio. Y en el Parque había también una selecta representación de muchachas de servir, de las que estaban colocadas en casas ricas y vestían elegantes uniformes y se dejaban mirar los muslos cuando, sentaditas en los bancos, cruzaban airosamente las piernas.

Otra atracción del Parque era el mono «Popi», al que los optimistas llamaban orangután, si bien se trataba nada más que de un simio gordo, peludo y de colorado culo, que ocupaba una jaula para él sólo. Sucedía que «Popi» había llegado a una edad en la que se le manifestaban agudamente las necesidades del sexo y como el pobre carecía de mona con la que satisfacerlas, andaba siempre en celo y los chavales lo pasaban en grande contemplando aquella esplendidez de su órgano (con perdón). No se diga cuando «Popi», sin importarle un rábano los espectadores que le jaleaban, se tumbaba en la jaula y, como un jovencito cualquiera, se masturbaba gloriosamente. Mucho se aplaudió la feliz intervención de Vicente Jarro, que un día comentó mientras, con varios compañeros, contemplaba el onanismo simiesco:

—Y lo hace con la mano derecha, fijáos...

Entonces, les entró la risa a todos, pensando en el Padre López del Bosque y pensando también, quizá, en su propia técnica.

II

Mayo se anunciaba caluroso. En realidad, siempre solía serlo en la ciudad, hasta el punto que las señoritas de la buena sociedad se vestían ya de verano apenas comenzaba el florido mes. En el Colegio de San Tarsicio se acusaba singularmente esta cuestión de las temperaturas, porque el viejo caserón almacenaba, en sus largos pasillos, de altísimos techos y en sus destartaladas habitaciones y en sus aulas llenas de remiendos, todos los fríos invernales y todos los sudores del verano. Alguna vez se había hablado de instalar calefacción o aire acondicionado, e incluso en cierta ocasión se pidió presupuesto a una empresa muy seria; pero las cifras espantaron al Padre Rector, que archivó el proyecto «sine die».

El cuarto del Padre Camí estaba en la fachada sur, la que daba al campo y quizá por eso resultaba uno de los más acogedores de aquel primer piso del edificio, ocupado totalmente por la Clausura, los despachos del Padre Rector y del Padre Prefecto y el refectorio y la Capilla de la Comunidad. El Padre Camí había abierto la ventana y tenía a medio bajar la persiana, con lo que una sombra apacible llenaba la estancia y le daba cierta grata intimidad. Estaba el Padre en mangas de camisa, con el cuello abierto y su sotana pendía de la percha, para mejor ocasión. No le gustaba al jesuita, sin embargo, desvestirse del traje talar ni siquiera cuando leía o rezaba en la soledad de su camarilla y si lo había hecho ahora, era porque la primera mañana auténticamente calurosa del año le obligó a defenderse así de los agobios del termómetro.

El joven jesuita era un gran lector y hasta hacía sus pinitos como escritor; pero cuando después repasaba aquellas poesías marianas o aquellos pensamientos místicos que se le ocurrían de pronto, le parecían tan endebles, que inevitablemente rompía las cuartillas y las echaba a la papelera. Ahora estaba muy interesado con Papini, de quien conocía «Gog», devorado, más que leído, en sus tiempos de estudiante en el Noviciado de Italia. Por eso, al saber que estaba en las librerías la traducción de «El diablo», expresó sin el menor disimulo el interés que sentía por conocer la última obra del gran escritor, cuando estaba vigilando el recreo, con los pelotas de rigor a su lado. Y no falló: Ricardito Vidal había aparecido aquella misma mañana con el libro, «como obsequio en el primer día del mes de María».

Por lo demás, el Padre Juan Camí era un jesuita pudiéramos decir que arquetípico; desde su pelo de cepillo, hasta los zapatos, siempre impecablemente limpios, respondía formalmente al ideal que el Padre Rector ansiaba conseguir para su comunidad. Jamás se le veía destocado al aire libre y cuando salía de paseo, vestía el manteo y llevaba puesta la teja —brillante, con el ala absolutamente horizontal— con una elegancia tan sencilla como perfecta. Había destacado en sus estudios como teólogo, como filósofo y como sociólogo, aunque las tres disciplinas se las planteaba (dentro de la natural ortodoxia) con una cierta modernidad. Políticamente, ya dijimos que su estancia en Italia, bajo el fascismo, le había dejado una clara propensión a los sistemas dictatoriales o, quizá mejor, a las fórmulas autoritarias, corporativas y de exaltación de los valores patrios.

Y era feliz. Sin duda, porque accedió a la Compañía de forma absolutamente vocacional, sin la menor presión familiar; hijo único de un adinerado comerciante catalán, qué más hubiese querido su padre que tenerle al lado, para que continuase sus prósperos negocios. Pero Juan Camí, a los 17 años sintió la llamada de San Ignacio (debidamente ayudado para oírla por un jesuita con el que se confesaba) y abrazó la vida religiosa. Intentó su padre disuadirle de la idea, de la manera plebeya con que los padres actúan en estos casos: regalándole un «Ford», anunciándole un viaje al extranjero y sobornando a una dependienta de su establecimiento (que estaba muy requetebién) para que procurase seducirle. Pero Juan fue anticipadamente fiel a los votos de pobreza y castidad, rechazando las tentaciones. Y si faltó al de obediencia, como hijo de don Armando, lo cumplió mayormente en cuanto aspirante a serlo de San Ignacio de Loyola.

Llevaba apenas seis meses en el Noviciado, cuando estalló la guerra civil. Don Armando fue encarcelado en Gerona y se pasó más de un año con la vida en juego; uno de los cargos que se le hacían por los de la C. N. T. era, precisamente, su condición de padre de un jesuita. Como don Armando desconocía la sutileza de la reserva o restricción mental, nunca negó este hecho; siendo así que resultaba cierto que su hijo todavía no era jesuita en el sentido absoluto del término, sino mero novicio de la Compañía. Aquella temporada de angustia fue ampliamente compensada, al finalizar la tragedia, con el regreso de Juan, hecho todo un hombre —como bien decía de continuo su santa madre— y la inversión en consecuencias políticas de su caracter eclesial; porque le vino muy bien a su padre, en las primeras semanas de la Liberación, presumir patrióticamente de un hijo jesuita (seguía sin serlo del todo).

Ahora, el Padre Camí era serio; exigente con sus alumnos, en la misma medida que lo era consigo mismo; entusiasta de las disciplina, así física como espiritual y buen pedagogo. Algún defecto tenía que tener, evidentemente, y lo tenía: resultaba propicio al halago. Lo cual sabían explotar los alumnos pelotas, como Rueda y Vidal, que siempre andaban adulándole y con ello conseguían que les nombrase «Tribunos de juegos», lo que les permitía salir del comedor antes de terminar el postre y estar más rato dándole al balón, en los patios, mientras los demás seguían en el refectorio, y tener pretextos para abandonar la Brigada, en la hora del estudio y, sobre todo, fardar en la Promulgación de Dignidades, cuando se les imponían las medallas de latón, propias de su categoría colegial esclarecida.

Gozaba el Padre Camí de mucho prestigio entre la Comunidad y, sin embargo, no mantenía excesivas confianzas con sus compañeros; tan sólo era amigo íntimo del Padre Visús, seguramente porque coincidieron en Italia cuando novicios y habían hecho juntos los primeros votos y desde entonces seguían destinos comunes. También, quizá, porque Visús era radicalmente distinto a él; era alegre, grueso, comunicativo, vital, nada protocolario y, según comentaba entre risotadas, un poco republicano. Aparte de esto, sabía mucho de Ciencias Naturales, amaba la naturaleza pura y, tras sesudos estudios, había llegado a la convicción de que el ajo constituye una fuente inacabable de virtudes higiénicas y medicinales. Por ello, comía ajos crudos de continuo y de ahí le venía un hedor de boca insoportable, que martirizaba de manera especial a los desdichados colegiales que tenían que acercarse a él, en clase de Cosmología, a las nueve de la mañana, cuando el Padre tenía próximo su desayuno, consistente en tres cabezas de ajo y una taza de té.

Los jesuitas siempre tienen, entre sus alumnos, algunos que gozan de su predilección. Aparte Ricardo Vidal y Alfredo Rueda, sus incensarios particulares, el Padre Camí sentía un especial afecto hacia Pepe Lloret, que curiosamente, jamás intentó darle coba. Tampoco era un colegial brillante; sacaba adelante el curso decorosamente, a base de aprobados y un Notable en Dibujo, ya que lo de reproducir orejas y cabezas griegas y —sobre todo— desnudos clásicos, se le daba muy bien. En conducta flojeaba y no porque en el colegio alborotase, sino porque las redes informativas de los Padres, abastecidas por los pelotas, subespecie chivatos, recibían cumplida noticia de la afición del chico por las películas «3-R» e incluso de su asistencia, en dos ocasiones, al teatro Apolo, donde se representaban horrísonas revistas, tales como «La blanca doble» y «Róbame esta noche».

Y el Padre Camí, seriamente preocupado por aquel muchacho, bueno en el fondo, pero algo frívolo de costumbres y especialmente predispuesto a pecar contra la pureza (el mejor tesoro de un joven), estaba pendiente de él y le daba consejos de continuo acerca de la continencia y le recomendaba que leyese «Energía y pureza», de monseñor Tihamer Toth, que estaba en la biblioteca de la Brigada y le hablaba mucho de la Virgen María. Pepe Lloret le escuchaba respetuosamente, incluso comprendía todas sus razones y hasta llegaba a avergonzarse de sus inclinaciones, haciendo firme promesa de enmienda. Que no cumplía nunca, porque su problema estaba claro: a los 18 años, recién cumplidos, era un cachondo tremendo.

Esto nunca se atrevió a confiárselo al Padre Camí, pero el jesuita lo intuía y por eso le había dado un consejo salvador:

—El estudio te alejará de los malos pensamientos, Pepe. Y ahora has de estudiar más que nunca, porque el examen de Estado se acerca. Cuando estés en casa, en lugar de marcharte al cine, piensa que te juegas el aprobado. Enciérrate en tu cuarto y estudia. Aunque sea domingo, aunque sea fiesta. Enciérrate y estudia...

Pepe Lloret aceptó el consejo. Y se encerró a estudiar en casa, a pesar de que aquel primero de mayo era fiesta. Una fiesta nueva y extraña, que de pronto se había inventado el gobierno, al alimón con la Iglesia: la festividad de un santo hasta entonces desconocido, un tal San José Artesano, que no era, ciertamente, el suyo. Pero que todo el mundo acogió encantado, si bien las personas mayores murmuraban a media voz:

—Lo que quieren es disimular la jornada comunista de este día...

A Pepe, los comunistas le tenían sin cuidado y, en cambio, le importaba mucho aprobar el examen de Estado, porque su padre le tenía prometido —si lo conseguía— un viaje solo a Barcelona, donde él sabía que había más juerga y espectáculos subidos de tono y cabarets con chicas que enseñaban el muslo entero. Por lo cual, anunció que aquella tarde se quedaría estudiando y sus padres se alegraron mucho y su hermana Pilar (que era dos años mayor) le dijo eso de que qué mosca le había picado y se marcharon todos a ver una película de Clark Gable, mientras él se metía en el cuarto a repasar el latín y el griego y la trigonometría, que eran un coñazo y su punto débil en cuanto a materias del bachiller.

Lo malo fue que también Ascensión se había quedado en casa, por culpa de su novio. Ascensión era la chacha, la fámula, la criada o la chica; que de todas estas formas se llamaba entonces al servicio doméstico, antes de inventarse la cursilada esa de «empleadas del hogar». Ascensión había regañado la víspera con el Cipriano, un ebanista con el que tenía relaciones (en todos los sentidos) y por la cosa del despecho y del amor propio, decidió no salir, a pesar de la fiesta. Se encerró, pues, en su cuarto y puso la radio para escuchar a Bobby Deglané y, por si algo faltaba, se entretuvo leyendo la revista «Luna y sol», que a ella le chiflaba.

Sucedió que Pepe, mediada la tarde, tuvo sed. Normal si se piensa que hacía un calor respetable y el muchacho estaba inmerso en la trigonometría. Y pulsó el timbre. Y apareció Ascensión. Ascensión, la verdad sea dicha, estaba muy provocativa, porque para defenderse de la temperatura, se había quedado casi en cueros, o sea, tan sólo con la braguita puesta y al escuchar la llamada del señorito, se colocó por encima una bata muy liviana y como tenía unos pechos poderosos, le saltaban por debajo al andar y también se le marcaban las caderas, que eran importantes y, por si algo faltaba, tenía aquellos ojos verdes, de satánico mirar. O sea, que, en cuanto la vio llegar, a Pepe le entró la comezón o irracional deseo.

Digamos en su descargo que había tomado una pastilla de simpatina (en la especialidad «Profamina») para estimular su capacidad de estudio, ignorante de que el fármaco estimulaba también (y aun más) el apetito sexual. Total, que aunque se impuso a la primera impresión y muy dignamente, cuando apareció la sugestiva Ascensión, solamente le dijo:

—Por favor, un vaso de agua bien fría...

Cuando regresó con la comanda y mientras bebía, no tuvo más remedio que acariciarle la barbilla y decirle, así, de manera entrecortada:

—Estás muy guapa...

Ella, que era una pécora, una lasciva y que, por si algo faltaba, estaba en celo, a causa del desengaño amoroso, se encampanó. Y componiendo el más cachondo de los gestos, replicó:

—¡Ay, señorito, qué cosas tiene usted...!

Y Pepe, dominado por la pasión, le dio un beso. Tenía que haber sido un beso estúpido, un beso casi angelical; pero Ascensión se encargó de convertirlo en un apasionado, tremendo, apocalíptico beso, que dejó al muchacho en plena ebullición, según la chacha pudo constatar, ya que sus manos sabían donde dirigirse. Fue ella, realmente, la que le echó sobre la cama, la que acabó de entonarle y la que le bajó los pantalones. ¿Qué iba a hacer el pobre Pepe? Dejarse llevar. Y es lo que hizo. De una forma total y condescendiente, pero, al propio tiempo, brillantísima. Porque, claro, dieciocho años dan para mucho.

Cuando Ascensión lo consideró oportuno, terminó la cosa. Con gran naturalidad volvió a ponerse la bata, recogió el vaso y preguntó, de una manera cínicamente normal:

—¿No quiere nada más el señorito...?

Y se marchó a su habitación, porque estas criadas de entonces eran así, humildes, serviciales, amables y podían desvirgar al señorito y, a pesar de eso, continuar con su admirable sumisión, ya que, en definitiva, consideraban que ello formaba parte de sus obligaciones profesionales. En cambio, el señorito (o sea, Pepe) se quedaba hecho polvo, lleno de remordimientos y más en este caso, porque a los tres días del suceso, Ascensión fue despedida al descubrir la señora que sisaba y el chicó se pegó el susto del siglo, pensando que iba a chivarse de lo ocurrido y, sin embargo, ella, que era muy decente, nada dijo de la cosa y la madre de Pepe nunca supo de la fornicación y Pepe se confesó con el Padre Espiritual, que con su habitual comprensión, le consoló por haber sido víctima de la ajena concupiscencia y con dos Credos y tres Padrenuestros dejó liquidado el asunto.

Pero a Pepe le había quedado un cierto trauma y por las

noches se acordaba de Ascensión y de todo aquello y lo pasaba muy mal, luchando entre el deseo y la virtud y un día se decidió a hablarle al Padre Camí de la cuestión erótica, ya que confiaba mucho en aquel jesuita tan joven y tan comprensivo. Pero en materia del sexo, el Padre Camí le resultó como siempre muy clásico, ya que le dijo:

—La pureza, hijo mío, es la primera virtud de un muchacho como Dios manda. Debes alejar de ti todo pensamiento lascivo y mirarte en el espejo de San Estanislao de Kostka...

Fue casualidad; pero por aquellos días, la madre de Pepe decidió ponerle, bajo el colchón de la cama, una tabla de madera. Al parecer, y en unos sermones para cabezas de familia cristianas, un padre franciscano había aconsejado a las señoras asistentes que combatieran la tentación del vicio solitario de sus hijos, especialmente proclive con la muelle dulzura del lecho, mediante aquella fórmula ascética. Pepe notó que la cama no era tan cómoda como antes aunque, realmente, no se dio cuenta de la adición maderera y siguió entregándose cada noche a sus particulares y desenfrenados onanismos. En los que el recuerdo de Ascensión intervenía casi siempre.

*

Aquel año, el Corpus cayó a mediados de mayo. El Corpus era una fiesta grandiosa, que la ciudad celebraba con una procesión verdaderamente impresionante. En la que el Colegio de San Tarsicio participaba de forma definitiva. La banda de cornetas y tambores, la gran realización del Padre Camí, formaba en lugar destacado del cortejo, con los chicos marcando de manera impecable el paso militar procesional. Iban detrás los colegiales, vestidos todos con su traje azul marino, en dos filas y portando cada uno un cirio que, por lo general, se les apagaba con el aire. Delante de cada brigada marchaban los Subprefectos, con su manteo, con su bonete, con su sotana y su fajín; a ellos, lo que son las cosas, no se les apagaba el cirio, sin duda por el influjo de sus virtudes. Los colegiales caminaban reverentemente y se esmeraban cuando pasaban frente a los balcones donde estaban sus padres y, más aún, frente a aquellos donde se encontraban las chicas que les gustaban. Ellas les sonreían muy cariñosamente al verles desfilar y hasta alguna les enviaba un casto beso desde las alturas.

Lo bonito de la procesión estaba en la presidencia o grupo de jerarquías. Iba delante de todos el señor Arzobispo revestido de pontifical y detrás, las autoridades del Movimiento, con sus uniformes blancos con camisa azul, las cuales llevaban cirios de gran tamaño, que tampoco se apagaban, y después seguía la Corporación Municipal, asimismo de uniforme; y entre los concejales, don Bernardo Jarro, que tenía bien preparada su coartada. Porque cuando llegaba la procesión a la estrecha calle de San Fructuoso, después de haber pasado por la del General Saliquet, donde su esposa le había sonreído desde el entresuelo, don Bernardo se salía de la formación con una excusa pueril y se subía al piso quinto izquierda de la casa número 27 de la susodicha calle. Allí le esperaba Gracia Iberia, la cupletista que era su amante, con la que saciaba sus apetitos sexuales, mientras seguía la procesión y, como él tenía debidamente computada la duración del festejo litúrgico, todavía le daba tiempo de volver a incorporarse al desfile procesional, cuando estaba llegando a la Catedral Metropolitana, y aquí no ha pasado nada.

En la sacristía de la Catedral, el señor Arzobispo se despojaba de las galas con las que tuvo que revestirse durante las tres horas largas que duraba el desfile y se despojaba, ocioso será decirlo, muy satisfecho, porque hay que ver lo que le habían hecho sudar, con aquellos calores que siempre hacía cuando el Corpus. Se bebía un vasito de limonada y las principales jerarquías también, mientras comentaban lo hermosa que había resultado aquel año la procesión. Esto lo repetían año tras año, como también que estaba claro que el fervor popular iba en aumento y que España seguía siendo la reserva espiritual de Europa y que el reiterado y masivo homenaje a la Eucaristía así lo demostraba.

Don Bernardo salió del templo del brazo del señor Gobernador, que tenía que darle las gracias por aquella maravilla de aparato tocadiscos, con radio incorporada, que le había regalado. Lo cual, claro está, no creyó oportuno hacerlo delante del resto de las autoridades.

—Algo colosal, Jarro; no sé cómo agradecérselo. Un sonido limpio, un mueble precioso...

—Y además producción nacional, Iberia por más señas, señor Gobernador. Que gracias a la serena política del régimen, nuestra industria avanza por momentos.

—Diga usted que sí; que en Mondragón han comenzado ya a fabricarse torniquetes y accesorios de inmejorable calidad —recalcó el Gobernador.

—¿Ve usted? Pero será difícil obtenerlos a sus precios oficiales...

—Descuide, Jarro, descuide; el primer envío que llegue a nuestra provincia, irá destinado a sus almacenes...

Se despidieron con un abrazo y el señor Gobernador subió a su coche oficial y don Bernardo, que entre la feliz cohabitación con su querida y la buena noticia que acababa de recibir, se sentía especialmente feliz, tomó a buen paso la calle de los Héroes del Alcázar, camino de casa. Las calles de la ciudad, después de la procesión, reventaban de bullicio y de alegría y era de ver a los militares que habían desfilado cómo lucían, con sus uniformes de gala, la banda carmesí, el sable, las condecoraciones, agarrados del brazo de sus señoras esposas; y a los jerarcas del Movimiento, con la guerrera blanca y la boina colorada y también las condecoraciones (aunque sin sable); y a los chicos del Frente de Juventudes, que habían cubierto la carrera y ahora andaban eufóricos, con la tranquilidad de haber cumplido a las mil maravillas su misión, mitad de monjes, mitad de soldados, en su noble empeño de llegar por el Imperio hacia Dios.

Las calles olían a murta y a romero y a rosas, que el asfalto estaba cubierto por las ramas y por los pétalos que se arrojaron desde los balcones al paso del Santísimo y olían también a incienso y a cirio y caía la tarde y se encendían las farolas de gas y una calma suave se iba apoderando de la ciudad, mientras la gente se recogía y los ricos hacían una escala en los bares elegantes, para tomarse un «gin-fizz» que les aligerara la sed y el bochorno que llevaban encima. Como por el centro no había circulación rodada, solamente el murmullo de las conversaciones rompía el silencio y todo eran adioses, saludos y comentarios al cruzarse las familias:

—¡Adiós, don Tomás...!

—¡Que usted lo pase bien, don Bernardo y compañía...!

—¡Hasta mañana, si Dios quiere, don Silvino...!

—¡Estaba usted que daba gozo verle, mi coronel...!

—Agradecido, doña Antonia: los ojos con que usted me mira...

Los Padres jesuitas, con los alumnos internos del San Tarsicio que habían participado en la procesión, caminaban hasta la Ronda de Circunvalación y allí tomaban el tranvía 5, que les dejaba a cien metros del Colegio. El Rector, que como siempre que había solemnidad, lucía sobre la sotana, a la altura del corazón, la insignia de la Hermandad de Ex-Cautivos, felicitó una vez más al Padre Camí por la magnífica actuación que la banda de cornetas y tambores había tenido.

—Sin embargo —reconoció Camí—, en la diana floreada he notado una pequeña desafinación en el agudo final...

—Es usted muy exigente, Padre —le tranquilizó el Rector—. Piense que los chicos no son profesionales...

—Además, con lo del examen de Estado, algunos cornetas están nerviosos y eso se les nota...

—Claro, claro...

Los internos cenaron en un santiamén y cayeron rendidos en la cama. El Padre Durán omitió aquella noche la diaria revista de sus alumnos, porque estaba tan cansado como ellos. Ernesto Ríos, sin embargo, tardó en dormirse; siempre que tenía que desfilar al frente de su centuria por las calles de la ciudad, le entraba una desazón nerviosa de la que tardaba en tranquilizarse. Pero estaba satisfecho, porque los camaradas lo habían hecho bien; habían marcado el paso de procesión (que es tan agotador) de una manera rítmica impecable y por eso el Delegado Provincial le felicitó al final, aunque eso sí, con la sobriedad que era norma de la Falange. Y Ernesto acabó durmiéndose, para soñar dulcemente que, en cabeza de su centuria, blandiendo en lo alto la bandera rojigualda, era el primero en clavarla en lo más alto de un Peñón de Gibraltar reconquistado para España.

El patriótico sueño propició ciertos gritos adicionales, que motivaron que Paco Ventura *(Chapete),* que dormía en la cama inmediata, le sacudiese una patada para hacerle callar.

*

Los señores de Fandos vivían en la zona llamada del Ensanche, en un piso tercero (sin ascensor) de poco más de 150 metros cuadrados. Meter allí a los quince hijos (todos varones), más el matrimonio, más dos abnegadas y paletísimas chicas de servir, había constituido un problema casi físico, que don Tomás resolvió (para algo era perito industrial) desafiando y hasta venciendo al principio de la impenetrabilidad de los cuerpos. En dos pequeñas habitaciones se hacinaban los ocho hijos mayores, ubicados en literas superpuestas como las de los barcos; con lo que el aprovechamiento del espacio se lograba al máximo. En el cuarto de estar-sleeping, según le llamaba doña Natalia, lograban acomodo otros cuatro hermanos, y como entre ellos figuraban los dos gemelos, parecía que eran menos. Los chiquitines dormían en la alcoba nupcial, con sus cunas alrededor de la gran cama de matrimonio, auténtica factoría donde con regular periodicidad —cada once meses— se manufacturaba un nuevo descendiente.

Doña Natalia regía el orden familiar con rigurosidad castrense y cada noche, a las nueve en punto, formaba a su prole (con la sola excepción de los pequeños, que todavía no andaban) y les pasaba revista, consistente en que tenían que enseñarle las manos, el fondo del ojo y sacarle la lengua. Los que presentaban ésta demasiado blanca, a juicio de la santa madre, daban dos pasos al frente y tenían que ingerir una cucharada de aceite de ricino. Lo hacían con evidente repugnancia; pero todavía les gustaba menos el enérgico tratamiento que se les aplicaba en el caso de andar estreñidos (con perdón), lo cual solía sucederles por culpa de los alimentos tan astringentes que habitualmente tomaban. Contra el estreñimiento, doña Natalia utilizaba la clásica terapia de la irrigación; Tomasito, el hijo mayor, subido en una silla, mantenía en alto el recipiente de porcelana esmaltada, del que descendía una larga goma a cuyo través circulaba el agua tibia con infusión de manzanilla, que al inundar el intestino provocaba una inmediata expulsión del atasco digestivo. Un sistema tan rudimentario como eficaz.

Don Tomás Fandos era, como todos los prepotentes, menudo, delgado y con aspecto más bien enclenque; pues es notorio que esos otros hombres atléticos, de poderoso tórax y abundantes bíceps, no suelen dar el menor resultado como sementales. Doña Natalia le llevaba un palmo de ventaja en estatura y aseguraban de ella que tuvo un bonito cuerpo, aunque, como puede suponerse, y después de tanto embarazo y de tanto parto, se le había quedado ancho, fofo y derrengado. Lo curioso de la señora de Fandos era que paría sin dolor y engendraba sin enterarse; pues pudiéramos afirmar, por insólito que resulte, que después de sus dieciséis ingravideces, que, daban por descontados abundantes coitos, desconocía enteramente los placeres del sexo. Para ella, la cópula consistía en una santa obligación, bastante fastidiosa por cierto, que cumplía abnegada y castamente (jamás su esposo la había visto desnuda del todo) y en cuyo ejercicio, realizado como es natural, a oscuras, lo que más le molestaba eran ciertos resoplidos entrecortados que a veces se le escapaban a su marido, durante el acto. Hasta el punto que lo consultó con su confesor, que era un franciscano muy virtuoso, el cual la tranquilizó asegurándole que aquello no constituía pecado, por tratarse simplemente de una normal consecuencia del esfuerzo físico que la actividad procreativa conlleva.

A quien más quería doña Natalia, después de su esposo y salvando las naturales distancias, era a su médico ginecólogo, don Jeremías Pérez, que a su vez sentía por ella una fervorosa admiración profesional, porque después de pasarse la vida trayendo criaturas al mundo, seguía sin encontrar una paridora tan rápida, fácil y aseada como la señora de Fandos. Esta afectuosa relación, sin embargo, se había deteriorado en los últimos años (a partir del niño decimotercero de doña Natalia, que quizá fuera gafe por su numerito), como consecuencia de ciertas veleidades eróticas de don Jeremías, que apenaron hondamente a la señora de Fandos, tan virtuosa, tan cristiana, tan ejemplar y tan intransigente.

Hete aquí que, a sus sesenta años bien cumplidos y con dos hijos casados (uno, médico ginecólogo como él; y otro, Ingeniero Aeronáutico) y cinco nietos, cinco, que eran una bendición de Dios, a don Jeremías le había entrado la locura pecadora o el Maligno se había apoderado de él o chocheaba prematuramente; pero la cuestión era que se había enredado (así decía siempre doña Natalia, enredado, que quedaba menos ordinario que liado) con su cocinera. Lo cual, evidentemente, estaba muy mal; pero aun estaba peor si se tenía en cuenta que la expresada cocinera era fea hasta la exageración y se parecía tanto a una simia o mona, que en el barrio se le conocía por *«Popi»* en homenaje y recuerdo al gorila del Parque, claro que no tan sólo por afinidades físicas (que resultaban evidentes) sino también porque ambos seres, *Popi* y la cocinera de don Jeremías, eran infatigablemente cachondos.

A mayor abundamiento, la cocinera se llamaba Dositea (el doctor, cariñosamente, le decía Dosi) y era analfabeta. Y cargada de espaldas y patizamba y un algo estrábica, o sea bizca. Bien; pues a pesar de todo, don Jeremías Pérez, Catedrático de Ginecología y Obstetricia de la Facultad, Doctor en Medicina y Vice-Rector de la Universidad, estaba locamente prendado de la ciudadana en cuestión, a pesar de que, profesionalmente, tampoco podía presentarse como ejemplo, ya que la paella le salía sin gracia, freía pésimamente el pescado y era incapaz de darle su punto justo a la tortilla de patatas. Todo lo cual no fue óbice para que, además de establecer relaciones sexuales con Dositea, el doctor le regalase un piso y le hiciese dos hijas.

Y algo muchísimo más grave: no se recatara en absoluto de aquel pecado. Antes al contrario, parecía que a don Jeremías le encantaba ufanarse de su simia particular y la exhibía por todas partes y la llevaba del brazo a los estrenos del Teatro Principal y los domingos al mediodía se presentaba tan campante en el Club Marítimo, con la coima o barragana y con las dos criaturitas, hijas inocentes del pecado. En el Club Marítimo tomaban su aperitivo las gentes más elegantes de la ciudad y las más respetables, y como, por lo general, las esposas de aquellas gentes habían sido (o seguían siendo) clientas de don Jeremías Pérez, se producía una tremenda situación de embarazo (cosa, por otra parte, tan natural en su caso) cuando el eminente ginecólogo y pervertido ciudadano, aparecía acompañado de su amante, que por si algo faltara, vestía lastimosamente y se hurgaba las narices sin parar. Damas había que, pudorosamente, abandonaban el local, en evitación de mayores violencias; otras se hacían las distraídas, mientras sus esposos saludaban a distancia al doctor con una forzada sonrisa. Pocos, muy pocos de aquellos matrimonios, que pasaban el domingo cristianamente, bebiendo su copita de jerez y comiendo sus calamares fritos, después de haber cumplido debidamente la santa obligación de la misa, eran capaces de establecer diálogo con el doctor y de sentarse a su lado y, especialmente, al lado de su meretriz, que jamás abría la boca y solamente ponía una estúpida sonrisa, igual, igual que la del mono del Parque cuando se le ofrecía un plátano.

El escándalo del doctor había estallado cuatro años antes, cuando la ciudad entera (y especialmente los estratos burgueses y dignos de la ciudad) supieron, por los propios interesados, que una tarde don Jeremías mandó llamar a sus dos hijos (a la sazón, con 31 y 33 años), se encerró con ellos en la clínica y sin mayor circunloquio, les dijo:

—Hijos, debo comunicaros que tengo una amante, que

me hace muy dichoso y que, no obstante mi subida edad, está en camino de daros un hermanito.

—Hermanastrito, querrás decir, papá —fue lo único que se le ocurrió a Ursicino, el hijo mayor de don Jeremías, que era gilipollas.

—Digo lo que me da la gana y os comunico que me tiene todo sin cuidado y que me pongo el mundo por montera —aclaró el doctor, para que no hubiese malentendido alguno.

Entonces, Abelardo, el menor (el Ingeniero Aeronáutico) comprendió que vendría bien dramatizar la situación y preguntó:

—¿Has pensado en mamá, en la pobre mamá?

—Claro que he pensado en ella —tranquilizó don Jeremías—. Todo seguirá igual: viviremos juntos, iremos juntos a misa los domingos, pagaré sus vestidos, colaboraré con sus obras de caridad, aguantaré sus tabarras, la dejaré en agosto en Cestona, con vuestra tía, la soltera... ¿O es que pensáis que vuestra madre y yo hacíamos algo más, a estas alturas...?

Ursicino y Abelardo cambiaron una rápida mirada y el primero se atrevió a decir:

—Hombre, papá, al cabo de casi cuarenta años de matrimonio, parece que debéis quereros.

—Naturalmente, imbécil —aclaró el padre—. Yo quiero a vuestra madre, que es muy buena, pero que también es un coñazo. Me he aburrido a su lado muchísimos años. Llegó a hacerme pensar que ya no servía para el amor, que me había quedado impotente...

Puso una carita muy pícara, muy cachondona y dijo con voz muy cuca:

—¡Pero sí, sí...!

—¿Cómo que sí, sí...? —se extrañó Ursicino.

—Que de eso nada, monada. Que estoy hecho una fiera...

Carraspeó Abelardo, como dando a entender que semejante euforia paterna le molestaba, pero el doctor, embelesado, comenzó a dar detalles:

—Y es que tiene unas manecitas para la caricia... Y es que sabe tocar en unos sitios... Y es que ha descubierto en mi anatomía unas zonas erógenas...

Ursicino se puso serio:

—Papá, comprenderás que todo esto nos resulta muy desagradable. Por favor, no pretendas encima detallar la cuestión.

—¡Ah, bueno, como queráis! —dijo don Jeremías—. Ni una palabra más. Pero solamente quiero que sepáis que, a los sesenta y un años, he descubierto por primera vez los placeres del sexo.

Hubo una larga pausa. Preguntó después Abelardo:

—Al menos, nos dirás quién es ella...

—¡Claro, claro, tenéis razón! —admitió el padre—. No había caído; se trata de Dositea.

Y ante los gestos de sus hijos, consideró oportuno cortar por lo sano y les advirtió:

—Vuestra opinión me tiene sin cuidado. Vuestros juicios no me importan nada. Ni los de eso que llaman la sociedad, que me la trae floja. Yo lo estoy pasando como nunca y no estoy dispuesto a renunciar a esta maravilla. Naturalmente, ha dejado mi buena Dosi de pertenecer al servicio de la casa y se halla debidamente alojada y atendida. Conque ya lo sabéis todo.

A media voz, no sin cierta timidez, Abelardo le insinuó:

—Esperemos que lleves la cosa con cierto decoro, papá... Vamos, quiero decir, ya supondrás... Que guardes las formas...

—Yo no tengo nada que guardar. ¿O no te has enterado que me traen sin cuidado todas esas gentes que me van a poner verde? Bueno; sus mujeres seguirán viniendo por aquí, por la consulta, cuando se queden embarazadas, más o menos por chiripa, que lo que es por gusto...

—¡Papá...! —creyó conveniente impugnar Ursicino, que no en vano compartía la clínica con el doctor.

—Vete a la mierda, Ursi. Eres tan bruto que aún no te has enterado de que la mayoría de nuestras clientas están encinta por inercia. Y que, lógicamente, sus maridos han de buscar el gustirrinín en otras partes.

Dio un palmetazo en la mesa.

—¡Y basta ya, coño! Lo que tenía que deciros os lo he dicho y ahora todo está aclarado. Podéis contarlo a vuestras amistades y a quien os dé la gana, porque yo tampoco pienso ocultarme, como os he advertido. Adiós, hijos...

La noticia corrió por la ciudad como la pólvora, que es, al común decir, como corren las noticias (especialmente, en la Valencia en fallas). A las señoras bien les escandalizó y alguna se planteó la posibilidad de cambiar de ginecólogo, porque en lo sucesivo le resultaría especialmente incómodo mostrar sus más íntimas y húmedas partes a semejante sátiro. A los caballeros les divirtió mucho, con la sola excepción de aquellos que pertenecían a la Acción Católica, que decidieron retirar el saludo en público a don Jeremías, cuando se lo encontrasen acompañado por su coima. Don Jeremías se dio perfecta cuenta y descubrió una venganza astuta para estos estrechos: aumentar sensiblemente los honorarios cuando asistía a sus distinguidas esposas.

Doña Natalia pasó días atroces, se confeso muchas veces, consultó con diversos y muy venerables clérigos y al final optó por perdonar al pecador, aparte de otras razones de caridad cristiana, por el muy destacado motivo de que, en cuanto especialista, le conocía mejor que nadie y dada su afición procreativa, estaba claro que seguiría necesitando de sus doctas atenciones clínicas. Pero desde entonces, cada vez que coincidía con don Jeremías y su lasciva amante en el Marítimo o en el bar Navarra o en el Teatro Principal (que a todas partes llevaba el enloquecido ginecólogo al monstruo aquél, sin el menor reparo social), lo pasaba malísimamente y hasta una tarde se le cortó la digestión y tuvo una vomitona terrible, que llegó a preocuparle, porque andaba por el séptimo mes de su decimotercer embarazo y estas cosas pueden afectar a la gestación. Menos mal que, al siguiente día, el propio don Jeremías, en la consulta, le tranquilizó debidamente; si bien doña Natalia no se atrevió a confesarle la razón de su soponcio.

III

El Padre Rector, que estaba leyendo tranquilamente el diario *«Ya»* del día anterior (porque la prensa de Madrid llegaba con veinticuatro horas de retraso), se sobresaltó ante la insistente llamada del teléfono interior.

—¿Qué pasa, Hermano Portero, qué son esas prisas...? —preguntó con su voz apacible y bondadosa.

—Baje en seguida, Padre. Lo más pronto que pueda.

—¿Pero sucede algo grave?

—La señora de Fandos... ésa que tiene tantos niños... Está armando un escándalo tremendo en la Sala de Visitas... Dando gritos y diciendo cosas horribles... Al Padre Visús, que intentaba calmarla, casi le pega...

Alisó su cabello el Padre Rector, colocó encima el bonete y salió de su cuarto. Ya en el descansillo de la escalera, escuchó gritos airados y le pareció entender ciertas palabras inauditas:

—¡Degenerados! ¡Hipócritas! ¡Pervertidores...!

Por lo que apretó el paso y en seguida estuvo en la Sala de Visitas, donde el espectáculo no podía resultar más deprimente. Doña Natalia, hecha un basilisco, con el rostro enrojecido por la ira, estaba diciendo en aquel momento, a grandes voces:

—...Y de esto se enterará todo el mundo, ¡pues no faltaría más!

El Padre Visús, pálido, acongojado, vio llegar al Rector y no dudó en traspasarle el problema, anunciando a la enfurecida dama, sin mayor protocolo:

—Mire, señora, aquí está el Reverendo Padre Rector... Cuénteselo a él...

Hizo una inclinación de cabeza y salió de estampía, cerrando tras de sí la puerta. El Rector intentó componer una sonrisa amable de saludo, que se le quedó cortada apenas esbozada, porque doña Natalia, a guisa de recibimiento, le chilló:

—¡Y usted tiene la culpa de todo, que para algo es el que manda en el Colegio!

El buen Padre, considerablemente perplejo, echó mano de todos sus recursos, inició nuevamente la sonrisa y rogó a la señora:

—Vamos a sentarnos primero que nada, ¿le parece? Y cuénteme luego la causa de este enfado suyo, que sin duda se deberá a algo verdaderamente grave...

Doña Natalia, en efecto, se sentó. Y hasta guardó silencio unos segundos, como si reposara de su anterior agitación. El Padre Rector observó entonces que, al fondo de la sala de visitas, medio escondido detrás de un sillón, estaba Joaquinito Fandos, uno de los dos hijos gemelos del prolífico matrimonio, alumno (becario, según ya se dijo) de tercero de Bachillerato. Comprendió el Padre que, momentáneamente, había dominado la difícil situación; por eso ensayó otra y ya más estable sonrisa, para pedir:

—Dígame usted, señora...

—Será mejor que se lo cuente esta desdichada criatura... mi pobre hijo Joaquín... la víctima...

Se volvió hacia el fondo de la sala y ordenó con energía:

—¡Joaquinito!

El niño, colorado como un pimiento (colorado), temblando de cabeza a pies, se acercó a su santa madre.

—Anda, no te dé vergüenza —le animó ésta—. Explícale al Padre Rector lo de ese monstruo...

Pero a Joaquinito le entró un sollozo y aprovechándose de que hacía pucheros intermitentes y angustiosos, el Padre Rector consideró oportuno inquirir.

—¿A qué monstruo se refiere, doña Natalia?

—A ese jesuita que tienen ustedes enseñando alemán... Bueno; si solamente fuese alemán lo que enseñara, la cosa no tendría importancia...

—Efectivamente —aclaró el Rector—, el Padre López del Bosque también dirige el Cuadro Artístico del Colegio; por cierto, con notorio acierto.

—El Padre López del Bosque es un degenerado...

La señora de Fandos lo acababa de decir de una manera rotunda, abrumadora, violenta. Tanto, que el Padre Rector perdió durante unos segundos su habitual dominio y con visible irritación reprendió a doña Natalia, levantando un tanto la voz:

—Le ruego que mida usted sus palabras...

—¡Ya lo creo que las mido! Porque, de lo contrario, le hubiera dicho a usted que ese Padre es un afeminado... o como se les suele llamar, y Dios me perdone la palabrota, un mariquita.

Hizo la señal de la cruz, asustada por haber descendido a tan ruin vocablo y agarrando por la cintura a Joaquinito, que seguía hipando junto a la silla, compuso un dramático gesto y remachó la acusación:

—¡Ha querido abusar de esta criatura...!

El Padre Rector, muy serio, se puso en pie y dio unos pasos en silencio, con las manos cruzadas a la altura del fajín.

—¿Se da cuenta, señora, de la gravedad de esa imputación?

—Perfectamente.

—Tendrá usted pruebas...

—Ya escuchará a Joaquinito, cuando se tranquilice...

—Bien; pero permítame que le diga que sólo con lo que el muchacho pueda contarnos... Los niños, a estas edades, suelen dar rienda suelta a la imaginación...

—Pero es que no se trata sólo de mi hijo. Son varios más los que padecen los excesos del monstruo. Y usted sin enterarse de nada, reverendo Padre... Y nosotros, los padres, tan confiados mientras se pervierte a nuestros hijos... —miró hacia Joaquinito, que parecía ya más apaciguado—. Anda, cuenta, cuenta... —le animó.

Pero el Rector entonces consideró oportuno variar de local, ya que la Sala de Visitas estaba junto a la portería, en el pasillo de entrada, y a través de la cristalera de la puerta se oían todas las conversaciones. Por lo que rogó a doña Natalia:

—Si le parece, vamos al despacho de profesores externos, que ahora está vacío. Resultará mucho más discreto para hablar de un tema así...

Y en el despacho de profesores externos, Joaquinito se franqueó del todo. La cosa había comenzado allá por enero, después de uno de los ensayos de «Apóstol de Oriente», la obra misional en la que el chico representaba un lucido papel, ya que sus dotes artísticas eran notables. El Padre López del Bosque le indicó que pasara por su camarilla para corregirle ciertos defectos de dicción que había advertido en la pronunciación de la frase (ciertamente enrevesada) «ven, vamos valientemente a verificar la barca verde del Bajá». A Joaquinito no acababa de salirle, con la debida pureza, la matización de tanta «be alta» y tanta «uve». Ciertamente, al chico le extrañó un poco que, para mejorar su dicción, el Padre le hiciese sentar sobre sus rodillas y mientras abría y cerraba los labios y pronunciaba la frase de marras, le acariciase las pantorrillas y le toqueteara los muslos, y cuando le ordenó que, ya de pie, repitiese el texto, le pusiera la mano en el culito y se lo sobase sin disimulo.

Los ensayos en la intimidad, para mejorar su dicción y lograr que el mayor éxito coronase su debut como actor (al decir del Padre López del Bosque) se repitieron en días sucesivos y los sobeos fueron en aumento y ya una tarde, el Padre le premió al final su aplicación dándole unos besitos en la mejilla, que al siguiente día se extendieron a la naricita y a las orejas, al tiempo que continuaban las manipulaciones por las zonas bajas. Joaquinito, que era atrozmente tímido, no se había atrevido a contar a nadie aquellas sesiones de arte dramático, que realmente se le antojaban un tanto raras, no obstante su natural candor y su perfecto estado de inocencia. Pero una venturosa casualidad hizo que su hermano gemelo, Matías, que si físicamente era exactamente igual a él, tenía un carácter radicalmente opuesto, se enterara de los manejos del Padre.

Por que se había quedado Matías solo en clase, después de terminar su lección de Cosmología el Padre Visús, tomando unos apuntes mientras los demás jugaban en los patios, y pasó por allí el Padre López del Bosque y al verle de cogote le confundió con Joaquinito (lo cual era normal) y se le acercó por detrás y le sorprendió con un bocadito en la oreja izquierda y cuando el chico, naturalmente asombrado, fue a decir algo, le puso una mano en la boca para que se callara, mientras con la otra le acariciaba sus partes húmedas y muy suavemente le susurraba:

—Mi actorcito preferido vendrá a ensayar a las siete y tendrá una sorpresa...

Después, en un periquete, el Padre López del Bosque salió dando tres zancadas del aula y Matías comprendió en seguida que allí pasaba algo raro y se fue a buscar a su hermano Joaquín, que aunque al principio quiso disimular, acabó contándole sus intimidades con el Director del Cuadro Artístico. Matías, que era descarado, audaz y hasta agresivo (todo lo contrario que el ruboroso Joaquín, tan pasmarote) decidió investigar por su cuenta, y durante varios días realizó una especie de encuesta con otros compañeros que también formaban en el «reparto» de «Apóstol de Oriente» y que, hábilmente interrogados, le facilitaron datos bastantes para llegar a la conclusión de que el Padre López del Bosque se dedicaba a magrear y hasta a besuquear conspicuamente a sus actorcitos de edad parecida a la de Joaquín. De tal modo que uno de ellos le confesó que, como el Padre era también Prefecto de la Juventud Española Misionera, en anagrama, J. E. M., se habían inventado el chiste de que aquello quería decir, realmente, Juventud Española Masajista, dadas las aficiones al sobo de su pío director.

Por Matías se enteró de todo doña Natalia, aquella misma mañana, cuando le había castigado sin chocolate por contestarle mal y le había dicho que parecía mentira que fuese gemelo de Joaquinito, que era tan obediente, en cambio. Y entonces Matías no pudo menos que comentar, con evidente mala uva:

—Sí, sí; pero a mí no me gusta que me metan mano los curas...

—Lo demás, puede usted imaginarlo, Padre —decía la señora de Fandos, ya calmada en su indignación, a punto de llegar a la siguiente fase, o sea, la depresiva y sollozante—. Le hice jurar al chico, ante el Sagrado Corazón que tenemos entronizado en nuestro cuarto, que todo aquello era verdad. Y el pobre Joaquín también lo hizo ¿Se da usted cuenta, reverendo Padre? ¿Comprende usted mi estado de ánimo?

(Aquí le dio ya la lágrima. Que interrumpió un momento, para aclarar:)

—Mi marido aún no sabe nada. Me asusta pensar en su reacción. Porque ya le conoce: tan cristiano, tan ejemplar, tan caballero...

—Ha hecho usted bien, señora —felicitó el Rector, mientras doña Natalia lloraba ya a moco tendido—. Comprenderá también mi dolorosa sorpresa... Ni que decir tiene que tomaremos inmediatas y drásticas medidas... Naturalmente, habrá que llevar a cabo una discreta, aunque implacable investigación...

—¡Qué horror, qué vergüenza, qué pecado...! —gimoteaba doña Natalia.

—Me permito sugerirles que vayamos un momento a la Iglesia, para confortarnos con la oración ante el Santísimo. Nos hace mucha falta a todos...

Durante diez minutos estuvieron postrados ante el altar mayor. Después, el Padre Rector acompañó a doña Natalia y a Joaquinito hasta la puerta, los despidió con singular afecto insistiendo especialmente en que no contaran nada de lo sucedido y subió de dos en dos las escaleras que llevaban a su cuarto. Pulsó con insólita violencia el timbre y ordenó al Hermano Coadjutor:

—Que venga inmediatamente el Padre López del Bosque...

—Está en la Capilla de la Comunidad, rezando los oficios, Reverendo Padre...

—Da lo mismo; que venga en seguida.

La versión oficial justificó el fulminante traslado del Padre López del Bosque por razones de salud. A la mayoría de los colegiales, la noticia les importó un bledo; a lo más, la celebraron por cuanto les ponía menos difícil el siempre incómodo trance de la confesión de los pecadillos contra el sexto. Matías Fandos cumplió la promesa que su buena madre le había exigido prestar, con todos los requisitos formales, y nada contó de lo mucho que sabía. No se diga Joaquinito, que era el más interesado en que el asunto no se airease.

Pero los de séptimo, seguramente porque ya estaban picardeados, algo se maliciaron y *Chapete* comentó con Pepe Lloret que «allí había tomate» y acabaron deduciendo, bien es verdad que por mera intuición, lo que podía haber sucedido. Solamente Arcadio Figueras se irritaba muchísimo cuando oía comentar el tema y un día no pudo más y le planteó el asunto al Padre Juan Camí, que tanta confianza les daba a todos. Lo cierto era que tampoco la Comunidad había recibido una información demasiado detallada sobre el caso; pero Camí sabía más que sus compañeros, gracias a su íntima amistad con el Padre Visús, primera víctima de la irritación de doña Natalia.

Por eso, el Padre creyó conveniente apoyarse en la reconocida inteligencia y en la probada virtud de Arcadio para desarrollar con él unas meditaciones acerca del pecado en los sacerdotes.

—Fíjate bien —le dijo—. No se trata de que lo que cuentas sea cierto; pero sirve de ocasión para que reflexiones sobre ciertos aspectos del sacerdocio, que nunca debemos olvidar los que somos auténticos cristianos. Nosotros, los curas, somos hombres como los demás y quizá por nuestra propia condición, estamos más expuestos que los demás a las tendencias diabólicas. Nosotros, por desgracia, también pecamos. Y nuestro arrepentimiento debe ser mayormente sentido, porque al dejarnos doblegar por la debilidad de la carne, contraemos una responsabilidad también mayor que la de un seglar. Indudablemente es cierto que el Señor nos ayuda muy especialmente con su gracia, siempre que sepamos merecerla con nuestra oración y con nuestros actos de penitencia...

—Entonces, Padre, a un sacerdote también le atrae la carne... —se atrevió a preguntar Arcadio.

—Es que si no le atrajera, su castidad no tendría mérito. De ahí que aceptemos con agrado el sacrificio del celibato, porque con él, nuestros méritos crecen.

—Sin embargo, en los principios del Cristianismo, los sacerdotes no necesitaban quedarse solteros... —argumentó el chico, que tenía que justificar sus buenas notas en Religión.

—En efecto; se trata de una norma de Derecho Eclesiástico, no de Derecho Divino. Pero que la tradición ha consagrado en la Iglesia Católica y que los sacerdotes celebramos que perdure.

—¿Y por qué los pastores protestantes se casan?

—Por eso, porque son protestantes. Pero nosotros somos católicos. A Dios gracias... —recalcó, con una sonrisa.

—Ya, ya...

O sea, que Arcadio se quedó sin saber a qué atenerse y también sin argumentos sólidos para negar lo que sus compañeros daban por descontado; es decir, que el Padre López del Bosque había sido castigado por sus «tendencias equívocas», según frase llena de retintín que gustaba de utilizar *Chapete*. Siempre que se hallaba en lugar seguro, claro es; porque con los Padres aparentaba un desconocimiento total del tema. Máxime desde que el Padre Camí, por expreso deseo del Rector, se había hecho cargo del Cuadro Artístico y seguía dirigiendo los inacabables ensayos de aquel «Apóstol de Oriente» que nadie podía presumir cuándo se estrenaría.

La verdad era que a los de séptimo, el tema teatral ya les tenía sin cuidado, porque para drama, el que se les venía encima con los cada vez más cercanos exámenes de Estado. Por si algo faltara, tuvieron que interrumpir cuatro días la preparación, encerrándose en un chalé que los jesuitas tenían cerca de la ciudad y practicando allí los Ejercicios Espirituales, bajo la dirección de un Padre que había venido expresamente de Barcelona y que peroraba muy bien; quizá demasiado bien, ya que su estilo resultaba ampuloso, dramático, más propio para beatas y caballeros de la Adoración Nocturna, que para aquellos chavales que las pasaban moradas, al no poder decir palabra durante cuatro días enteros, cuatro. Que las normas ignacianas de los Ejercicios se aplicaban con todo rigor y estaba prohibido hablar, salvo casos de urgencia o necesidad perentoria.

Alguna trampa hacían los chicos, naturalmente, sobre todo cuando daban los reglamentarios paseos por el amplio jardín y hasta Alfredo Rueda, pelota por naturaleza, quebrantó el silencio para contar a sus compañeros:

—Pues este cura tiene una fama de orador sagrado tan grande, que en Barcelona anuncian en los periódicos sus sermones, como si fuesen una película.

Lo cual era rigurosamente cierto. La tradicional rivalidad entre jesuitas y dominicos, conocía ahora nuevos brotes, bien es verdad que menos duros que los de Trento. Y la Compañía anunciaba en los diarios y en un recuadro destacado las «pláticas sagradas» de sus más celebrados «picos de oro» y a su vez, la Orden de Predicadores les enfrentaba, asimismo con publicidad en prensa, a sus «vedettes» en oratoria. Muchos fieles cristianos asistían a ambas representaciones (que buen cuidado se tenía de que fuesen compatibles en sus horarios) y gozaban de lo lindo, y después se enzarzaban en acaloradas discusiones, defendiendo cada cual a su preferido. Las iglesias se llenaban a tope e incluso hubo que instalar altavoces en los atrios. Grandes beneficios para sus almas obtuvieron los asistentes al singular torneo dialéctico-espiritual, aunque algunos se pasasen de rosca en la defensa de su Padre predilecto y hasta llegaran a las manos en el pío enardecimiento sobre quién había glosado mejor la parábola del sembrador, si el jesuita o el dominico. Según las personas de edad, igual, igual había sucedido cuando Joselito y Belmonte.

*

Muy reconfortados salieron los colegiales de séptimo de aquellos Ejercicios Espirituales y hasta Pepe Lloret hizo firme promesa de huir de las tentaciones de la carne. A todos les sirvió, también, para no volver a comentar el asunto del Padre López del Bosque, y como eran chavales sanos y creyentes, se sintieron especialmente felices en su virtud. Y se entregaron obsesivamente al estudio, aprovechando a conciencia las pocas semanas que les quedaban para repasar los programas (*Chapete*, además, se dedicó a «iluminarlos»; esto es, a rellenarlos, en menudísima letra, con la mayor cantidad posible de textos copiados del libro).

El último domingo de mayo, la clase entera asistió corporativamente, con el Padre Camí al frente, al Rosario de la Aurora, antigua y muy acendrada devoción, que contaba con una fervorosa asistencia de fieles. A las siete de la mañana se concentraban en la Parroquia (cada semana tocaba una distinta) y salían después por las calles del barrio, llevando al frente una imagen de la Virgen y rezando en alta voz los misterios del rosario. Dio la coincidencia de que aquel domingo correspondía recorrer el Distrito del que era Concejal don Bernardo Jarro, con lo que éste presidió la comitiva, dirigió uno de los misterios y dio un hermoso ejemplo de piedad cristiana. Su hijo Vicente se sintió especialmente complacido y más todavía cuando, al terminar el emocionante cortejo, don Bernardo anunció a los chicos de la clase que estaban invitados al festival benéfico que a las once se celebraría en la plaza de toros.

Se trataba de otra tradición en la ciudad: una especie de becerrada, en la que alternaban toreros de renombre con muchachos de la buena sociedad, que aseguraban tener conocimientos de la lidia. No era cierto en absoluto, pero los tendidos se llenaban y el Asilo de Ancianitos recibía una buena inyección de pesetas, que falta le hacían. Los palcos de la plaza se subastaban previamente y era de ver la rivalidad de todos los ricos para quedarse con los mejores. Naturalmente, no lo hacían por caridad, sino por mera presunción. Pero el objetivo, que era sacar dinero, se conseguía con creces.

Primero hubo un desfile de calesas, ocupadas por hermosas y gentiles señoritas, tocadas todas ellas con la gracia de la mantilla española de blonda y la teja, que realzaba la belleza de los encajes. Esto es lo que diría, al siguiente día, la «Hoja del lunes»; la realidad era más modesta. Chicas por lo general feuchas se sentaban amontonadas en los carricoches y saludaban con las manos a las familias que las aplaudían al pasar. Algunas iban vestidas con elegancia; la mayoría, daban pena. A más de una se le caía la teja, con el vientecillo y la emoción, y entonces se ponía muy colorada y el público le dedicaba una especial ovación, para consolarla. Una vez dada la vuelta al albero, las señoritas ocupaban las barreras y comenzaba el paseíllo.

Abrían marcha la hija del señor Gobernador, Sonsoles de nombre, que pesaba alrededor de los setenta kilos, aunque tenía unos ojos azules muy bonitos. Iba montada en una hermosa jaca andaluza; montada a la española, naturalmente, como mandan la tradición y las buenas costumbres del país. Pero cinco días de entrenamiento habían sido pocos para que Sonsoles aprendiera a sujetarse debidamente sobre la montura y el paseíllo constituyó un número perfecto de suspense. Por lo menos cinco veces estuvo a punto de quedar descabalgada y menos mal que dos soldados de Caballería estaban al tanto, moderando los evidentes deseos de la jaca por quitarse de encima a la hija del señor Gobernador. Que, finalmente, saludó a la presidencia (donde, ni que decir tiene, estaba su señor padre) y se dio tanta prisa en desmontar, que se enganchó en el estribo y acabó con su voluminoso cuerpo en la arena. Fue cariñosamente aplaudida.

Junto a tres matadores de alternativa, desfilaron los «valerosos aficionados» (así decían los carteles) José Ignacio de Ferrán y de la Rueda, alias *Chiquito del Casino;* Manolo Ruiz-Enríquez y Espinosa, alias *Niño del Olivar* (su padre, el señor conde, era dueño de una gran parte de la provincia de Jaén), y Pedro Luis de Luna, *Pedrete*. Iban vestidos de dulce, con trajes cortos hechos a la medida y zajones repujados y sombrero ancho coquetamente ladeado. Un derroche, porque al terminar el festejo daba pena verles; que los achuchones, las volteretas y las caídas habían destrozado tan ricas vestimentas.

Daba igual; porque se trataba (ya lo advertimos) de ayudar a los desvalidos y a ello se habían prestado, con la generosidad de siempre, los señoritos más elegantes de la ciudad. En los tendidos se encontraban sus novias, emocionadas y trémulas como puedan estar, en casos semejantes (y salvando las diferencias de trapío de las reses) las mujeres de los toreros de verdad. Aunque aquel año, el interés del festejo no estuvo en el ruedo, sino en la fila quinta del tendido del seis. Allí ocupaba su localidad Marite González, la hija del Notario, una de las chicas más conocidas de la capital. Tenía fama de moderna y hasta de avanzada, porque no sólo era Dama de la Cruz Roja (como casi todas las señoritas bien), sino que incluso acudía todos los días al Hospital y allí ejercía sus funciones sanitarias. Además, estudiaba Filosofía y Letras y leía a Unamuno, a Baroja y a Galdós, con el natural escándalo de las amistades de casa. Las señoras mayores opinaban que su ejemplo resultaba altamente pernicioso para las demás muchachas de su edad y sólo el prestigio bien ganado de su padre había impedido que se le hiciese el vacío en los círculos de la buena sociedad.

Pero su conducta durante la lidia del cuarto becerro excedió todas las previsiones. y constituyó, durante los días siguientes, la comidilla de las tertulias bien de la ciudad. Fue precisamente Pepe Lloret el primero en advertirlo, sin duda porque Marite le gustaba mucho y estaba pendiente de ella desde que se sentó y cruzó las piernas y dejó entrever sus excelentes muslos.

—¡Fijaos! —gritó de pronto Pepe—. Allí, en el tendido del seis...

Miraron todos; incluso el Padre Camí que, naturalmente, había ido también a la plaza.

—¿Qué pasa? —preguntó Ernesto Ríos.

—¿No ves a Marite González?

—Sí, ya la he visto antes. Está muy guapa, oye...

—Pero mira bien, imbécil... ¿No te das cuenta?

Ernesto miró atentamente.

—¡Ahí va...! —fue todo su comentario.

Los otros también se habían dado cuenta.

—¡Qué barbaridad...! —dijo Vicente Jarro.

—¡Es una chica fenomenal! —alabó Pepe—. ¡Le echa un valor...!

—¡La que se va a armar cuando se entere su padre...! —comentó Arcadio.

—Es que ahora se ha pasado, oye... —reconoció Alfredito Rueda.

El Padre Camí no comprendía las razones del revuelo; así que preguntó:

—¿Qué es lo que tanto les llama la atención?

Pepe Lloret le aclaró la cuestión:

—Mire allí, Padre; a la derecha... En el tendido del seis... hacia la mitad... Al lado de aquel oficial de la Guardia Civil... La chica del vestido azul...

—¿Adónde? Ah, sí, ya caigo...

—¿Se da usted cuenta, Padre? ¡Está fumando...!

Dolorosamente cierto: Marite González se había atrevido, a sus diecinueve años, a fumar en público y al aire libre, en plena plaza de toros y a las doce del mediodía. Una verdadera monstruosidad, un incalificable ataque a todas las normas del pudor y la decencia. Y es que había que ver a qué extremos de descoco estaba llegando la juventud. La señora de Fandos, que junto a su esposo ocupaba una silla de rellano, no pudo reprimir un grito al advertir semejante escándalo. Se puso en pie, alargó el brazo acusadoramente y dijo, en alta voz, trémula de indignación:

—¡Es intolerable! ¡Absolutamente intolerable...!

Y se persignó devotamente. El público se había ido dando cuenta y creció un murmullo de asombro por los tendidos. Mientras tanto, Marite, tan campante, fumaba su «Camel» sin darle importancia e incluso lanzaba el humo por las narices. Con manifiesto desprecio hacia el valor con que *Niño del Olivar* intentaba colocar un par de banderillas al pobre becerro que le había tocado en suerte, la gente sólo estaba pendiente del cigarrillo de Marite. Que se lo terminó tranquilamente, echó la colilla al suelo y la pisó con el puntiagudo tacón de su zapato. Entonces, Pepe Lloret inició un aplauso, y el público le siguió y atronó en la plaza una ovación de gala.

Manolo Ruiz-Enríquez y Espinosa, alias *Niño del Olivar*, creyó que se le dedicaba a él porque, finalmente, había dejado colgado un rehilete en la barriga del animalito, berrendo en negro, y saludó eufórico desde el centro del ruedo.

*

Desde que los rojos (más tarde llamados republicanos) asesinaron a su padre, Ernesto Ríos y su hermano mayor, Alberto, vivían bajo la cariñosa tutela de su tío por parte de madre, don Anselmo Sedano, de profesión sus negocios. Don Anselmo estaba el 18 de julio en Lugo, visitando a una vicetiple con la que mantenía ilícitas relaciones y que a la sazón actuaba con la compañía de revistas en el teatro de la umbrosa capital gallega. En aquellos días tenía el señor Sedano treinta y seis años (iba con el siglo) y estaba a punto de agotar los últimos restos de la manda que una tía le había dejado, al fallecer en 1934, porque su porción hereditaria respecto del padre se la había pulido hacía ya tiempo. Don Anselmo Sedano era lo que se llama «un bala» o séase, un «viva la Virgen», que teóricamente se dedicaba a los seguros e incluso obtenía algunas pólizas. Aunque su real destino en la vida era pasarlo bien, enredarse cada dos por tres con hermosas señoritas y quejarse amargamente en su tertulia del Casino de las injusticias sociales existentes en el país.

La guerra civil, sin embargo, cambiaría su destino. Por elementales razones de lealtad geográfica se convirtió en un franquista ferviente, y como estaba sin un duro se enroló como voluntario, no obstante quedar ya lejos de la edad militar. Destinado a la Intendencia, destacó tan brillantemente como abastecedor de las columnas que partían hacia el frente, que el Mando le nombró pronto Teniente Habilitado. Terminó la contienda (entonces llamada Cruzada) como Comandante, también habilitado, y a lo largo de aquellos dramáticos años supo conjugar el servicio castrense con las comisiones (o porcentajes sobre los suministros), con tanta maña que al llegar la paz era, además de héroe condecorado, un hombre rico.

Ya desmovilizado, después de cobrar la participación que tenía pendiente sobre unas pólizas conseguidas en junio del 36, se dedicó al transporte. Era difícil, en aquellos tiempos de la posguerra, conseguir vehículos y más todavía encontrar para ellos los neumáticos indispensables para que rodasen por las destrozadas carreteras del país. Pero don Anselmo tenía amistades, había acumulado méritos y sabía, sobre todo, comprar favores. O sea, que se le concedieron tres camiones rusos, procedentes de la requisa militar y nunca le faltaron cubiertas y cámaras en buen estado. Fundó la empresa TRANSPORTES SEDANO, S. L., que en 1947 tenía ya una flota de treinta y tantos vehículos de distinto tonelaje (veinte de ellos, fabricación nacional, porque acababa de lanzarse un camión «Pegaso» que funcionaba muy bien, incluso con gasógeno) y que cubría todos los circuitos de la nación.

Pero además, don Anselmo estableció contactos con las empresas que mayormente se dedicaban al estraperlo y cobrando precios especiales, destinó una parte de sus camiones al transporte de mercancías prohibidas. Naturalmente, se trataba de un tráfico difícil, que más de una vez llevó consigo actas, requisas y hasta procesamientos. Pero el señor Sedano se daba una especial maña para esquivar los problemas legales y al final salía indemne de los juicios y aumentaba sus beneficios de manera impresionante. Hasta el punto de que ya era un millonario, que vivía en un piso decorado por Mariano García (o sea, con muchos espejos, muchos escalones innecesarios entre habitación y habitación y muchas cornucopias doradas bajo los falsos techos de escayola, pintados en oro) y que tenía un «Ford Eight» de importación (lo que se llamaba un «haiga») y como seguía soltero, podía presumir de amantes, a las que exhibía sin el menor recato porque, además, eran siempre «estrellas» de la canción o «vedettes» de revista. Chicas, por tanto, de categoría, que justificaban la envidia de sus amigos.

Aparte de esto, don Anselmo Sedano se había impuesto la obligación moral de sacar adelante a sus dos sobrinos, los hijos de su única hermana, Matilde, viuda de caído, que había quedado en muy mala posición ya que no tenía espíritu comercial y por eso se sintió incapaz de llevar adelante el ultramarinos de su difunto esposo y lo traspasó muy barato pocos meses después de terminar la guerra. Mal le hubiese ido a la señora de no ser por la munificencia de su hermano, que ingresó a los chicos en el colegio de San Tarsicio (el mejor de la ciudad) y no reparó en dispendios para que se hiciesen unos hombres de provecho, y ahora estaba realmente orgulloso de ellos, ya que respondían admirablemente a su generoso sacrificio.

Porque mientras Ernesto preparaba su examen de Estado (que nadie dudaba que aprobaría), Felipe, pasado el segundo de Derecho, con Sobresaliente en Penal, se disponía a marchar al campamento de la Milicia Universitaria. Era toda una efemérides, ya que en la Milicia (I. P. S, que quería decir Instrucción Premilitar Superior), los jóvenes de la España nueva alcanzaban el cénit de su formación moral. Doña Matilde le preparó el uniforme, que realzaba los atractivos juveniles de su hijo. La guerrera caqui, con los dos cordones colgando desde la hombrera, uno de ellos rojo, que era el correspondiente a los alumnos de Derecho. Y la placa de la Milicia, con el cisne y las armas cruzadas, sobre un fondo azul. Y el gorrillo con la airosa borla. Y los pantalones bombachos, con las botas de media caña. Vestido de caqui, estaba Felipe hecho todo un militar y su madre y su tío y su hermano le despidieron entre lágrimas cuando salió hacia el campamento de Chapas de Marbella, que tenía el inconveniente de estar situado en una zona inhóspita, a cuarenta kilómetros de Málaga, lugar desierto y sin comodidades. Luego resultó, además, que las aguas estaban contaminadas y muchos de los aspirantes I. P. S. agarraron el tifus; por fortuna, Felipe se libró de él. También se libró de las enfermedades venéreas, no sólo por las raciones de bromuro que se les suministraban a los aspirantes con el café con leche, sino por su cultivo de la castidad, que le alejaba de las malas mujeres que acechaban pecadoramente la fogosidad juvenil de los caballeros alumnos de la Milicia Universitaria.

Mientras Felipe se disciplinaba para llegar a alférez de complemento (después pasaría medio año ejerciendo con mando en un regimiento), Ernesto preparaba su examen de Estado. Y, además, atendía sus obligaciones de Jefe de Centro del Colegio y de Jefe de la Centuria del Frente de Juventudes y hasta participó en un concurso literario organizado por la Delegación Provincial y ganó uno de los premios con un brioso artículo titulado «Nuestro estilo es ardiente y combativo», en el que glosaba la dedicación de la juventud falangista a su lema «Por el Imperio hacia Dios». El Padre Camí le elogió muy entusiásticamente la tesis de aquel artículo y hasta le dijo que lo usaría para sus charlas de verano en los campamentos. Porque el Padre Camí iba a pasar el mes de agosto como Asesor Eclesiástico en un Campamento del Frente de Juventudes.

—Es una labor que me encanta —decía—, ya que permite llevar la formación espiritual y patriótica a estos magníficos muchachos de nuestra organización juvenil.

Como consecuencia de aquella labor del Padre en la formación espiritual de los camaradas del Frente de Juventudes, José Antonio Elola (que era el Delegado Nacional) le impuso la Medalla de Oro de la Juventud y la prensa destacó el entusiasmo patriótico del jesuita, que sabía siempre exaltar, con fervor, la trascendental labor formativa que la Organización Juvenil llevaba a cabo; realzando, sobre todo, el sentido anticomunista del régimen, ya que el comunismo, como bien había dicho el Papa Pío XI, en la «Quadragésimo Anno», era intrínsecamente perverso. Y bajo ningún concepto podían admitirse las heréticas tesis de Lenin y de Marx, que España había rechazado por siempre jamás, amén, gracias al heroísmo de sus caídos en la Cruzada.

También gozaba Camí de la simpatía de los padres de los colegiales, y por eso, el Rector le designó para presidir una reunión con las familias de los de séptimo, en la que se les expondría el plan intensivo de estudios previsto por el Colegio para las últimas semanas anteriores al examen de Estado. El Padre aclaró bien el alcance de esta reunión:

—Como ustedes comprenderán, no se trata de someter a discusión este plan, ya que, dicho sea con todos los respetos, carecen ustedes de conocimientos para opinar sobre el tema. Pero hemos querido que conozcan su alcance y las motivaciones que nos han llevado a adoptar estas medidas académicas, que esperamos propicien los mejores resultados para los alumnos...

Los padres comprendieron perfectamente que no hubiese consulta, sino mera exposición de lo que ya estaba acordado. Los padres no tenían formación democrática y aceptaban por ello que, quienes más sabían, les diesen resuelto el problema. Don Bernardo Jarro no ocultó su satisfacción y don Anselmo Sedano también aprobó sin reservas el plan académico, y en cambio, don Tomás Fandos puso diversas pegas y hasta censuró duramente que se diese preponderancia a las clases prácticas sobre las teóricas, toda vez que el examen de Estado iba a basarse en temas del programa, eminentemente especulativos. Por lo bajini, don Bernardo le comentó a don Anselmo:

—Ya ve usted: protesta el que no paga...

Y don Anselmo sonrió cáusticamente y le ofreció un «Farias» a don Bernardo, que lo rehusó muy amablemente, porque no fumaba cigarros puros. Salieron juntos todos y Sedano propuso llevar en su coche a don Ramón Ventura, el padre de *Chapete*, y éste se lo agradeció mucho, porque con eso de que era hombre del agro (es decir, del campo) tenía cierto complejo social y le había encantado que el poderoso industrial tuviese aquel detalle. También viajó con ellos don Acisclo Lloret, viejo conocido de don Anselmo, que siempre le gastaba la misma broma. Consistente en preguntarle:

—Bueno, Acisclo: ¿Ya te has hecho franquista?

Acisclo decía invariablemente que no y Sedano le atacaba con humor negro:

—¡Pero hombre, no seas desagradecido! Tú has perdido la carrera, por rojo, ¿no es así?

Acisclo decía que sí, con la cabeza.

—Tú eras, en el 36, teniente de artillería. O sea, que de haber caído en la zona nacional ahora serías por lo menos teniente Coronel.

Acisclo seguía asintiendo en mudo.

—Y estarías ganando un sueldo de mil y pico pesetas al mes.

—Dos mil trescientas cuarenta —precisaba Acisclo.

—Tuviste la inmensa suerte de quedarte en la zona roja y de servir a las órdenes de Negrín ¿Y qué pasó? Que te depuraron. Que perdiste el empleo militar. Y que te encontraste en la calle.

Acisclo ponía carita de pena y seguía diciendo que sí, en silencio.

—Y entonces, no te quedó otro remedio que buscarte una ocupación. Y te dedicaste a las representaciones de tejidos. Después, montaste una empresa de reparto de carnes. La ampliaste con la cosa de las verduras y las legumbres. Ahora tienes veinte sucursales y ganas dinero a manta.

Acisclo sonreía dulcemente.

—Todo eso, ¿gracias a qué? Al régimen de Franco, que te echó del Ejército. Porque de lo contrario, seguirías de caqui, ganando las dos mil trescientas cuarenta pesetas al mes, que es lo que ganan tus compañeros de promoción.

Acisclo no sabía qué gesto poner.

—O sea, que tienes que estarle muy agradecido a Franco y a la depuración. Eres rico gracias a eso.

Acisclo opinó al fin:

—Pero no puedo llevar el uniforme, Anselmo. Tú no comprendes lo que eso supone...

Desde luego, Anselmo no lo comprendía, porque para él lo único importante eran los beneficios industriales. En cambio, don Ramón Ventura se permitió intervenir, opinando sobre la cuestión:

—Ustedes dispensen —dijo, modestamente—, pero yo sí que entiendo el problema del señor Lloret. Miren; es lo que pasa con los aparceros. Suelen ganar más dinero que el propietario, pero les fastidia seguir siendo eso, aparceros...

Hacía un calor espléndido, ya que entonces, en mayo hacía calor y no se diga en junio y ya no se comente en julio, que el termómetro se ponía en los treinta grados y era preciso irse a la piscina (a distintas horas los chicos y las chicas, naturalmente, para evitar concupiscencias). No como muchos años más tarde, cuando llegó la democracia y hacía frío en junio y llovía y hasta caía agua nieve en julio; lo cual nunca fue consentido en los tiempos de la dictadura, que jamás permitió que las estaciones perdieran su tradicional sentido, como debe ser.

Hacía, pues, tanto calor, que los tres caballeros se tomaron una horchata y luego se despidieron afectuosamente.

IV

Se llamaba Josefina. Tenía los ojos azules, el pelo rubio y una sonrisa dulce, infinitamente candorosa. Y dieciséis años cargados de inocencia. Era alumna de Loreto, o sea, que llevaba como uniforme el vestido negro, con medias también negras; el cuello duro blanco y un lazo colorado. Según opinaba Arcadio, el uniforme le sentaba a las mil maravillas. Pero no podía hacerse demasiado caso de lo que opinaba Arcadio sobre Josefina, porque el chico estaba enamorado de ella. Enamorado de una manera integral, absoluta, tremenda. Con la natural desesperación del Padre Alonso, que bien hubiese querido llevárselo al noviciado de Veruela y que incluso, en algún momento, estuvo a punto de conseguirlo. Pero cuando ya parecía que Arcadio iba para jesuita, apareció en su vida Josefina y todo cambió para él.

Arcadio se desvelaba por las noches por culpa de Josefina y tenía todas las carpetas, los libros y las libretas marcados con las iniciales «J. B.», que querían decir Josefina Bosch, y algunas tardes pedía permiso para salir del colegio antes de las ocho, con diversas excusas, y como era tan buen alumno se lo concedían. Y entonces agarraba el tranvía 7 y se iba a la esquina de José Antonio y Virgen del Mar, donde sabía que paraba el autobús de Loreto y ella bajaba, con su uniforme y su cartera. Hacía como que se asombraba al verle (las mujeres, hasta las más jóvenes y las más decentes, tienen una congénita coquetería) y le sonreía deliciosamente y Arcadio notaba que algo extraño y maravilloso se apoderaba de él.

Iban juntos hasta la Catedral, que estaba al lado mismo, y allí rezaban una salve frente a la Virgen y el muchacho miraba de reojo a Josefina, que estaba bellísima con los ojos clavados en el altar y aquella naricilla respingona y, sobre todo, aquel gesto dulce y candoroso. Después, Arcadio la acompañaba hasta el portal de su casa, hablando de tonterías o de cuestiones académicas y le daba la mano al despedirse y la mantenía algunos segundos entre la suya. Lo cual provocaba incendios interiores en la muchacha (que pudorosamente disimulaba) y al chico le dejaba inundado de felicidad, de forma que, cuando tomaba el tranvía para marcharse a casa, se consideraba el más dichoso de los humanos.

No es que fueran novios, porque él no se había atrevido todavía a proponérselo. Pero existía entre ambos una especie de tácito consentimiento para propiciar aquellos apasionados (e ingenuos) amores juveniles, y por eso los domingos paseaban juntos por la calle del Generalísimo (con otras parejas, naturalmente) y se miraban sin decirse nada, pero entendiendo de sobra lo que querían decirse. Arcadio le invitaba a una cerveza y le contaba lo mucho que estaba estudiando para aprobar el examen de Estado, y ella le decía que estaba segura de que tenía que aprobarlo, y luego él le explicaba que pensaba estudiar Derecho, porque quería ser Notario, que es salida segura, y ella sonreía tiernamente para comentar que tardaría lo menos siete años en conseguir plaza. No decía nada más; aunque Arcadio interpretaba su gesto triste como aquiescencia resignada para esperarle lo que hiciese falta.

Fueron juntos al cine una tarde. Era jueves y Josefina consiguió de sus padres permiso especial para salir sola, gracias a que Teresa, la señorita de compañía (también llamada carabina) estaba con gripe. Los padres le autorizaron, porque estaban al cabo de la calle de sus escarceos con Arcadio y el chico les gustaba para yerno, aunque fuese a tan largo plazo. Fueron a ver, en un cine de reestreno, «Los últimos de Filipinas» y Josefina lloró bastante y Arcadio se emocionó con la escena final, cuando los sitiados abandonaban el fuerte de Baler, en correcta formación militar y los tagalos sitiadores les rendían armas, reconociendo su heroísmo. A la salida, tomaron un helado y se produjo, al fin, la declaración en regla.

Que resultó más bien sosa; porque Josefina acababa de comentar que hacía calor y Arcadio no opinó nada al respecto y ella, entonces, preguntó:

—¿Es que tú no tienes calor?

Y él, absurdamente, respondió:

—Yo te quiero.

Evidentemente, no había relación alguna entre la pregunta y la respuesta y la chica, con la habitual picardía femenina, hizo como que no se enteraba e insistió:

—Pero no me negarás que hace mucho calor.

—¿Es que tú no me quieres? —contestó Arcadio, firme en su manía.

—Hombre... —dijo ella.

Pero le agarró la mano y Arcadio notó que un fuego abrasador se apoderaba de él y como su amor era puro, sintió la necesidad de aclararlo debidamente:

—Quisiera que fuésemos novios... Novios formales.

Josefina sonrió, con aquella sonrisa suya, tan adorable, tan dulce.

—Me parece muy bien —contestó.

Entonces, Arcadio le tomó por el brazo y ella inclinó la cabeza sobre su hombro y así quedaron establecidas las relaciones entre los dos. Para completar la cosa, Arcadio tarareó en los oídos de Josefina una canción de moda, que en lo sucesivo iba a ser el «leit motiv» de su apasionado romance:

—«Tus ojos brujos en mí se clavaron».

Ella completó el dúo:

—«Y para siempre, tu esclava seré...»

Era de aquella revista, «Una rubia peligrosa», que Arcadio no había visto, porque la censura eclesiástica la catalogaba como «4», pero la radio difundía a todas horas el dichoso dúo, que era muy bonito y muy sentimental, y por eso lo había escogido como fondo musical de su enamoramiento. O sea, que al despedirse de Josefina, volvió a susurrarlo y ella también y se cogieron otra vez las manos y la chica entró en el portal y Arcadio se quedó unos momentos viéndola ir, como ensimismado. Y después dio unos saltos ridículos y gritó estúpidamente: «¡viva, viva!», y al llegar a casa, escribió en todas las páginas en blanco que encontró, aquello de «J. B.» y se puso a estudiar como una fiera, porque necesitaba aprobar en seguida el examen de Estado y sacar la carrera rápidamente y ganar las oposiciones a la primera y casarse finalmente con ella.

Sin embargo, al día siguiente, en la clase de latín, Alfredo Rueda tradujo mejor que él unos versos de Ovidio y pasó al primer puesto y Arcadio se quedó hecho polvo, sobre todo cuando el Padre Camí comentó que Ovidio era el gran poeta del amor, en el buen sentido, naturalmente. Aquella clase resultó especialmente curiosa, ya que *Chapete* planteó un problema lingüístico, al preguntar:

—Y si «puto, putas, putare», quiere decir pienso, ¿por qué, Padre, en castellano, eso de «putas» tiene un sentido tan distinto?

El Padre Camí aclaró que, filológicamente, nada tenía que ver el verbo latino con la palabra castellana y Ernesto Ríos le dijo a *Chapete,* al salir de clase:

—Eres un animal, Paco...

En el recreo todos jugaban al fútbol y los pelotas le daban coba al Padre, y mientras tanto, Arcadio, en un rincón, ajeno a su contorno, pensaba en Josefina, que a esa misma hora, en el colegio de Loreto, estaba asimismo pensando en él y tarareaba, bajito y para sus adentros:

—«Tus ojos brujos en mí se clavaron...»

Arcadio, sin darse cuenta de que estaba coincidiendo, tarareaba también:

—«Y para siempre, tu esclavo seré...»

Luego, los dos se iban a clase.

*

Aunque era domingo —el primer domingo de junio—, Ernesto Ríos, Vicente Jarro y Alfredo Rueda decidieron reunirse por la tarde para preparar juntos los temas de Filosofía. Como en el ejercicio, lleno de esplendidez, de su tutela hacia su sobrino, don Anselmo Sedano tenía previsto llevarle a ver un interesante partido de fútbol (era la semifinal de la Copa de S. E. el Generalísimo), al conocer la voluntaria renuncia del muchacho al placer deportivo, en beneficio de su formación cultural, se sintió, como siempre, magnánimo y le dijo:

—Pues como eso me parece un gesto muy hermoso, os invitaré a comer a tus compañeros y a ti.

Y se los llevó a un restaurante de la playa, donde hacía un calor de mil demonios. Lo sentían mucho menos los que, en las sillas de madera frente a las mesas con manteles deshilachados esperaban la llegada de la paella, que aquellos otros que andaban sobre la arena; porque éstos iban embutidos en el albornoz, que hacía sudar lo suyo. Pero a ver quién era el guapo que se lo quitaba, ya que la habitual vigilancia de los guardias que, celosamente, cuidaban de la moral pública, se había endurecido esa mañana, puesto que el señor Gobernador estaba almorzando, con su colega de la cercana provincia, en uno de los establecimientos del contorno. Y ni siquiera se podía tener la tolerancia de otras veces con los muchachos que jugaban al fútbol en la playa, con sus bañadores con tirantes, pero sin el albornoz, porque la primera autoridad era muy intransigente en materias de decencia.

De tal manera que, en un momento determinado, observó que había un joven junto al mar desprovisto de la pudibunda prenda y que incluso, en el colmo de la concupiscencia, se había bajado uno de los tirantes y de esta guisa estaba tumbado tomando el sol. Sacó el señor Gobernador unos gemelos pequeños, verdadera muestra de la artesanía alemana (de la casa «Zeiss») que le habían regalado durante su anterior mandato en Soria y los enfocó hacia el descocado. Hizo un gesto al teniente de la Policía Municipal que estaba por los alrededores y el oficial se acercó, se cuadró y dijo, como debía decir:

—A sus órdenes, señor Gobernador...

—Mire usted allí —le acercó los gemelos, para que el teniente mirase a gusto—. Aquel ciudadano que infringe las normas sobre comportamiento en playas y piscinas.

Miró el teniente.

—Sí, Excelencia —contestó—. Lo veo perfectamente. Va sin albornoz.

—Y con un tirante caído —precisó la primera autoridad provincial—. Que se le detenga y se le imponga la sanción prevista de corte del pelo al rape.

—A sus órdenes, señor Gobernador...

El teniente se alejó, en dirección al inmoral. El Gobernador de la provincia cercana comentó, mientras se servía otra cerveza:

—Estás en todo, Paco. ¡Pero si hoy es domingo...!

—La moral no conoce fechas. Además, en este caso, tengo un especial interés en hacer sentir el peso de mi autoridad...

La señora del Gobernador Civil de la provincia le estaba diciendo a la señora del Gobernador Civil de la otra provincia, con una dulce y complacida sonrisa:

—Paco es muy rígido con estas cosas de la decencia...

—Mi Pepe también, no vayas a creer —aclaró la colega.

—Hemos de evitar que la gente se condene...

—Eso, eso...

El teniente había vuelto y venía muy nervioso, con el rostro congestionado; balbuceó sensiblemente al decir:

—Excelencia, resulta que...

—¿Qué? —preguntó muy serio el señor Gobernador.

El teniente se acercó discretamente a su oído y en voz baja, reveló:

—El muchacho sin albornoz dice ser hijo de su Excelencia y llamarse Manolito.

—Ya lo sabía ¿O es que cree usted que estoy cegato?

—¡Por Dios, Excelencia...!

—Que le detengan, que le corten el pelo al rape y que venga después en seguida aquí, porque tiene que almorzar con nosotros...

Se fue el teniente, asombrado ante la ejemplar prueba de

disciplina y sumisión a las disposiciones vigentes que acababa de darle la primera autoridad de la provincia, y al siguiente día la ciudad entera comentó con admiración la energía y la honestidad de don Francisco. Alguien, sin embargo, le censuró su intransigencia: fue Merche, que como llevaba liada con el señor Gobernador dos años, tenía confianza suficiente para echarle en cara estos alardes de pureza. Pero Paco (Paquito, para Merche) le aclaró que los cargos exigen sacrificios y que, después de todo, aunque su hijo Manolito estuviese ahora fastidiado por andar sin pelo, a la larga le hacía un favor, ya que estos cortes al cero fortalecen el cuero cabelludo y evitan la calvicie precoz. A Merche, pese a todo, le pareció una barbaridad aquello y el señor Gobernador, para cortar el enojoso diálogo, le pidió las cuentas de la peluquería.

Ya que, para asegurar la estabilidad económica de su amante, el señor Gobernador le había puesto una peluquería de señoras, a la que acudían las damas más distinguidas de la ciudad y hasta le proporcionaba, a precios legales, productos de la alta cosmética internacional. Los peinados Solriza de la peluquería de Merche eran muy celebrados, y con ellos los rendimientos comerciales del establecimiento resultaban altamente satisfactorios. Pero, como bien le había aclarado Paco, aquel negocio no podía interpretarse como una prebenda oficial, dado que entre ambos existía una relación sentimental que sería tristísimo que nadie interpretara como interesada por parte de ella. Para evitarlo, Paquito (el señor Gobernador) y Merche iban al cincuenta por ciento en el negocio, a pesar de que Merche no se había gastado un duro en la instalación, si bien actuaba en lo que pudiéramos definir como socio industrial. Y ella, con su trabajo, y él, que había pagado los secadores y el traspaso del local y las primeras nóminas y los champús y los tintes, se estaban sacando, muy ricamente, algo más de cinco mil pesetejas limpias por barba y mes. La primera autoridad de la provincia, dando un ejemplo de austeridad y compostura, gozaba, por tanto, de los evidentes encantos físicos de la Merche (que estaba muy rica y ni siquiera le era infiel), además de obtener un beneficio industrial nada desdeñable.

Don Anselmo Sedano y los chicos no se habían enterado del asunto de la sanción, porque estaban pendientes nada más que de la paella, y después, de una fritura tremenda que se metieron entre pecho y espalda. Bebieron cerveza a porrillo y una gloriosa euforia se apoderó de los muchachos, si bien Sedano tuvo buen cuidado en moderarla:

—Ahora os tomáis dos cafés bien cargados, que para estudiar os vendrán muy bien...

Se los tomaron y se tranquilizaron, que falta les hacía; porque los tres muchachos habían notado la llamada del sexo, como no podía menos de suceder en la playa. Ya que pasaban de continuo mujeres bellísimas, tapadas a más no poder, aunque con las piernas al aire. Y algunas de aquellas bañistas, cuando se metían en el agua, dejaban ver sus espaldas y parte de los muslos, ya que la faldita reglamentaria del bañador solamente cubría unos veinte centímetros. Era, por tanto, una tentación poderosa, aumentada, sin duda, por los efectos afrodisíacos del alcohol. La sabia experiencia de don Anselmo reparó en ello y sin mayor trámite levantó la reunión y los metió a todos en su «Ford-Eight» y se los llevó a casa, para que se pusieran a estudiar como Dios manda.

Estudiaron de veras. De manera que, al siguiente día, el Padre Camí les felicitó por sus brillantes respuestas al programa y les felicitó también por su aplicación, tan importante cuando ya se sabía la fecha del ejercicio escrito, que sería el 24 de junio.

—Mi onomástica, como ustedes verán —dijo el Padre—. Pienso que es una venturosa coincidencia, ya que rezaré de forma especial a mi santo Patrón para que les ayude en el examen de Estado.

Todos se pusieron muy contentos por aquella casualidad y Arcadio llamó por teléfono a Josefina y le comentó la coincidencia y su novia se alegró mucho. Solamente Paco Ventura, *Chapete,* le echó agua de lógica al vino del entusiasmo, comentando:

—Pues como San Juan Bautista no baje a escribir por mí esa historia de la filosofía kantiana, me parece que no podré aprobar el examen escrito.

Sin embargo, la clase estaba optimista y todos besaron la mano del Padre Camí con devoción al marcharse.

Y a los pocos días, se emocionaron hondamente, compartiendo así la emoción del Padre Camí, que en un gesto nada usual en él, había dejado el birrete sobre la mesa y paseaba por la tarima, mientras —con las manos juntas y en voz entrecortada— les decía:

—Quisiera que todos ustedes comprendieran la trascendencia de este día. Es su último día como colegiales del San Tarsicio; porque hoy termina oficialmente el curso y aunque tardarán todavía dos semanas en examinarse de Estado, prácticamente su estricta condición de alumnos de la Compañía ha concluido...

Chapete le susurró por lo bajo a Vicente Jarro:

—Deogratias...

—Han pasado ustedes siete años —siguió el Padre— bajo estos muros, «tutelares muros», como dice el himno del Colegio. Lo de menos es lo que aquí hayan podido aprender de las disciplinas académicas; lo importante es que, en lo sucesivo, sepan enfrentarse con la vida como unos auténticos caballeros cristianos...

Alfredo Rueda no pudo reprimir su entusiástica convicción:

—¡Así será, Padre...!

Ernesto Ríos, que estaba medio llorando, le miró con gesto reprobatorio. El Padre Camí se dirigió a Arcadio Figueras, para preguntarle:

—Usted, por ejemplo (y me dirijo a usted por su condición de Brigadier), ¿cómo cree que deben mantener los principios que aquí les hemos inculcado, cuando ya no puedan acudir con sus dudas al Padre Espiritual?

Bastante azorado, Arcadio se puso en pie.

—No nos será difícil, si seguimos fieles a la devoción a la Virgen.

—Exacto —sonrió el Padre.

—Lo importante es tener presentes unos principios básicos —se explayó el chico—, porque la Verdad es una y sencilla. Desoír filosofías materialistas y saber que, en definitiva, lo único inmutable es esto, lo que aprendimos en este librito...

Levantaba en alto el Catecismo de la Doctrina Cristiana, anotado y comentado patrióticamente por el joven y piadoso jesuita, Padre Francisco García Salve, uno de los más prometedores valores de la Compañía.

—Está usted en lo cierto y me satisface grandemente su respuesta —confirmó el Padre Camí.

Pepe Lloret levantó el brazo entonces, para preguntar:

—Oiga, Padre, y cuando ya seamos mayores del todo, o sea, que estemos en la mili y todo eso, ¿también habrá que guardar la castidad como ahora, es decir, siempre?

Al Padre le traicionó una sonrisa de simpática comprensión.

—Claro, hombre, claro. Pero entonces estarán ustedes más cerca del matrimonio y en el matrimonio satisfarán esos goces, que resultan especialmente gratos a través del Sacramento y del amor cristiano.

Pepe se sentó, evidentemente contrariado por la noticia. Entonces, el Padre Camí terminó su alocución ofreciéndose a todos «por siempre y para siempre», y humildemente les pidió perdón si alguna vez había faltado a la caridad con ellos, y finalmente les dijo:

—Y ahora, yo les ruego que anoten unos versos que voy a leerles, que son como un compendio o síntesis de toda una normativa cristiana y española. Los ha escrito un jesuita eminente, uno de los jesuitas más virtuosos y esclarecidos que tenemos en España y que es joven y lleno de ilusiones. Se llama José María Llanos.

Dictó los versos, que decían:

Cuando esté ya aplastado el enemigo,
cuando esté ya la patria rescatada,
entonces regirá nuestro destino
un Caudillo, un Imperio y una espada.

¡Arriba España!
¡Gloria al Caudillo!
De nuevo asombre el orbe entero nuestra historia,
fe en la victoria
que ya ilumina
la ansiada aurora del imperio español.
Combate el Dios del cielo en nuestra guerra;
la Fe de nuestros padres defendemos.
Si vencemos, vencemos en la Tierra;
si morimos, triunfaremos en el Cielo.

—Fíjense bien —recalcó el Padre Camí— en el sentido de los dos últimos versos. El triunfo terrenal no es tan importante como la victoria en la vida eterna...

—¿De quién dijo que era esa poesía? —inquirió Ernesto Ríos, que no se había enterado debidamente.

—Del Padre Llanos, José María de Llanos, S. J. —recalcó Camí.

—Gracias, Padre. Debe ser un gran jesuita, porque es un buen patriota —comentó Ernesto, siempre en funciones de Jefe de Centuria.

Y *Chapete,* en el mientras tanto, le susurraba a Vicente Jarro:

—Menudo cursi, tú...

Se pusieron todos en pie y rezaron con especial unción el Ave María de despedida. Después, se quitaron sus delantales de rayadillo y los plegaron y los metieron en las carteras y, en el fondo, no sabían si alegrarse o entristecerse porque ya nunca más vestirían aquella prenda, que era como su uniforme de diario. También los soldados, cuando se licencian, sienten una confusa y contradictoria melancolía...

*

Sin embargo, tuvieron que volver al Colegio como consecuencia de una inesperada y triste circunstancia: murió de repente (dijeron que por un infarto) el Padre Espiritual, aquél tan bondadoso, tan comprensivo, al que tanto querían todos. Y todos sintieron mucho su fallecimiento y por eso estuvieron de buena mañana en la Iglesia, para asistir al funeral de «corpore insepulto» y después conocieron una dura y amarga experiencia: la de enfrentarse por vez primera con un cadáver. Porque hasta entonces, ninguno de todos los alumnos del curso se había visto frente a un muerto.

El Padre Espiritual estaba en el suelo, sobre una manta, vestido con la sotana, los ojos cerrados, la cara blanca, cruzadas las manos sujetando un rosario. Parecía totalmente dormido; pero a sus antiguos confesandos, a los alumnos que hasta pocos días antes habían acudido a él con sus problemas de conciencia, con sus dudas y con sus escrúpulos, les impresionó tremendamente aquel espectáculo, que suponía nada menos que el contacto inmediato y físico con la última verdad de la vida, que es la muerte. Y Vicente Jarro lloró sin remedio y Paco Ventura *(Chapete)* se quedó tan impresionado que a punto estuvo de desmayarse y Arcadio Figueras, que rezó de rodillas muy piadosamente, tuvo que tomarse luego un café que le devolviera a la normalidad. Para aquellos adolescentes en plenitud, tan ajenos a todo lo que no fuera vitalidad, esplendor, triunfo de los sentidos, el primer contacto con la dramática solución de la terrenal existencia, supuso un auténtico «shock», del que tardaron varios días en reponerse.

No les vino mal esa triste experiencia, porque aumentó su concentración espiritual y su afanosa entrega al estudio y su búsqueda de apoyos extraterrenos que facilitasen el aprobado. Por las mañanas, cada cual iba a su parroquia y allí oía misa con gran devoción y comulgaba y ofrecía especiales sacrificios para el caso de conseguir el título de Bachiller. Alfredo Rueda se colocaba con los brazos en cruz frente al altar de la Inmaculada prometiendo una pureza de meses si lograba salir adelante; luego, *Chapete* le dejaba hecho polvo, al recordar que promesas así no valían, porque la promesa debía versar siempre sobre algo «bueno, posible y mejor que lo contrario» y, por consiguiente, ofrecer castidad era valorar indebidamente lo que debía tenerse por normal y consuetudinario en todo joven cristiano.

Pero *Chapete* también iba por las mañanas a comulgar a la parroquia y también se ponía con los brazos en cruz y también ofrecía pasarse un mes sin beber cerveza, que ésa si que era una promesa digna de ser tenida en cuenta por la Virgen. No se diga las promesa de Arcadio, que las hacía junto a Josefina y que tenían mucho mayor alcance, ya que él ofrecía no ir al cine durante tres meses y no fumar en medio año. Aunque comprendía que tanta promesa de poco serviría si no era capaz de aprender la historia de la Reconquista y el proceso de la herejía albigense y aquella cosa tan rara de la química inórganica, y se encerraba en seguida en su cuarto y se metía en harina académica, con total dedicación.

Luisito Garzón, el imbatible portero del equipo de fútbol del Colegio, vio amargados aquellos días de preparación del examen de Estado (acababan de quitarle la escayola, fruto de su lesión, y en el Colegio le habían dado las mejores notas, que para algo entregó su clavícula a la mayor gloria del deporte) a causa de la detención gubernativa de su padre, don Valentín. Porque don Valentín era monárquico de toda la vida y por eso estaba conspirando, fiel a las consignas que le llegaban de Estoril. Tenía don Valentín en el comedor de su casa una fotografía dedicada de don Juan de Borbón (para él, Juan III), y mantenía directas conexiones con los adictos a la Causa. Los adictos a la Causa habían decidido que era llegado el momento de instaurar en el trono de España al Señor y decían que varios Generales apoyaban el golpe de Estado y que Gil-Robles había sido nombrado Presidente del primer Gobierno de la Monarquía.

Pero el fervor monárquico de don Valentín Garzón no encontró el menor eco y lo único que logró con sus conspiraciones fue que el Gobernador (don Francisco) le mandara detener, ya que entonces eso de la Monarquía no tenía ningún ambiente y los chicos del Frente de Juventudes iban cantando letrillas nada piadosas con el sistema y hasta, con indudable ordinariez, se decía aquello de que «Estamos de los Borbones —más allá de los cojones»—. Bien es verdad que don Valentín sólo estuvo cinco días detenido y después le soltaron y tuvo mucha suerte, porque a otros como él, en Madrid, les habían desterrado a las islas Canarias. A donde muchos años más tarde irían los turistas en busca de sol y tranquilidad, pero que entonces eran tenidas como lugar de proscripción y condena.

Cuando sólo faltaban tres días para el examen de Estado, se celebró en el colegio la misa del Espíritu Santo y todos los alumnos de séptimo acudieron, porque se trataba de impetrar la ayuda divina para la prueba final y, además, era la despedida oficial como colegiales. Dijo la misa el Padre Rector y el sermón estuvo a cargo del Padre Alonso, que era el orador predilecto de los colegiales, especialmente desde aquel día en que, glosando una página de la Biblia, había dicho:

—Y entonces, la Santísima Virgen se dirigió a San José, diciéndole: «Oye, Pepe...»

Todos comulgaron con unción y muchos lloraron cuando, al terminar la Misa, se cantó la «Salve Regina» y fue tan emocionante el acto, que hasta Paco Ventura *(Chapete)* le dio un abrazo a Ernesto Ríos y le dijo:

—Ya somos hombres y eso es una cabronada...

Ernesto les reunió después a todos y les hizo cantar el «Prietas las filas», a cuyo cántico se unió con enorme entusiasmo el Padre Camí, que gritaba más que nadie, especialmente aquella estrofa que decía, «busca el Imperio, que ha de llegarte por cielo, tierra y mar». Y es que el Padre Camí era en política lo que después se llamó un triunfalista del nacional catolicismo; pero que en aquellos momentos resultaba muy normal.

Tan normal como el susto que se pegó Alfredo Rueda cuando, leyendo en el periódico la habitual sección informativa donde el Gobierno Civil daba cuenta cada día de las personas que habían sido sancionadas la víspera por dedicarse, en plena vía pública, a la comisión de «actos contra la decencia y la moral», se tropezó con unas iniciales sospechosamente coincidentes con las de Arcadio Figueras y su novia. Y es que, en la nota que el Gobierno Civil enviaba a la prensa, se hacían constar tan sólo las siglas de los nombres y primer apellido de los infractores; no la integridad de los mismos, para que el bochorno no llegase a ludibrio. Con ello, además, la gente tenía ocasión de distraerse procurando adivinar quiénes podían ser aquellos ciudadanos procaces a quienes la Policía Municipal había descubierto en las calles oscuras o en los recoletos jardines, con las manos en la masa (y nunca mejor dicho).

Pues bien, en la segunda página del diario local matutino, debajo de la rúbrica «GOBIERNO CIVIL», tras el acostumbrado titular «SANCIONES POR FALTAR A LA MORAL PÚBLICA» y después de la inevitable introducción («En el día de ayer fueron sancionadas con multas que oscilan de cinco a cien pesetas, por haber sido descubiertas en la vía pública cometiendo actos ofensivos para la moral y la decencia ciudadanas, las siguientes personas:...»), aparecían estas iniciales, harto escamantes: don A. F. y señorita J. B.; aunque también es verdad que a continuación se precisaba «diez pesetas», o sea, que la falta no debió pasar de un discretísimo sobeo en algún banco escondido del Parque.

Alfredo, blandiendo en alto el periódico, se acercó a Arcadio, que estaba en su pupitre dedicado al análisis de la filosofía hegeliana y se lo metió literalmente por las narices, diciendo a gritos:

—¡Cachondo, que eres un cachondo...! ¡Conque afrentando a la moral por esas calles...!

Lógicamente sorprendido, sin caer en la razón de semejante actitud, Arcadio preguntó:

—¿Pero qué tonterías estás diciendo?

—Sí, sí, tonterías... Mira, mira aquí: diez pesetitas de multa a A. F. y señorita J. B.: no puede estar más claro.

—¿El qué?

—El que A. F., o sea, Arcadio Figueras, le estuvo metiendo mano ayer a J. B., o sea, Josefina Bosch, tú sabrás dónde. Y llegó el guardia y os cogió «in fraganti».

Fue un puñetazo perfecto, un directo al mentón que no

hubiese mejorado Luis de Santiago, que era el boxeador más ilustre del país. Alfredo Rueda cayó fulminado al suelo y como todo había resultado tan rápido, los demás compañeros de clase se llevaron una sorpresa de aúpa, y sin comprender nada se acercaron a toda prisa. Unos auxiliaron al noqueado, que al cabo de varios segundos (bastantes más de los reglamentarios para el fuera de combate) recobró la lucidez, y otros sujetaron a Arcadio, que insospechadamente furioso intentaba seguir castigando los flancos de su aniquilado rival. El Padre Visús, que vigilaba en aquel momento el estudio (como se trataba de un régimen de excepción, ya que el Colegio sólo permanecía abierto para los examinandos de Estado, distintos jesuitas se turnaban en la tarea) acudió presuroso y con todo cariño se acercó a Alfredo y se acercó tanto, que al preguntarle cómo se sentía, le lanzó una bocanada de aliento al rostro. Y como el aliento del Padre Visús estaba siempre impregnado de ajo, el chico se sintió muchísimo mejor, al reaccionar positivamente con el insufrible hedor.

Cada cual dio su versión del hecho y apaciguado su ataque de ira, Arcadio pidió perdón a Alfredo y Alfredo se lo otorgó, aunque la mandíbula seguía doliéndole y una muela parecía bailarle peligrosamente. El Padre Visús hizo que se abrazaran y todos los demás aplaudieron. Realmente, Arcadio estaba avergonzado por su violenta reacción y pidió permiso para ir a la Iglesia, donde oró unos minutos, solicitando la absolución de su barbarie por la Virgen. Aunque, como bien comprendió su víctima, el purísimo cariño que sentía por J. B. le había cegado, le había obnubilado de una manera total; porque aquel amor suyo era honesto, limpio, integérrimo, tal como debía corresponder a las relaciones formales que un Congregante Mariano de los Jesuitas podía mantener con una Hija de María de Loreto.

Que aquellos días, además, atravesaba una fase de singular virtud, ya que al terminar el curso en el Colegio, las alumnas más piadosas se dedicaban a dar lecciones de Catecismo en los barrios suburbiales de la ciudad. Cada mañana, en grupos de tres o cuatro muchachas y con el acompañamiento de una Reverenda Madre, tomaban el tranvía del Puerto o el del Polígono San Servando y después caminaban más de un kilómetro, hasta llegar a las chabolas, donde las familias pobres las recibían con gran cariño. ¡Cómo no iban a recibirlas con cariño, si, además de aleccionar a los chiquitines sobre la forma de hacer la señal de la Cruz y de rezar el Señor Mío Jesucristo, les regalaban pan y garbanzos y chocolate y hasta un día, Luisita Vallejo llevó medio kilo de jamón serrano! (El padre de Luisita, propietario de «Mantequerías Vallejo», pasaba por ser uno de los más ilustres estraperlistas de la ciudad; en sus establecimientos y, naturalmente, a precios fuera de lo legal, se podían adquirir incluso mermeladas inglesas y butifarra auténtica de Vich.)

Esta ejemplar conjunción del alimento espiritual con el material se practicaba por las chicas de Loreto con sana alegría, con inmejorable espíritu y aunque las mujeres de los suburbios tenían con ellas muchas atenciones, no faltaban tampoco individuos llenos de rencor social, que ostensiblemente las despreciaban y hasta, alguno, llegó a insultarlas. No comprendían aquellos desdichados —la mayoría, se encontraban en situación de paro— la buena fe de las señoritas, que aceptaban con verdadera resignación cristiana las vejaciones que de ellos recibían. Y continuaban acudiendo diariamente a cumplir lo que consideraban un deber cristiano de caridad.

Obtendrían suficiente recompensa cuando, al cabo de varias semanas de aprendizaje de la Doctrina, los chicos mayorcitos se encontraran ya en disposición de hacer la Primera Comunión y entonces se les regalaba un traje decoroso (de calle, pero limpio) y la mañana en que, gozosamente, se acercaban por vez primera al Sagrado Convite, se les ofrecía un espléndido desayuno y a las familias una cesta con alimentos múltiples, para que pudieran celebrar con felicidad la efemérides de que sus hijos hubiesen tomado dignamente el Pan de los Ángeles.

Lo que las buenas muchachas de Loreto nunca supieron

es que muchas familias menesterosas hubo que, a través de distintas campañas de Doctrina Cristiana, consiguieron que sus chavales hiciesen varias veces la Primera Comunión, con lo que también repitieron la recepción de traje, desayuno y bolsa de alimentos.

V

El 24 de junio, festividad litúrgica de San Juan Bautista, día señalado para el ejercicio escrito de Examen de Estado, amaneció esplendoroso. Lucía un sol radiante y el termómetro estaba cerca de los treinta grados; de tal manera que, cuando los trescientos y pico muchachos (procedentes de todos los Colegios de la ciudad) se sentaron frente a sus pupitres, en el patio central de la Universidad, para realizar las pruebas, el Catedrático que presidía les autorizó a que se quitasen las chaquetas. Ya que, obvio será aclararlo, todos iban debidamente vestidos e incluso con corbata.

Los del San Tarsicio se habían reunido a las nueve de la mañana en el Colegio, con profundas ojeras todos, porque habían pasado unánimemente la noche anterior en vela. El Padre Rector, revestido con la casulla azul y oro que, en la espalda, llevaba bordada la imagen de la Virgen del Colegio, dijo la misa y la comunión fue tan masiva como devota. Desayunaron sin mucha gana y el Padre Camí fue, uno por uno, deseándoles suerte y recordándoles que su santo Patrón, el Bautista, les ayudaría debidamente, que bien que se lo había pedido en sus oraciones. También les autorizó para que fumasen los que sintieran necesidad de hacerlo, por la lógica excitación nerviosa que estaban padeciendo.

Arcadio llevaba el libro de Filosofía (lleno de iniciales «J. B.» en todas las páginas), porque seguía resistiéndosele algún matiz de Hegel. Pepe Lloret había conseguido aprenderse de memoria (aunque sin entenderlo) lo del logaritmo neperiano del número «e» y a Luisito Garzón le había dado un extraño tic, consistente en guiñar de continuo el ojo izquierdo. *Chapete* exhibió con orgullo sus chuletas; llevaba los bolsillos, todos los bolsillos, llenos de pequeños papeles donde, en minúscula letra, aparecían sintetizadas fórmulas algebraicas, cuadros sinópticos de Historia Universal, verbos griegos y resúmenes de Literatura. Ernesto Ríos (que iba con camisa azul, de Jefe de Centuria) le comentó:

—Pues con el tiempo que te ha llevado preparar eso, igual te hubieses aprendido todo de memoria...

Pero *Chapete* no se fiaba de su memoria y sí, en cambio, de aquel arsenal de apuntes, que tenía perfectamente distribuidos en los distintos bolsillos, por su orden, para saber en cada ocasión a cuál debía acudir. La perfección de su técnica era absoluta; una goma colocada en la muñeca izquierda se engancharía en su momento con la pequeña arandela que las distintas chuletas llevaban agarrada y así, colocado el papelito dentro de la manga, subiría tensado hasta la palma de la mano, para facilitar su consulta. No podía fallar; el único riesgo consistía en que la vigilancia resultase especialmente severa y fuese descubierto. Había que jugársela...

Algunos padres de los alumnos estaban en la puerta de la Universidad cuando ellos llegaron, para darles el estímulo de un último beso. Don Bernardo Jarro, además, había visitado previamente al Decano de Filosofía y Letras (que presidía el Tribunal) y, dándose a conocer como Concejal de su Distrito, le había rogado la elemental benevolencia, apoyándose también en una elocuente carta de recomendación del Gobernador Civil. Por su parte, don Valentín Garzón habló con el Rector de la Universidad, que era monárquico de Estoril y no podía abandonar en aquel trance a su hijo Luis, cuyo fervor hacia la figura de don Juan III tantos problemas le creaba en el Colegio. (Esto no era verdad, porque a Luisito sólo le importaba el fútbol; pero quedaba muy convincente e hizo mella en el Rector.)

En realidad, el examen escrito no fue difícil. Tan sólo el tema de álgebra resultó complicado para quienes no sabían el dichoso logaritmo neperiano del número «e»; pero como los del San Tarsicio, gracias a la previsión de don Eduardo López Piedra, el profesor seglar de Matemáticas, se lo tenían muy hecho, lo resolvieron brillantemente. Sobre todo, *Chapete*, que lo llevaba tan requetebién escrito en su chuleta y que gozó de una inmunidad casi total para copiar, ya que, astutamente, se había colocado en un estratégico lugar, a pleno sol, donde nunca se acercó ninguno de los vigilantes. Bien es cierto que al pobre Paco estuvo a punto de darle un soponcio, por culpa de la temperatura.

Tres días más tarde se conocieron las calificaciones: habían aprobado todos los del curso. Aunque, como bien les advirtió el Padre Camí, se trataba tan sólo de la primera etapa; faltaba ahora la prueba oral, que se celebraría el 3 de julio. Aquellas jornadas intermedias resultaron agotadoras y las pasaron los chicos entre vigilias favorecidas por la simpatina, rezos, comuniones y promesas y febriles consultas de última hora. Porque a última hora, siempre se descubre que hay algún tema (o muchos temas) de los que no se sabe absolutamente nada.

Para el examen oral habían quedado un total de noventa y seis aspirantes, lo que daba idea del rigor seguido en las calificaciones del escrito o quizá de la deficiente preparación de muchos de los examinandos. El tribunal estaba formado por cinco catedráticos de Universidad, frente a los que iban desfilando por su orden los chicos; empezaban por la derecha, con Lengua y Literatura y terminaban en la esquina opuesta de la larga mesa, con Latín y Griego. Por cierto que, según rumores, el catedrático de lenguas muertas, si bien era un auténtico erudito en latín, sabía muy poco de griego; ya que cuando el Ministro Sáinz Rodríguez había inventado aquel tremendo plan de estudios llamado «del 38» e incluyó entre las asignaturas del Bachillerato el idioma de Jenofonte, no cayó en la cuenta de que, en toda España, no había más de dos docenas de profesores capaces de enseñarlo.

Las calificaciones del oral se conocieron al siguiente día. Para el Colegio de San Tarsicio, el éxito fue absoluto. Un solo suspenso (Casimiro Fandos, de la saga de los Fandos), siete aprobados, seis notables y un Premio Extraordinario (¿hará falta aclarar que Arcadio Figueras?). El Padre Rector se llevó un auténtico alegrón, ya que, a pesar de que había tocado debidamente las oportunas teclas e hizo valer las influencias clásicas de la Compañía y realizó la natural labor persuasiva con los señores del Tribunal, que conocían los expedientes académicos de todos los alumnos del Colegio (porque alguno podía ponerse nervioso y no dar la medida de su real valía), nunca se sabía lo que, al final, podía suceder. Sucedió que los alumnos de los Jesuitas confirmaron, otra vez más, estar mejor preparados que nadie y que, como siempre, habría que rechazar muchas peticiones de inscripción para el próximo curso, ya que las clases estaban completas. Y eso, a pesar de que se había hecho inevitable aumentar las cuotas académicas.

Para conmemorar el éxito, se organizó un banquete en el restaurante más acreditado de la ciudad, que además estaba en la playa, o sea, que primero habría exhibiciones natatorias. No por parte de todos; que Arcadio, por ejemplo, no sabía nadar, y Ricardo Vidal decía que no podía hacerlo porque estaba enfermo de otitis aquellos días, aunque la verdad era que sentía un miedo considerable a las olas. Invitaron al Padre Rector, a sabiendas de que no aceptaría y suponiendo también (como así fue) que delegaría en el Padre Camí, que era lo que todos querían. *Chapete* le dijo:

—¿Y usted también se bañará con nosotros, Padre...?

Camí sonrió:

—No, hombre, Paco. ¿Cómo quieres tú que un jesuita se exhiba en la playa?

—¿Pero es que los jesuitas nunca se bañan en el mar?

—Sí, claro que nos bañamos. Cuando estamos de vacaciones, en nuestras residencias de verano. De una manera discreta, evitando el escándalo...

Estaban lógicamente eufóricos. Arcadio se había atrevido a besarle la mano a Josefina, a la salida de misa, agradeciendo que la novia le había regalado una caja para guardar los cuellos duros («Los abogados llevan cuello duro con la toga, ¿verdad?», preguntó la chica, en su inocencia. Y él, que no estaba muy seguro, le dijo que sí, que naturalmente). Pepe Lloret soñaba en las noches que le esperaban en Barcelona, puesto que su padre, fiel a la promesa, ya le había anunciado que tenía billete para el autovía; ciertamente, Pepe había olvidado con rapidez sus promesas de castidad. A Ernesto, su tío don Anselmo le había regalado una estilográfica marca «Super T», que era una marca que empezaba a fabricarse en España, íntegramente nacional, por tanto, y aunque funcionaba nada más que regular, el patriotismo del muchacho había agradecido especialmente aquel detalle de su pariente protector.

Fueron llegando a la playa, todos con su maletín o con su bolsa, que eran precisos un maletín o una bolsa para llevar el albornoz y los bañadores azules con tirantes y las zapatillas. Se tumbaron un rato al sol; poco rato, porque con aquellos calores, tomar el sol embutidos en el albornoz era terrible. Y acabaron metiéndose en el agua, después de dejar cuidadosamente en la orilla la casta prenda, de forma que al salir del baño, tenían que regresar precisamente por el mismo lugar donde estaba y colocársela en seguida. El Padre Camí, que sudaba de lo lindo debajo de la sotana y mantenía con la mano derecha la teja, preservándose con ella (en lo posible) del ardiente sol, les veía, sonriente, nadar como enloquecidos. A su lado, Ricardo y Arcadio, los reacios al mar, fumaban «Tritón» con el especial entusiasmo que producía hacerlo, al cabo de tantos meses clandestinos, dentro de la legalidad.

Bendijo el Padre la mesa y se zamparon después una comida a base de mariscos, auténticamente pantagruélica. Como también se bebió en abundancia, a los postres estaba más de uno bastante piripi; pero piripi con gracia, ya que estas borracheras primerizas despiertan simpáticas reacciones; no como las posteriores, las de la gente ya mayor, que degeneran en broncas o en ordinarieces. A Ernesto Ríos le dio por la lírica y se cantó todos los himnos habidos y por haber. José Luis Benet, con eso de que su padre era Marqués, se puso bastante pesado hablando de heráldica y chorradas así. Hubo, naturalmente, discursos; hablaron todos y cada uno de los presentes, con mayor o menor fortuna (generalmente, menor) y el Padre Camí cerró el turno, como era lógico, con unas frases breves y felices, recordándoles el compromiso que tenían adquirido de seguir, en su inmediato futuro, fieles a las enseñanzas recibidas.

Chapete, que era de los más animadillos, intentó timarse con unas chicas gorditas que comían en la mesa inmediata y cuando el Padre, muy suavemente, le llamó la atención, cometió la osadía de decirle:

—Pero bueno, Padre, ¿es que a usted no le gustan las chavalas?

Hubo un momento de cierta tensión; pero el jesuita, con su reconocida habilidad, esquivó la violencia, al contestar, sonriente:

—Claro, Paco, claro. Pero me aguanto.

Las chicas, por cierto, le miraban a él más que a nadie.

De vuelta a la ciudad, se dividieron en varios grupos, con intenciones distintas. Excepto Arcadio que, solo, se marchó a casa, para hacer tiempo hasta que llegaran las siete; a esa hora tenía que recoger a Josefina, que quería ir a bailar. Lo cual tenía muy preocupado al Premio Extraordinario, tan versado en materias académicas como ignaro en ritmos modernos. Alfredo, Ernesto y algunos otros escogieron el cine de sesión continua, donde por cinco pesetas podrían verse dos películas largas, la de dibujos, un documental y el NO-DO, con la final de la Copa de fútbol. Al Padre Camí le acompañaron *Chapete,* Pepe Lloret y Luisito Garzón hasta la parada del tranvía que le dejaría muy cerca del Colegio y ellos, después, se tomaron un helado de fresa.

Entonces, *Chapete* hizo la insólita propuesta a sus compañeros:

—Bueno —les dijo—. Ya somos unos hombres, con derecho al Don. Hemos fumado delante del Padre y hemos bebido. Por cierto, tú más que nadie... —se dirigía a Pepe.

—Pues estoy de primera. Mira, mira... —y levantó la pierna derecha y flexionó el brazo y apoyó el codo sobre el muslo, mientras con el dedo gordo se tocaba la nariz. Eso que los borrachos hacen siempre que quieren demostrar que no lo están, porque a ningún sereno se le ocurre semejante estupidez.

—Mejor. Ya sabéis que el alcohol es el peor enemigo de la virilidad...

—¿Y qué? —se extrañó Luisito.

—Que se me ocurre que deberíamos completar nuestra primera jornada de Bachilleres, yendo de mujeres.

Hubo un silencio espeso.

—¿Cómo de mujeres...? —inquirió Pepe, al cabo de unos segundos.

—Sí, de mujeres. O, si lo prefieres, de putas.

—¿Al Barrio Chino?

—Claro. Es donde están, ¿no?

—También las hay en algunos bares...

—¡Pero ésas son muy caras, chalao...!

Volvieron a callarse. *Chapete* planteó en seguida la cuestión de confianza:

—Bueno, vamos a ver: ¿vosotros habéis estado alguna vez con una mujer? Ya me entendéis; quiero decir en la cama.

Luisito contestó rápidamente:

—No. Yo, nunca.

Pepe estaba callado. Se acordaba de la chacha Ascensión y aunque le apetecía mucho marcarse el farol, por otra parte temía que, si tenía que dar detalles, el modesto origen de la fugaz amante y las circunstancias de ambiente social (el señorito que se aprovecha de la criada; aunque bien sabía él que había sido al revés) motivaran chanzas de sus compañeros. Pero *Chapete* insistió:

—Vamos, Pepe, ¿qué dices tú? ¿Conoces los placeres del amor carnal?

Puso una cara muy pícara, para decir:

—Sí —aunque en seguida, creyó un deber de conciencia aclarar—. Fue antes de los Ejercicios Espirituales, que conste...

Luisito encendió un cigarro, para después considerar:

—Es el peor de los pecados mortales...

—¡No seas gilipollas...! —se irritó *Chapete*—. Cuando se está en el Colegio, puede ser; pero ahora ya somos hombres...

—Se pasa muy bien... —advirtió Pepe, ufanándose de su superior experiencia.

—Pues hala, ¡vamos...!

Echaron a andar hacia el Barrio Chino, que no quedaba lejos de donde estaban. Anduvieron callados un buen trecho, hasta que Luisito planteó la duda económica:

—Oye, ¿y qué cobran?

—Pues mi primo Adolfo, que estudia tercero de Medicina y es un asiduo, me ha dicho que por cinco duros encuentras putas estupendas.

—¿Pero sabes dónde?

—En «Madame Arthur» y en «El Rápido» y en «Las Francesas».

Volvieron a caminar en silencio. Pepe lo cortó esta vez, para precisar:

—Yo no estuve con una puta, sino con una chica decente...

—¡Hombre, tanto como decente...! —ironizó *Chapete*.

—Quiero decir que no era profesional.

—¿Y no será peligroso hacerlo sin ciertas precauciones? El Padre Espiritual, que en paz descanse, nos hablaba mucho de las enfermedades venéreas... —se atemorizó Luis Garzón.

—Eso son inventos de los curas, chalao. Y si tanto te asusta, te pones un preservativo —puntualizó *Chapete*.

Luis no tenía idea de lo que aquello quería decir, pero comprendió que quedaría fatal si hacía preguntas sobre el tema y se calló, poniendo gesto de estar al cabo de la calle. Lo más gracioso de todo era que Paco Ventura, *Chapete*, tampoco estaba demasiado impuesto en materia erótica, aunque, con su proverbial audacia, improvisaba sobre la corta base informativa que le habían dado las lecturas, a escondidas, de algunas revistas verdes de antes de la guerra, que encontró en casa de su abuelo. Su abuelo era agnóstico, volteriano, afín a los ideales ácratas y se sabía de memoria «Las ruinas de Palmira», que era un libro, al parecer, terribilísimo. Aseguraban en el pueblo que mantenía a una amante, rumor que también conocía su nieto, que le admiraba tan entusiásticamente, que hasta se lo creía. Lo que demostraba la ignorancia supina del buen *Chapete* sobre estos temas del sexo, porque su abuelo acababa de cumplir los 82 años.

Habían llegado al cruce de la calle de Canalejas con la de la Virgen de la Esperanza, que era donde (curiosamente, paradójicamente, heréticamente) comenzaba el Barrio Chino. En un espontáneo gesto de solidaridad y apoyo, se agarraron del brazo los tres y apretaron el paso. Pronto estuvieron metidos en el ambiente sórdido de las tabernas sucias, los lupanares de estrechas escaleras y las plazuelas malolientes, donde un organillo dejaba sonar a campanillazos la música pegadiza de «Tatuaje» o el ritmo bailable de «Bahía». Las putas baratas estaban por las esquinas, gordas, ajadas y les chistaban y les sonreían, pero ellos no se atrevían apenas a mirarlas. Luisito, sin embargo, comentó:

—Son espantosas, ¿no os parece?

—Claro; éstas son de a duro —aclaró *Chapete,* siempre por vía de intuición—. Pero ya verás en «El Rápido».

Ya estaban frente a «El Rápido». La puerta, abierta; el pequeño portal con azulejos rotos y una escalera estrecha, hacia el piso. Los techos tenían un color añil desteñido; entraban y salían hombres sin parar. A Pepe le dio de pronto un sobresalto:

—¡Mira que si nos encontramos algún conocido!

—Pues habrá venido a lo mismo que nosotros —argumentó *Chapete,* con apabullante lógica. Y empujando a los otros dos hacia el portal, les animó— ¡Hala, adentro...!

Subieron y procuraron poner cara de enterados cuando la encargada les saludó, con una sonrisa más bien siniestra y les anunció que las chicas bajarían en seguida. Se sentaron en un sofá circular de peluche, que daba la vuelta al salón y comenzaron a fumar nerviosamente. Al cabo de un rato, cuando habían entrado más hombres y varios hasta tenían que estar de pie, la encargada hizo palmas, se asomó detrás de una cortina y se la oyó gritar:

—Niñas... ¡al salón!

Entonces aparecieron diez o doce muchachas, de edad indefinida, espantosamente pintarrajeadas y vestidas sumariamente, con unas vaporosas batas de amplios escotes, por los que se veían colgar sus flácidos pechos. Dieron dos vueltas por la sala y en seguida, algunos de los ciudadanos presentes se acercaron a ellas y tras breve diálogo, se fueron, agarrados de su cintura, por el pasillo que cubría la cortina. Las que no habían encontrado ocupación inmediata hicieron un último paseíllo (que acabó decidiendo a algún remiso) y terminaron también marchándose.

Los tres jóvenes Bachilleres estaban, algo colorados de mejillas, con el pitillo entre los dedos traicionando —con el temblor— su nerviosismo. Luisito fue el primero en romper el silencio:

—No me ha gustado ninguna... —reconoció.

—Ni a mí —se adhirió Pepe.

—Desde luego, mi primo Adolfo es un exagerado... —se excusó *Chapete*.

—Vámonos, ¿no? —pidió Luisito.

La aquiescencia fue inmediata. Bajaron deprisa la empinada escalera y, otra vez en la calle, Pepe Lloret propuso:

—¿No os parece que lo pasaríamos mejor en el Apolo? Hay una compañía de revistas fenomenal.

—¡Ahí sí que se ven chavalas estupendas...! —apoyó Luisito.

—¿Qué hacen?

—«La blanca doble». Yo ya la he visto —aclaró, ufano, Pepe—, pero no me importa repetir, porque es divertidísima.

—De acuerdo —sentenció *Chapete*.

Al salir del Barrio Chino, sintieron como un desahogo, como una liberación. Luis Garzón rezaba para sus adentros el «Yo, pecador» y Pepe, sin acudir a ninguna jaculatoria determinada, estaba también pidiendo perdón por aquel espantoso pecado de pensamiento y hasta, visualmente considerado (que hubiese dicho el pobre Padre Espiritual), de obra. A *Chapete*, en cambio, no le atormentaban los remordimientos; tan sólo le fastidiaba su fracaso como asesor sexual. Por eso repitió de nuevo, a guisa de exculpación por lo sucedido:

—¡Si es que mi primo Adolfo tiene un gusto detestable para todo! ¡Mira que decirme que en «El Rápido» había chicas espléndidas...! ¡Será idiota...!

En el teatro, en cambio, lo pasaron muy bien, porque se encontraron en la puerta con José Luis Benet, el *Marqués* (como le llamaban, en coña), y con Vicente Jarro y sacaron juntos un palco proscenio, desde el que guiñaban el ojo a las vicetiples y ellas les sonreían, encantadoras, y en el número de la bombonera les echaron caramelos (ya que, a pesar del texto original, lo que las chicas lanzaban al público no eran bombones, sino caramelos de menta), mientras cantaban aquel estribillo que decía:

Toma un bombón
de mi bombonera...

Además, había que ver la gracia que tenían Orjas y Heredia y lo suntuosa que vestía la vedette, Conchita Leonardo, que estaba muy gorda ya, la pobre, pero cantaba con voz chillona el chotis del agua de la Fuentecilla que daba gusto oírla, y después quedaba finísima en el pasodoble del encaje de bolillos, final de acto, que hubo de repetir ante los aplausos encendidos del público. A las vicetiples se les veía medio muslo nada más, porque en todos los modelos llevaban unos flecos moralizantes que cubrían la otra mitad, aunque eso bastaba para que los noveles Bachilleres enloquecieran y, desde luego, se sintieran infinitamente más felices que en su frustrada experiencia anterior.

Chapete comentó:

—Pues a estas chavalas, lo que hay que hacer es esperarlas luego, en la salida de escenario y llevarlas a tomar una cerveza con calamares, para ligar.

—Os advierto que suelen salir con sus madres —fastidió

el *Marqués,* que se lo había oído comentar a su hermano mayor.

—De todos modos, por probar...

Pero nadie secundó la idea y lo que hicieron, a la salida, fue marcharse al «Navarra» y allí tomarse media combinación y llegar luego a casa reventados, pero felicísimos.

*

Aunque nunca tanto como Arcadio, que había pasado una tarde inolvidable con Josefina. Estuvieron en «Río», la «boite» más pera de la ciudad, donde la consumición costaba veinte pesetas. ¡Pero qué menos se merecía el acontecimiento! Era un local pequeño, iluminado a medias por unas luces coloradas (ya le habían impuesto varias sanciones, a causa de aquella semioscuridad, que propiciaba el pecado), y en la que siempre trabajaban las primeras figuras de la canción. Aquella tarde actuaba nada menos que Antonio Machín, el rey del bolero, con sus últimas creaciones. Josefina se sabía todas las letras, porque era muy aficionada a la radio y el conocimiento en directo de su ídolo la alegró tantísimo.

Arcadio tenía unos rudimentos mínimos del baile; pero la ventaja de los boleros era que resultaban tan suaves, que apenas hacía falta otra cosa que apoyarse en la pareja y contonearse muy levemente, con lo que se terminaba sobre el mismo metro cuadrado de pista en el que se había comenzado. Ya se lo dijo Josefina, venciendo sus iniciales escrúpulos:

—Tú, déjate llevar...

Y Arcadio se dejó llevar. Y el contacto con el cuerpo tibio de la mujer amada le produjo emocionantes sensaciones. De tal manera que, ayudado por la sentimental ambientación de «Dos gardenias» y más aún, por la «media combinación» que se había bebido casi de golpe, se atrevió a colocar su mejilla sobre la de Josefina, sin que, por cierto, ésta ofreciera la menor resistencia. La siguiente canción era «Madrecita», tan propicia a la ternura, y la otra, nada menos que «Angelitos negros»; y ya, cuando llegó la que cerraba la actuación de Machín, cuya letra aseguraba que «mi vida y tu vida-jamás en el mundo-podrán separarse», Arcadio no pudo resistirse y dejó caer un beso corto, pero intenso, en la frente de su novia.

Aunque, inmediatamente y poniéndose la mar de colorado, le dijo:

—Perdona...

Sin embargo, Josefina no tenía nada que perdonar, antes al contrario. Le sonrió deliciosamente y todavía hizo más: le dio también otro beso en la frente, castísimo, aunque cargadísimo de ilusión. Volvieron a la mesa agarrados por las manos, mirándose embelesadamente; tanto, que Arcadio tropezó con una silla y echó por los suelos un vaso de «gin-fizz», que por fortuna estaba casi vacío. Naturalmente ruborizado, dio las excusas de rigor y volvió a sumirse en los ojos claros de Josefina, que se divirtió mucho con el lance. Y se agarró con fuerza de su brazo.

El éxtasis sentimental no impedía que Arcadio mantuviera su capacidad de razonar y por eso le contó a la chica que ya tenía los libros de Primero de Derecho y que aprovecharía el verano para comenzar a estudiar la carrera, ya que de esta forma, quizá el siguiente curso podría hacerlo también en verano, con lo que obtendría el título sólo en cuatro años. Ella le miró de aquella manera maravillosa como ella le miraba y sólo dijo:

—Gracias.

A la salida de «Río», ebrio de felicidad, Arcadio agarró del brazo a Josefina; pero ella, con una de sus angelicales sonrisas, se escabulló. Con evidente oportunidad, ya que segundos después se cruzaron con Inmaculada Prat, que era tan cotilla y que, simplemente por verles juntos, ya les dedicó un «Buenasss...» con muchísimo retintín. Porque de las relaciones de los chicos se venía hablando mucho últimamente en la ciudad, si bien tanto los señores de Bosch como los de Figueras aseguraban ignorar por completo todo lo referente al asunto. A lo más, decían condescendientes:

—Cosas de chiquillos...

Sin embargo, los señores de Bosch y los señores de Figueras habían tenido buen cuidado en aumentar, con la debida discreción, pero asimismo con las mayores garantías de veracidad, los informes sobre la respectiva situación moral, social y financiera. Ambas partes quedaron relativamente satisfechas; y se dice relativamente, porque quienes pusieron en antecedentes a don Antonio Bosch acerca de las extraordinarias dotes personales de Arcadio y de la extremada bondad de sus padres y del ejemplar matrimonio cristiano que éstos constituían, tampoco omitieron que su posición económica era tan sólo discreta: la correspondiente a un Director de la Agencia Urbana de un Banco. Que estaría ganando poco más de las ocho mil pesetas mensuales, con dos extraordinarias.

En cuanto a don Antonio Bosch, arquitecto municipal, ni que decir tiene que los informes llegados al señor Figueras (don Basilio) acerca de su fortuna, fueron absolutamente óptimos. En cambio, su catalogación moral dejaba bastante que desear. Y no por cuestión de faldas, que en esta materia, el señor Bosch no ofrecía mácula en su conducta; sino porque, profesionalmente, tenía mala fama. Aseguraban que despachaba licencias de construcción en zonas ajardinadas, a cambio de una adecuada compensación económica y que ciertos edificios elevados gracias a su intervención facultativa, andaban en ruinas a los cuatro años de inaugurarse, ya que los materiales resultaron de desecho. Aunque don Basilio Figueras (que veía desfilar por su despacho del Banco tantas personas inmersas en raros negocios) comprendió que no hacía falta extremar el rigor y que lo importante era que Josefina, la hija única del arquitecto, la novia (secreta) de Arcadio, resultase una muchacha intachable, espejo de virtudes.

Por todo ello, los señores de Bosch y los señores de Figueras hicieron como que no sabían nada, pero facilitaron en todo lo posible el mantenimiento de las relaciones de los chicos y hasta dio la casualidad de que coincidieron pasando unos días, en agosto, en un pueblo espantoso de la provincia de Teruel, lleno de moscas, pero cuyas aguas y cuyos aires eran sanísimos. Como sólo había un establecimiento medianamente decoroso donde alojarse (la «Fonda Marco»), allí estaban las dos familias y de esta manera (por pura coincidencia, según se ve), los padres hicieron amistad y hasta se compenetraron mucho, porque a los dos les apasionaba el mus. Más fácil todavía resultó que las madres congeniasen, puesto que las dos eran antiguas alumnas de las Escolapias y se sabían de memoria los versos piadosos del Padre Calasanz Rabasa y trabaron tanta intimidad, que iban juntas a misa todas las mañanas y se intercambiaban las novelas de la colección «Rosa». De cuyos autores preferían, también coincidiendo en los gustos, a Concha Linares-Becerra y, ni que decir tiene, a don Rafael Pérez y Pérez.

En ambiente tan propicio, los amores de Arcadio y Josefina marchaban viento en popa; para facilitarlos aún más, Encarna, la hermana de Arcadio, hizo excelentes migas con su aspirante a cuñada, aunque también hacía como que no estaba enterada del asunto. Pero tenía un excelente sentido de la oportunidad para quitarse de enmedio cuando, en alguna excursión por la parte alta del río, los jóvenes se quedaban solos y ella comprendía que entorpecía el trance amoroso de la pareja. Trance que, ocioso será aclararlo, se limitaba a cogerse de las manos, mirarse tiernamente y cantar a dúo aquello de «Tus ojos brujos-en mí se clavaron».

*

Los alumnos bachilleres del San Tarsicio se disgregaron, con las vacaciones, y muchos de ellos no volverían a verse hasta muchos años después. *Chapete* se marchó al pueblo; no tenía decidido aún su destino inmediato, aunque, como los estudios no le apetecían demasiado, pensaba que lo mejor sería hacerse Perito Mercantil, que era lo que se hacían todos los que no querían estudiar nada, pero gustaban de ostentar un título en las tarjetas. Además, para meterse en negocios (que era lo que a él le tiraba), no le vendría nada mal saber algo de contabilidad y cuestiones afines.

Pepe Lloret pasó sus días de premio en Barcelona, donde, luego de conocer el suntuoso «Rigat», se hizo asiduo de «El Molino», cuyo ambiente le encantaba y acabó aceptando los requerimientos de una de las mozas del establecimiento y gozó por segunda vez (y varias sucesivas) de los placeres carnales. Alfredo Rueda se marchó con su familia a San Rafael; tenía decidido estudiar Derecho, para después intentar el ingreso en la carrera diplomática. A Vicente Jarro, su padre don Bernardo le había destinado a la Ingeniería, rama de Navales, y él aceptaba el designio paterno sin mayor problema, porque era un comodón, mientras se bañaba en la playa de Benidorm, un pueblecito de pescadores, en la provincia de Alicante, tranquilo, apacible, con unas pocas docenas de veraneantes que ocupaban las dos únicas fondas algo confortables que allí funcionaban.

Y Ernesto Ríos, que siempre tuvo vocación de médico, pasó el verano en un campamento del Frente de Juventudes, a la espera de que llegase el curso y pudiera comenzar la carrera. En el campamento coincidió —según estaba previsto— con el Padre Camí, que cubría uno de los turnos como asesor eclesiástico, relevando a otro jesuita (de lo más falangista que había), el Padre Llanos, aquél de los versos patrióticos. Mucho charlaron, durante las cinco semanas de campamento, el Padre y Ernesto acerca de cuestiones políticas y sociales y mucho aprendió el muchacho de las sólidas ideas que su maestro tenía sobre el destino del Movimiento en una España mejor y del futuro de esa España en el mundo. Aunque la situación internacional no era precisamente favorable, el jesuita no ocultaba su optimismo.

—Acabarán reconociendo nuestra verdad —decía, con los ojos iluminados de esperanza— y comprenderán que nuestra doctrina está en lo cierto. Padecemos ahora las consecuencias de haber sido los primeros en derrotar al comunismo, en una guerra que fue, desde luego, una auténtica Cruzada. Eso no nos lo perdona Stalin; pero la alianza de Stalin con Estados Unidos y con Inglaterra no puede durar. Lo sabe bien Franco y de ahí su serenidad.

En el «fuego de campamento», el Padre Camí se ganaba el afecto de todos los acampados, con su simpatía y su sencillez. Cantaba mejor que nadie los aires regionales y no se diga los himnos juveniles, y entraba en los juegos y en las bromas, como un camarada más. Iba el primero en las marchas y daba gozo verle, en correcta posición de firmes, brazo en alto, cuando, cada mañana, se izaban banderas y se cantaba el «Cara al sol».

Los quinientos y pico chavales de aquel turno del campamento se llevaron el mejor recuerdo de su «cura Juan», como dieron en llamarle. Y Ernesto Ríos presumía de haber sido alumno suyo en el Colegio de San Tarsicio y el Padre Camí se limitaba a comentar:

—En estos momentos difíciles para España, todos debemos hacer Patria. Y los jesuitas, más que nadie; que por algo nuestro Padre General nombró Protector de la Compañía al glorioso Caudillo...

Transcurría —recuérdese— el cálido verano de 1949.

SEGUNDA PARTE

LA EVOLUCIÓN

VI

El día de la Purísima de 1951, el Padre Camí, juntamente con otros cinco jesuitas —entre ellos, su entrañable amigo, el Padre Visús— se ordenó sacerdote. Fue una fiesta muy emocionante, que tuvo por marco la Basílica de Loyola. Impartió el sacramento el señor Arzobispo de la diócesis y los misacantanos se sintieron llenos de una dulce felicidad, al obtener la plenitud sacerdotal y con ella la gracia especialísima del Señor.

Parientes venidos de todas partes llenaban el templo, sintiéndose asimismo partícipes de la general emoción, que influyó especialmente en las madres. Las madres se pasaron llorando toda la ceremonia, cuya impresionante liturgia culminaba con el besamanos. Los señores de Camí habían regalado a su hijo único un cáliz de oro, con sus iniciales grabadas, como recuerdo de la efemérides y estaban muy dichosos, de tal forma que doña Antonia creyó oportuno decirle a su marido, medio recriminándole, medio elogiándole:

—Ahí tienes al chico, sacerdote de Cristo. ¿No te parece infinitamente más noble y más hermoso que si estuviera contigo en la tienda?

Y don Juan asintió con un gesto de cabeza, mientras se secaba los lagrimones que le caían torrencialmente.

Aunque el Padre Camí había invitado al acto a sus antiguos alumnos de las últimas promociones del San Tarsicio, solamente estuvo Alfredo Rueda, que estudiaba Derecho en la Universidad de Deusto y, por tanto, caía cerca. Se hizo unas fotografías con sus dos viejos profesores y pudo comprobar que, pese a la solemnidad del día, el Padre Visús no había renunciado a su dieta de ajos crudos y seguía exhalando aquel hedor tan característico, tan espantoso y, eso sí, también, tan salutífero.

Se concedió a los nuevos sacerdotes quince días de vacaciones y el Padre Camí los pasó en Gerona, con sus padres. Decía misa todas las mañanas, en la parroquia, y su madre comulgaba de sus manos, lo que le producía a la buena señora una dicha infinita. También su padre estaba satisfecho, porque Juanito (para él, sería siempre Juanito) se había metido en el despacho y había querido saber cómo andaban las cuentas y hasta le ayudó a poner al día la contabilidad, que de eso también sabía el jesuita. Que se reunió a comer con sus antiguos compañeros de Instituto, los cuales, al principio, estaban bastante cohibidos con él; pero a los postres y con algunas copas, incluso intentaron escandalizarle contándole los últimos chistes verdes en circulación.

Naturalmente, la anécdota careció de importancia e inclusó Camí la aprovechó para hacer cura de almas; ya que, una vez oídas y hasta reídas aquellas atrocidades, dijo a sus amigos:

—¿Cuándo os convenceréis de que un jesuita no es un ciudadano que transita por extrañas galaxias? Somos tan normales como vosotros y no nos pasa nada por escuchar estos chistes, que algunos, por cierto, tienen gracia. Tampoco tiene mayor importancia que vosotros los contéis; la religión católica debe ser alegre y no por estas tonterías, un buen cristiano deja de serlo. Otras cosas, otras, son las fundamentales.

—Lo de tener queridas... —dijo Fontcuberta, que era un ordinario.

—Hombre, tampoco está bien; pero no resulta peor que, por ejemplo, incumplir los deberes sociales y cristianos en la relación con vuestros subordinados. Tú, ¿qué haces?

—Sigo con el almacén de cereales de mi padre.

—¿Vendes de estraperlo?

—Claro. ¡Es que si no...!

—Pues eso me parece mucho peor que si tuvieras una amante.

Por lo bajo, Boronat le dijo a Puig:

—Es que también la tiene...

Pero el Padre no lo oyó y siguieron charlando en plena camaradería y luego se despidió con mucho afecto de todos y se les ofreció en su nuevo destino: el Colegio de San Francisco Javier, donde iba a dar clases de Filosofía y de Latín. Dos asignaturas que (ocioso será decirlo) no les importaban un comino a sus antiguos compañeros. Los cuales le habían regalado un pergamino con bonito dibujo de la fachada de la Catedral y un cariñoso texto alusivo a sus méritos, firmado y rubricado por todos. Siempre proclive al halago, el Padre agradeció mucho aquel detalle.

A finales de año se incorporó al Colegio de San Javier. Se preparaba el comienzo del segundo trimestre y pudo advertir pronto que las diferencias de ambiente con su conocido (y querido) San Tarsicio, eran notables. Su nuevo Rector, un jesuita de más de setenta años, mantenía criterios firmes e irreductibles en materia de disciplina, orden y jerarquía. La diferencia de trato entre los Padres y los Hermanos Coadjutores era notoria; con los profesores seglares se mantenía un distanciamiento radical y los criados estaban enteramente marginados. El Rector exigía de la Comunidad una obediencia que eliminaba toda posibilidad de diálogo, incluso en la discusión de los problemas académicos. Tenía, además, una idea providencialista e infalible acerca de la Compañía de Jesús, sobre la que no aceptaba la menor crítica. Para el Rector, el tema había quedado definitivamente liquidado cuando San Pío V dijo, en frase lapidaria:

—*Digitus Dei est hic...*

O sea, que el dedo del Señor había señalado a los jesuitas como sus elegidos y después de aquello, no cabía dudar de sus virtudes, de sus méritos ni de su privilegiada situación dentro de la Iglesia. Siempre y cuando, claro está, se mantuvieran fieles a las normas de San Ignacio de Loyola, huyendo de cualquier afán de modernismo y de todo intento (nocivo *per se*) de reforma. El primer desengaño con el Rector se lo llevó el Padre Camí cuando, a los pocos días de llegar al Colegio, charlando en una sobremesa, de paseo por el jardín, le habló de aquella banda de cornetas y tambores que había organizado en el San Tarsicio, con tan buenos resultados didácticos para los alumnos y tanto lucimiento para el Colegio.

—Eso es una paparrucha... —le contestó el Rector—. Aquí tenemos que formar cristianos cultos; no titiriteros...

Comenzadas ya las clases, observó el Padre Camí que en los recreos apenas jugaban los alumnos al fútbol, porque no había balones bastantes para todas las Brigadas. Y como había sido nombrado Prefecto de Deportes (ya que era el más joven de todos los jesuitas sacerdotes del Colegio), formuló la oportuna petición al Rector. Éste le miró muy fijamente y con notoria sequedad, le dijo:

—Mire, Padre; el fútbol es una soberana estupidez. El país está entontecido con los partidos y yo recuerdo con espanto cuando, hace cosa de un año o así, porque los futbolistas españoles habían ganado a los ingleses, casi se organizó una fiesta nacional. Un auténtico bochorno. O sea que en el Colegio tenemos pocos balones, de propósito; que los chicos jueguen al frontón, que eso es muy español, o a los zancos, como se ha hecho toda la vida en nuestros noviciados.

—Pero entonces, Reverendo Padre —intentó dialogar el Padre Camí—, ¿nuestro Colegio no participa en el torneo escolar del Frente de Juventudes?

—Nuestro Colegio no participa en nada que huela a esa herejía de la organización falangista, que es atea por naturaleza, por mucho que pretenda aparentar lo contrario. Y le diré, para su conocimiento, que aquí no ha entrado ninguna de las llamadas jerarquías, porque yo sólo reconozco a las autoridades de la Administración Provincial.

Estaba Camí absolutamente perplejo, cuando el Rector, destocándose del bonete, se levantó del sillón. También Camí se levantó, naturalmente. Y el Rector, después de dar unos pasos, se le quedó mirando y le dijo:

—Sé perfectamente que usted se ha prestado a colaborar en esas mojigangas de los campamentos veraniegos falangistas, donde sólo Dios sabe qué cantidad de pecados deben cometerse, con el pretexto de la educación física y demás historias.

—Yo le aseguro, Reverendo Padre —se atrevió a contradecir Camí—, que mi experiencia como Asesor Eclesiástico del Frente de Juventudes no puede ser más positiva.

—Usted está lleno de buena fe, Padre, pero totalmente equivocado. Y desde ahora mismo, sepa que, mientras esté bajo mi jurisdicción, no obtendrá permiso para volver a semejantes cachupinadas veraniegas. Puede retirarse.

Hizo el Padre Camí una inclinación de cabeza y estaba agarrando el abridor de la puerta, cuando el Padre Rector le detuvo con unas últimas palabras:

—Un momento. Tengo entendido que tiene en su camarilla unos libros de ese autor italiano tan modernista... Papini, creo que se llama. Le agradeceré que me los entregue; a mí, Papini me parece de muy dudosa ortodoxia...

—Pero, Reverendo Padre, esos libros tienen el «Nihil obstat»...

—Da lo mismo. ¿Cree usted admisible su teoría de que, al final de los siglos, el Señor perdonará a todos los pecadores, incluido Satán? Eso es una atrocidad teológica...

Aquella noche, el Padre Camí tardó en dormirse. Varias veces encendió la luz, repasó el Breviario, volvió a apagarla, siguió desvelado. Cuando ya no sabía cómo tranquilizarse, repasó la fórmula de su voto de obediencia y sólo eso logró calmarle y así, pudo finalmente descansar.

*

Cuatro años llevaba ya en el Colegio de San Javier el Padre Camí y la transformación de su carácter era patente. Hasta el punto de que, cuando al comienzo del curso 54-55, fue destinado al mismo centro el Padre Visús, al que no había visto en todo ese tiempo, su viejo amigo le comentó entre risotadas (a la vez que le inundaba de olor a ajo):

—Te encuentro raro, Juanito. Triste, aburrido y viejo...

Camí le contestó con una sonrisa amarga y nada quiso comentarle de sus sufrimientos bajo la autocracia del Rector; pero no tuvo más remedio que confesarle su enfrentamiento con él cuando, al hacerse la distribución de profesores y Subprefectos para el nuevo año escolar, sufrió la más tremenda de las humillaciones: fue relegado a la Brigada de los párvulos y se le encomendaron las lecciones a los chiquitines que preparaban Ingreso de Bachillerato.

—¿Qué te parece? —le decía, dominado evidentemente por la ira, a su amigo Visús.

—Pues mal; pero ya sabes que en la Compañía, quien manda, manda.

—Pero, ¿por qué? ¿Por qué me hace esto el Rector?

—Los designios de los superiores, como los del Señor, son inescrutables...

—Voy a pedirle una explicación.

—Allá tú. Yo no lo haría.

Pero Camí lo hizo. El Padre Rector le recibió a primeras horas de la tarde. Tenía bajadas las persianas de la camarilla, con lo que la estancia quedaba en una media luz cercana a la penumbra. Sobre la mesa, el crucifijo, una estampa de San Ignacio de Loyola, enmarcada, y varios libros de Teología. El Padre Camí se quedó de pie, sin que el Rector le autorizase a sentarse, aunque él lo estaba.

—Bien, Padre; veamos qué le ocurre para haber solicitado con tanta vehemencia una entrevista conmigo...

El Padre Camí juntó las manos y las apretó con fuerza.

—Este es mi cuarto curso en el Colegio, Reverendo Padre, y pienso que mi labor no ha sido mala, hasta ahora...

—Dejémonos de valoraciones; ha cumplido con su obligación, simplemente —precisó el Rector.

—De todos modos, teniendo en cuenta mis antecedentes, mis casi veinte años en la Compañía...

—Yo, Dios mediante, haré el año próximo mis Bodas de Oro como jesuita —recordó el Rector.

—También yo, si la Virgen me ayuda, aspiro a hacerlas. Conoce Vuestra Reverencia mis méritos en el Noviciado, la brillantez (y que Dios me perdone si, al decirlo, incurro en falta de humildad) de mis estudios, sobre todo en Filosofía y Ciencias Sociales...

—Ha rendido usted, Padre, acorde con las dotes que el Señor le concedió.

—Sí, sí. Pero con todo eso, creí siempre que mi verdadera función estaría en formar a los muchachos de los últimos cursos, a los que estuve destinado incluso en mis primeros años de docencia...

El Padre Rector le miraba impasible.

—También aquí, estos años anteriores, tuve a mi cargo los cursos superiores. Y pienso que los resultados no han sido malos.

—No lo han sido —reconoció el Rector.

—Entonces, Reverendo Padre, ¿por qué se me relega ahora a la Brigada de los pequeños, a las clases de los pequeños, con tan escasa importancia que más de una vez estuvieron encomendadas a los Hermanos Coadjutores?

El Padre Camí seguía de pie. Y el Padre Rector, sentado.

—Simplemente, porque he considerado que era más oportuno para la buena marcha del Colegio —contestó el Rector—. Y si todo eso era lo que tenía que decirme, con tanta urgencia, puede ya retirarse, Padre.

El Padre Camí salió, después de hacer la protocolaria inclinación de cabeza ante el superior, y el superior, que llevaba una especie de Diario o Agenda de Memorias, anotó en él, con su caligrafía pulcra y clara, en impecable letra de la llamada inglesa: «Ha venido a verme el Padre Juan Camí. Está molesto porque le he trasladado con los párvulos. Vale mucho este joven jesuita, pero es demasiado orgulloso y con los mayores, cae frecuentemente en pecado de soberbia, por la adulación que recibe de muchos de ellos. La cura de humildad será un bien para su alma, si, como espero, sabe aceptarla. Tendré que observarle; sus evidentes virtudes y su capacidad de trabajo quedan frecuentemente oscurecidas por un claro afán de protagonismo. Hay que domeñar su vanidad, para hacerle perfecto.»

Con su vanidad momentáneamente domeñada, el Padre Camí se dedicó a cuidar de los pequeñines de la Séptima Brigada y a explicarles las cuatro reglas y la Doctrina Cristiana. Lo hacía, naturalmente, sin ninguna ilusión y fue volviéndose cada vez más introvertido y perdió su antes constante jovialidad, y el Padre Visús, que era tan alegre y tan comunicativo, le decía:

—No seas burro, Juanito, que cuando nos hacemos jesuitas ya sabemos lo que se nos viene encima.

Confesaba por las mañanas a los alumnos, pero casi todos los que le contaban sus pecados eran, también, los pequeñines, puesto que, por elementales razones sicológicas, los mayores preferían acudir a sus profesores o al Padre Espiritual. Los pequeñines eran unos ángeles de virtud, a los que despachaba con tres avemarías, ya que su bagaje de pecados resultaba candoroso. Aunque había un chaval, Fernandito Cuéllar, que comenzó a intrigarle porque le consultaba dudas y, en su hermosa ingenuidad, le contaba problemas vividos en la relación con sus padres, que le permitieron llegar a la conclusión de que aquel matrimonio funcionaba mal y no, ciertamente, por culpa de don Fernando, sino de doña Pura.

Por eso tuvo interés en conocer a la señora y pudo hacerlo un domingo, en que ella acudió a recoger al niño, después de la misa. Doña Pura era lo que suele llamarse una real hembra; rubia, alta, de pierna larga y robustos senos, con ojos grandes, verdes y expresivos. Tenía una personalidad clara e indiscutible; toda la que le faltaba a su marido, que además de Perito Mercantil, era canijo, calvo, feo y tonturrón. Doña Pura le despreciaba ostensiblemente, hasta el punto de que siempre, cuando hablaba de él y él estaba al lado, decía:

—Porque aquí, *éste*...

Estaba claro que doña Pura tenía que engañar a su marido y bastaba con advertir, no sólo sus enormes diferencias, sino lo menguado de los ingresos profesionales del triste esposo y el tren de vida que, a pesar de eso, llevaban los Cuéllar. O sea —pensó el Padre Camí— que debía haberse establecido entre ambos un «statu quo» y la señora vivía su vida con boato y él tragaba, con perdón. Y Fernandito, el hijo único, se olía la tostada y por eso estaba siempre desazonado y tristón.

Esto le dejó muy preocupado; más, naturalmente, por las negativas influencias que la situación familiar pudiera ejercer sobre el carácter de Fernandito, que por el hecho en sí de esa situación.

A comienzos del segundo trimestre, se desató un insólito temporal de lluvias sobre la ciudad y descendió súbitamente el termómetro y se extendió una maligna epidemia de gripe, que afectó especialmente a los niños. Fernandito Cuéllar fue uno de los damnificados y su enfermedad llegó a preocupar a los médicos, porque se presentaba muy aguda. El Padre Camí comprendió que era su deber visitar al alumno en el lecho del dolor y lo hizo aprovechando la fiesta académica del jueves por la tarde. Honradamente, habrá que reconocer que al Padre le movía, aparte su interés por el enfermito, la curiosidad de conocer en su ambiente a la familia Cuéllar.

Vivían en un hotelito con jardín, en la zona residencial (y más elegante y más cara) de la ciudad. El Padre fue recibido por un criado, debidamente uniformado, que le pasó al salón y se deshizo en amabilidades y en sonrisas (era marica, claro). Al cabo de diez minutos largos de espera (que aprovechó para comprobar el lamentable gusto del decorado y la pésima calidad de los cuadros que colgaban de las paredes), apareció doña Pura, vestida como si de ir a la ópera se tratase y oliendo insufriblemente a perfumes caros. Era indudable que se rociaba con ellos, que los usaba como si fuesen colonia a granel.

—¡Qué alegría, Padre, y cuánto le agradezco su visita! —dijo, mientras besaba con humedad la mano del jesuita—. ¡Y lo que el niño celebrará verle...!

—¿Cómo se encuentra?

—Gracias a Dios, hoy ha comenzado a bajarle la fiebre; pero hemos pasado unos días terribles, ha llegado a los cuarenta grados y ni con penicilina conseguíamos mejorarle...

—Me alegro. Recé por él y hoy le ofrecí la comunión.

—Dios se lo pague, Padre. Usted, siempre tan cariñoso con los niños; por eso le quieren tanto, que ya me lo cuenta Fernandito... Pero vamos a su habitación, si le parece...

Pasaron a la habitación del chico, que estaba pintada de un lamentable color verde manzana y la camita de madera tenía, a guisa de decoración, calcomanías de los personajes de Walt Disney (Mickey, Dumbo, Pinocho y demás) y era todo tan rematadamente cursi, que el Padre Camí se extrañó de que el buen Fernandito no hubiese caído antes enfermo y no por culpa de la epidemia, sino a causa de la diaria contemplación de aquel cuarto alucinante. El niño sonrió con cierta tristeza al jesuita, cambió con él un diálogo de circunstancias y agradeció mucho unas estampas de San Francisco Javier que le había llevado como recuerdo.

Otra vez en el salón, doña Pura preguntó al Padre:

—¿Qué quiere usted tomar...?

Y aunque a él no le apetecía nada, como lo que le importaba era tener un pretexto para hablar un buen rato con la señora, pidió un café, que trajo el criado, deshecho siempre en sonrisas, mientras doña Pura se bebía un whisky con soda.

—¿Qué tal su marido? —se interesó Camí.

—Trabajando, como siempre, el pobre. Yo apenas le veo; sale muy temprano, almuerza en la cafetería de la empresa y aparece por aquí a las nueve de la noche, cansadísimo...

—Es muy elogiable esa actividad, siempre que no vaya en detrimento de la armonía familiar... —precisó el Padre.

—Claro, claro. Pero como los sueldos son tan bajos... Imagínese usted, Padre, si no fuese por las horas extraordinarias. Y aún así, al final de mes, apenas pasamos de las diez mil pesetas.

En un reflejo que le traicionó, el Padre dirigió una mirada al salón y a sus cuadros y al criado que, en correcta posición de firme, estaba junto a la puerta. Probablemente doña Pura advirtió la intención de aquella revista a sus riquezas, porque aclaró en seguida:

—Y gracias a mis padres, que por fortuna tienen unas rentas saneadas y nos ayudan en lo que pueden... .

Acabó su café el Padre y aprovechando que el criado le había retirado la taza y había salido, planteó el tema:

—Creo una obligación, señora, decirle que su hijo me preocupa; me preocupa porque le encuentro con una cierta inquietud, con una especie de incomodidad, que a su edad no es normal.

—¡No me diga, Padre! ¡Ay, Padre, no me asuste...! —dramatizó doña Pura.

—Con toda sinceridad debo también decirle que Fernandito no es feliz. No es feliz aquí, en su hogar. Y usted perdone...

La señora de Cuéllar se levantó, evidentemente preocupada. Procuró disminuir esa preocupación sirviéndose otro whisky, más cargado que el anterior, y luego de dar unos pasos solemnes, comentó:

—Pues no me lo explico: Aquí tiene todo lo que un niño puede ambicionar. Le aseguro que no le falta de nada. ¿Qué puede echar en falta?

—La unión verdadera de sus padres —dijo entonces Camí, de manera muy seca.

Doña Pura bebió un largo trago de whisky y se sentó otra vez. Sacó del bolsillo un pañuelito de encaje precioso y se sonó, pidiendo en seguida las naturales disculpas. Volvió a beber. Y finalmente, comentó:

—Ustedes, los jesuitas, son como demonios. En el buen sentido, ya se entiende...

—Ya se entiende... —sonrió el Padre, para quitar hierro a la situación.

—Porque a usted le han contado algo. ¡La gente es tan mala, en esta ciudad...!

—Le doy mi palabra de que nadie me ha contado nada, señora...

—¿De veras?

—De veras.

Se levantó otra vez doña Pura y el Padre, que antes no lo había hecho, reparó la indelicadeza, levantándose también. La señora de Cuéllar tomó una cigarrera de plata que había en una mesita y le ofreció a Camí, que rehusó con una sonrisa. Ella encendió el «Camel» con mano ligeramente temblorosa.

—Pues le aseguro que no hay razón ninguna para que Fernandito no sea un niño totalmente feliz, y si en el Colegio demuestra alguna desazón, será por cosas del Colegio. Porque en casa no le hemos notado nada anormal.

—Quizá tenga usted razón... —contestó el Padre, que no se esperaba aquella reacción.

De vuelta al Colegio, fue pensando que su actitud había sido muy poco hábil. Que no debió plantear tan de cara la cuestión. A los pocos días de aquello, recibió una llamada del Padre Rector. Le esperaba, como siempre, sentado en la mesa de su camarilla y, como siempre, también, le dejó a él de pie.

—Lamento, Padre, tener que reconvenir una vez más su conducta —fueron las primeras palabras del Rector.

—¿Pues...? —se extrañó Camí.

—Pase que visite a sus alumnos enfermos, sin solicitar mi previa autorización. Pero no es tolerable que, durante esas visitas, efectúe insinuaciones evidentemente ofensivas para los padres de esos alumnos.

El Padre Camí, perplejo, confuso, apenas pudo comentar:

—Pero Reverendo Padre, yo le aseguro que bajo ningún aspecto mi actitud con la señora de Cuéllar... porque supongo que de ella se trata...

—En lo sucesivo, se abstendrá por completo de salir del Colegio sin mi expreso permiso y deberá informarme previamente de sus proyectos.

—Sí, Reverendo Padre...

Rezó largo rato en la capilla y después, en su cuarto, estuvo dándole vueltas al asunto, sin conseguir clarificar sus ideas. Durante varios días anduvo inmerso en dudas y perplejidades, ajeno a cuanto le rodeaba, y el Padre Visús, que le conocía bien, le comentó en el paseo de la sobremesa:

—Juanito, no me gusta verte así. Vas a acabar mal y me dará mucha pena...

El regreso al Colegio de Fernandito Cuéllar, después de su enfermedad, lo hizo de la mano de doña Pura, que le llevó en el SEAT blanco y negro que acababan de comprar, y cuando el Padre Camí vio a la señora, le rogó que le esperase en la Sala de Visitas, y una vez que hubo dejado a los chicos en la Brigada, volvió lo más deprisa que pudo y doña Pura le besó (con humedad) la mano y se sentaron, y el jesuita comenzó diciendo:

—Tenía necesidad de hablar con usted, porque pienso que interpretó mal mis palabras cuando estuve en su casa, visitando al niño.

—No comprendo a qué se refiere, Padre... —respondió la dama.

—Mi interés por Fernandito era una natural consecuencia de mis deberes como educador... Yo me limité a informarle de unas deducciones pedagógicas, que me pareció obligado, en conciencia, poner en su conocimiento...

—Naturalmente, Padre. Hizo usted muy bien.

—Sin embargo... Parece que se ha interpretado mal el alcance de mis palabras.

—¿Usted cree? —doña Pura se puso en pie—. En absoluto, Padre; al contrario. Le agradecí mucho su interés.

Volvió a humedecerle la mano, al besársela, y subió en el SEAT blanco y negro (era de los primeros modelos salidos de la fábrica de Barcelona) y el chófer la dejó en la Iglesia de San Martín. La Iglesia de San Martín tenía dos puertas, a distintas calles y como todos los días, doña Pura entró por una, rezó brevemente ante el altar mayor y salió por la otra, para subir en el automóvil que le aguardaba algunos metros más allá, un «Buick» veinte caballos, propiedad del excelentísimo señor Marqués de Monquellada. El excelentísimo señor Marqués era el Presidente de la Inmobiliaria que acababa de comprar el edificio y solares anejos del Colegio de San Javier, con obligación contractual de contruir un nuevo centro en las afueras de la ciudad, dotado con todos los adelantos de la moderna pedagogía. Era también Diputado Provincial, Presidente de la Academia Regional de Buenas Letras, Consiliario Mayor de la Santa Casa de Misericordia, Consejero-Delegado de once Sociedades Mercantiles, propietario de distintos palacios, edificios, bloques de viviendas y solares de la ciudad.

Y el amante de doña Pura, naturalmente.

*

El Padre Camí pasó unas semanas atroces y se encerró en sí mismo y buscó consuelo en los textos sagrados y rezó más que nunca. Pero no logró tranquilizar su espíritu. Aprovechando que el Padre Provincial visitaba el Colegio, a finales de abril, solicitó una audiencia privada y en ella le expuso sus cuitas, sus dudas y sus vacilaciones. La respuesta del Superior fue tajante:

—Piense, Padre, que el fajín de jesuita implica un conjunto de deberes, entre los que el primero de todos es el de obediencia. Y el más duro, no se me oculta. Pero cuando San Ignacio hablaba de la Compañía como una milicia, nos anticipaba esta obligación de disciplina...

—Yo la admito, Reverendo Padre, físicamente. Pero espiritualmente, me rebelo contra ella, cuando lo que se me ordena no me parece justo.

—Entonces, está usted pecando, Padre. Está contrariando su voto.

—¿Y qué debo hacer?

—¡Ah! Ese es un problema suyo. Usted es sacerdote y, además, jesuita. En cuanto jesuita, le vincula la obediencia. En cuanto sólo sacerdote, ese deber ni que decir tiene que le sería mucho más fácil de cumplir. Piénselo.

Lo pensó. Lo pensó durante días, durante semanas. Lo pensó, rezando frente al Santísimo. Y abandonó la Compañía de Jesús, aunque al hacerlo sufriera el mayor disgusto de su vida. Pero había llegado a esta conclusión: más le valía ser un buen sacerdote que un mal jesuita. Sólo el Padre Visús lo supo anticipadamente y le comprendió y le abrazó con fuerza, y se quedó triste, ya que le apreciaba de veras.

Sometido ahora a la jurisdicción del Ordinario del lugar (que así se llama, en Derecho Canónico y por feo que resulte, al señor Obispo), fue destinado como párroco a Reajo del Pino. Reajo del Pino era un pueblecito serrano, con mil y pico almas, que vivían de lo que los veraneantes dejaban entre junio y septiembre y vivían muy ricamente, porque, además, la propiedad forestal era comunitaria y cada año se efectuaban derramas entre los vecinos. Con ello, los vecinos se daban la vida padre y todos tenían cubiertas sus necesidades mínimas y aún las casi máximas.

El Alcalde, don Feliciano Jarillas, era, además, el más rico del pueblo, cuestión absolutamente lógica, si bien se mira. Y muy extendida en los pequeños Municipios del país. Don Feliciano ejercía sus funciones con un sentido paternalista a la par que autocrático y se sentía mucho más Virrey que Alcalde. Cuando tomó posesión el nuevo párroco, asistió a la ceremonia religiosa y después le invitó a comer en su casa (que era, ni que decir tiene, la mejor del pueblo) y mantuvo con él una interesante charla, frente a una copa de buen coñac (el párroco había rehusado beber, cosa que disgustó al Alcalde).

—Mire usted, señor cura —decía don Feliciano—, en este pueblo lo pasará bien, porque todos somos muy católicos. Había tres o cuatro rojillos, pero ya me encargué yo de quitarlos de enmedio. O sea que los mandé a la cárcel, no vaya usted a pensar otra cosa...

—¿Van todos los niños a la escuela? —preguntó Camí.

—Pues claro que van. Hace dos años inauguramos el edificio nuevo, que ya lo conocerá usted; es una maravilla.

—¿Y existe problema social?

—¡Pero qué dice, señor cura! Si aquí todos viven como Dios. Y usted dispense...

El Alcalde no le cayó nada bien al párroco Camí que vivía en una casa cercana a la iglesia, al cuidado de una buena mujer que ya llevaba conocidos cuatro curas y que a todos les había atendido con diligencia y cariño. Viuda (como son siempre estas mujeres), se llamaba Zoila, pero a pesar de eso, era fenomenal. Le limpiaba la ropa que daba gozo verla, le tenía siempre preparada la casulla y el cíngulo y el manípulo y los roquetes y también se ocupaba de la iglesia, que estaba relimpia y pulida y con el altar mayor (donde figuraba la imagen de San Procopio, patrono del lugar) hecho un ascua de oro (y ustedes dispensen la metáfora).

La vida, efectivamente, era tranquila en Reajo del Pino; demasiado tranquila para los afanes apostólicos del párroco Camí, que procuró ampliar en lo posible su función pastoral y enseñaba catecismo a los chicos por las tardes y, poniendo dinero de su bolsillo, compró una máquina de proyección para dar sesiones cinematográficas los domingos, que tuvieron buena acogida y hasta el señor Alcalde hizo que se aprobara un crédito extraordinario del Municipio para colaborar en aquella excelente idea del señor cura. Los feligreses eran buenos cristianos en general, sin más pecados importantes que los naturales de la envidia, el sexo (de pensamiento) y la codicia, aunque al párroco le fastidiaban mucho las beatas, tan pesadas y tan llenas de chinchorrerías.

Al cabo de varios meses, el cura Camí se había ganado el afecto del pueblo entero y conocía ya a todos los vecinos. Sabía, por tanto, que el garbanzo negro de Reajo era Pedro, el electricista. Que nunca aparecía por la iglesia y que hacía ostentación de su ateísmo en el bar de Eustasio (un indiferente en materia religiosa), donde cada tarde jugaban su partida de dominó. El cura Juan había sido un buen maestro del dominó en sus años de noviciado y consciente de sus deberes pastorales, apareció una tarde por el bar y pidió plaza en la mesa de mármol. Hizo pareja con don Ramón, el médico, y auxiliado, sin duda, por el Espíritu Santo, jugó tan bien que le ganaron tres partidas seguidas a Pedro y a Eustasio, una de ellas dejándoles en blanco.

Con ello, creció el prestigio del párroco y Pedro aceptó el diálogo con él (ya que era un buen deportista) y como en días sucesivos, siguiese ganando Camí, incluso con cierres de diez tantos, el ateo reconoció que aquello no le había sucedido nunca y felicitó al señor cura, quien aprovechó para hablarle de la Divina Providencia.

—Eso son leches, señor cura —dijo el ateo— y lo que ocurre es que usted juega cojonudamente al dominó.

—No lo creas; sucede que pido la ayuda del Señor, porque también detrás de un seis doble se encuentra la Providencia Divina.

—¡Amos, bueno...! —dijo Pedro, que era muy chuleta.

—A lo mejor, si tú también pidieras la ayuda de San Procopio, que es el patrono de Reajo del Pino, ganarías mañana...

Mañana era domingo e insólitamente Pedro apareció por la iglesia, cuando el señor cura estaba acabando de decir la misa. Aquella tarde, más de cuarenta vecinos de Reajo del Pino rodeaban la mesa de dominó, en la que el párroco y el médico, como siempre, se enfrentaban a Eustasio y a Pedro, luego de quince días de victorias ininterrumpidas. Esta vez ganaron los de izquierdas; algún mirón, sin embargo, pensó, para sus adentros, que el señor cura debió doblarse al cuatro en vez de ponerlo a treses y que cuando, en la siguiente partida, cerro a pitos, estaba claro que iban a perder. Pero lo cierto fue que Pedro y su compañero ganaron todas las partidas y que al final, el ateo dijo:

—Una copa para los vencidos, que ya era hora.

Y el señor párroco le insinuó, por lo bajo:

—Debías invitar también a San Procopio...

Pedro acabó haciéndose muy amigo del cura aunque seguía sin ir a misa los domingos, y tenía tanta confianza con él, que le pasaba las hojas clandestinas de la C. N. T. que recibía por correo y cuyo contenido divertía mucho a Camí. También le dejó un libro de Bakunin, que se sabía de memoria y discutían sobre política, sin llegar nunca a ponerse de acuerdo.

Lo de Amelia fue peor. Amelia tenía dieciocho años, era hija del fontanero y como mujer no tenía desperdicio. Por eso la habían nombrado «Miss Reajo del Pino» el año anterior, antes de la llegada del nuevo párroco, que consiguió suprimir aquella inmoralidad de concurso de belleza y sustituirlo por un premio a la mujer más hacendosa del pueblo. Amelia acudió al sacramento de la confesión y, deshecha en vergüenzas, le contó que se había acostado con el señor Alcalde.

—¡Pero tú sabías que es un hombre casado! —le recriminó el cura.

—Sí, padre.

—Y tú eras una muchacha cristiana. Y virgen, supongo.

—Sí, padre.

—Debías haberte resistido a la tentación.

—Sí, padre.

—¿Entonces...?

—Es que me perseguía a todas horas. Y me regalaba unos vestidos preciosos, cada vez que venía de la capital. Y bombones, que a mí me encantan.

—Pero, hija, la virtud de tu pureza, el mejor don de una mujer como Dios manda...

—Y le encargó a mi padre el arreglo de toda la fontanería del nuevo edificio del Ayuntamiento y le ha prometido que pondrá los grifos en la urbanización esa que está construyendo el señor Alcalde, en sus terrenos del arrabal...

—Es muy grave lo que has hecho, hija mía. Gravísimo.

—Ya lo sé, ya —dijo Amelia, sin demasiada convicción.

—Rezarás tres rosarios enteros y harás firme propósito de enmienda. Aunque no te regale nada más ese pecador...

—Sí, padre...

Y si bien rezó los tres rosarios enteros, Amelia volvió a acostarse con el señor Alcalde, en cuanto él se lo pidió, luego de regalarle un transistor de pilas precioso que le había traído, como recuerdo de su último viaje a la capital de la provincia. Ella se confesó aún varias veces y fue absuelta de las cohabitaciones, pero acabó cogiéndole gusto y se lió de manera definitiva con don Feliciano y no volvió al confesonario del párroco, que, naturalmente, se lo supuso todo.

Por eso, en la homilía de la misa, el día 18 de julio (que era entonces Fiesta Nacional y brillantísima), criticó con especial dureza a los hipócritas, a los falsos cristianos, a los «sepulcros blanqueados», a quienes pecan contra el sexto mandamiento y creen que pueden compensar tan horrísona falta, aparentando virtudes en otros órdenes. Ya lanzado, se atrevió incluso a decir que «cuando para cometer ese pecado, gentes lascivas se prevalecen de su condición, hacen especialmente vil su reprobable conducta».

Como si la cosa no fuera con él, el señor Alcalde se acercó a comulgar, con toda su familia, y también lo hizo Amelia, con su padre, el fontanero, que sin duda estaba al cabo de la calle del asunto. Y el párroco Camí tuvo que reprimir sus impulsos, aunque se le notó que vacilaba al colocar la Sagrada Hostia sobre los labios de aquellos monstruosos pecadores.

Encima, tuvo que asistir después a la inauguración de las nuevas Casas Consistoriales y de la nueva fuente y del asfaltado de la plaza y de la residencia del médico rural, actos presididos por el señor Gobernador Civil, que culminaron con una copa de vino español. Durante la cual, la primera autoridad provincial le preguntó al párroco:

—¿Qué tal la moral ciudadana, señor cura?

Y Camí le contestó, con mucha intención:

—Regular nada más. Quienes debían dar más ejemplo, no lo dan.

El Gobernador dijo:

—En estos pueblos pequeños, ustedes, los párrocos, contraen una grave obligación. Mire usted; yo soy alumno de los jesuitas y los jesuitas tienen ideas muy claras sobre la moral pública...

—Lo sé, lo sé... —tranquilizó Camí al Gobernador.

—Pero permítame que le diga que quizá los simples presbíteros carecen de la santa intransigencia que es norma de la Compañía...

—No crea Su Excelencia...

—Mano dura, señor párroco; mano dura. La moral ciudadana ha de ser la base de la España que queremos construir...

—Dígaselo también a sus subordinados en la jerarquía —contestó Camí, que ya no sabía cómo defender el secreto de confesión.

—Por fortuna, rige usted un pueblo lleno de virtudes,

mandado por un Alcalde ejemplar en todos los conceptos.

El párroco compuso una sonrisa de circunstancias y en éstas, llegó don Feliciano (el Alcalde) con unas copas dc jerez y se las dio al señor Gobernador y al cura, mientras decía, lleno de exultante euforia:

—¡Brindemos por el futuro glorioso de Reajo del Pino!

La verdad fue que el párroco no bebió; a cambio, miró con dureza al señor Alcalde. Que no se dio por aludido.

Inevitablemente, el enfrentamiento tenía que producirse un día u otro. Y se produjo; fue en ocasión de las fiestas patronales de San Procopio. Como todos los años, había que nombrar la Clavariesa Mayor entre las chicas solteras del pueblo y, también como todos los años, el Alcalde decidió quién iba a serlo, a pesar de que, claramente, se trataba de competencia del párroco. Para mayor escarnio, don Feliciano comunicó al cura (y por escrito, encima) que «ante la proximidad de las tradicionales fiestas del santo patrono de esta Villa, pongo en su conocimiento que he decidido que las funciones de Clavariesa Mayor las desempeñe en el presente año la señorita Amelia García Pérez. Por Dios, España y su Revolución Nacional-Sindicalista..., etc.».

El cura Juan apareció en el flamante Ayuntamiento naturalmente indignado, pidió ver al señor Alcalde y frente a frente con él, en su despacho, le dijo sin más rodeos:

—He recibido un oficio suyo absolutamente improcedente. La Clavariesa de las fiestas patronales me corresponde nombrarla a mí, como párroco del pueblo, y no a usted. O sea que le comunico que será Pepita Herrera, la hija del cartero. Es una chica muy cristiana, estudia Magisterio por correspondencia y por si algo faltaba, es guapa.

El Alcalde tardó en contestar, porque estaba encendiendo un «Farias». Dio la primera y larga chupada al puro y respondió:

—Desde hace siete años soy Alcalde de Reajo del Pino y desde hace siete años nombro yo la Clavariesa.

—Pues muy mal hecho; y si mis antecesores en la parroquia se lo han tolerado, allá ellos. Esa mala costumbre se ha terminado.

Don Feliciano miró fijamente al cura.

—¿Es que tiene usted algo personal contra Amelia?

Y Camí le replicó, con marcado retintín:

—¿Es que tiene usted algo personal a su favor?

Hubo un silencio largo.

—¿Se trata de una decisión firme, señor cura?

—Firmísima, señor Alcalde.

—Bien; pues no se hable más. No quiero imponer mi autoridad a cambio de un escándalo entre mis vecinos.

—Celebro su actitud. Y se la agradezco.

Camí se levantó; también el Alcalde, que le besó la mano reverentemente. Pero en seguida, le dijo, a guisa de despedida:

—Lo que siento es que forme usted parte de ese grupito de clérigos revoltosos que se están empeñando en deteriorar las buenas relaciones entre la Iglesia y el Estado. No me extraña que le echasen de la Compañía...

El cura se asombró, porque ignoraba que don Feliciano conociese sus antecedentes jesuíticos. Y también se irritó ante la falsedad, por lo que, con voz levemente alterada, precisó:

—A mí no me echaron de la Compañía; me fui por propia voluntad...

—Por algo sería. Seguramente, porque allí hay que obedecer mucho...

—Pero a usted, señor Alcalde, yo no tengo por qué obedecerle —aclaró Camí.

—Según se mire. En fin; no discutamos. Ya informaré a mis jerarquías sobre esta postura suya, de enfrentamiento claro con la autoridad civil.

—Haga usted lo que crea que debe hacer. Buenas tardes.

—Buenas tardes, don Juan.

Las fiestas fueron brillantes y el Alcalde mantuvo en todos los actos oficiales una actitud muy cordial con el cura y Pepita Herrera desempeñó a las mil maravillas sus funciones de Clavariesa Mayor. Los vecinos se habían alegrado mucho al conocer su nombramiento, porque era una chica sencilla y, sobre todo, porque ya era hora de que no fuesen Clavariesas las hijas, las sobrinas y las protegidas del señor Alcalde. Con ello, el cariño popular hacia el párroco aumentó todavía más y lo pudo constatar el cura Juan al llegar las Navidades, por los muchos pollos y coles lombardas y botellas de anís y conejos que le regalaron sus feligreses y que él repartió casi íntegramente entre los más necesitados del pueblo; aunque en el pueblo, por fortuna, había pocos necesitados de verdad.

Estaban tan contentos en Reajo del Pino con su párroco, que la noticia de que iban a trasladarlo cayó como un jarro de agua fría. Ni que decir tiene que el más sorprendido fue Camí, a quien el ordenanza del Ayuntamiento entregó en mano la carta del Obispado, en la que se le comunicaba su traslado a Corcuéllamos, sin mayor motivación. Tentado estuvo de ir a ver al Alcalde (evidentemente inductor del traslado), pero supo refrenar a tiempo su airado impulso. Se limitó, pues, a rezar un buen rato ante el Santísimo, aunque, ciertamente preocupado, notó que la oración ya no le tranquilizaba en absoluto.

El Alcalde tuvo el cinismo de querer organizar en el Ayuntamiento un acto oficial de despedida y homenaje al párroco, que éste rechazó con sequedad. También se negó a recibir el obsequio de una arqueta de plata que pretendió, asimismo, hacerle don Feliciano. Lo que sí hizo el cura Juan fue decir un sermón muy meditado, muy sopesado, en su última misa como párroco de Reajo (a la que, prácticamente, asistió todo el pueblo e incluso, desde el principio, Pedro, el cenetista). Un sermón cuya intención, probablemente, no entendió ninguna de aquellas buenas gentes; aunque sí, desde luego, el Alcalde, a quien iba destinado.

Más de trescientas personas acompañaron a Camí hasta el autobús que se lo llevaba del pueblo; y Pedro le pidió permiso para abrazarle y le dijo, a lo burro:

—Mire usted, don Juan, con curas como usted, a lo mejor yo me creía eso de los santos, coño...

Se estrecharon, pues, en un abrazo y, en cambio, no le

dio Camí la mano a don Feliciano, aprovechando que, abrumado por sus antiguos feligreses, que todos querían despedirle con efusión, fue materialmente empujado hasta la portezuela del autobús y subido casi en volandas, y cuando se asomó a la ventanilla, se escuchó una cerrada ovación.

A punto estuvo el cura de que se le saltaran las lágrimas.

*

Corcuéllamos era otra cosa. Más grande —casi tres mil vecinos—, pero infinitamente más pobre. La mayoría del pueblo vivía de la mina, y la mina es mala fuente de trabajo. La mina endurece, porque destroza. La mina recibe jóvenes fuertes y devuelve viejos prematuros. La mina es, socialmente, un problema constante.

Juan Camí fue recibido con absoluta frialdad. A su primera misa asistieron poco más de cincuenta personas; casi todas mujeres y casi todas ancianas. No fue mucho mayor la asistencia a la misa dominical. Estaba claro que aquella parroquia nada tenía que ver con la anterior; que la tarea esta vez sería difícil. Quizá, años antes, el cura Camí se hubiese alegrado de ello, porque le apetecía el pastoreo. Pero ahora estaba decepcionado, corto de ilusiones, amargado.

Su primera entrevista con el Alcalde tampoco sirvió para animarle, sino todo lo contrario.

—Verá, señor cura; en este pueblo hay mucho rojo —le dijo don Marcelino—. Aquí, cuando la guerra, al párroco de entonces, que era una gran persona y muy anciano, le mataron a palos y luego colgaron el cadáver durante dos días en la puerta de la iglesia. A mi padre le fusilaron, frente al cementerio. En total, asesinaron a setenta y dos personas, sobre una población que, entonces, no llegaba a los mil quinientos vecinos...

—¿Y por qué ese odio?

—¡Ah! Yo pienso que es la mina. La mina da un no sé qué de mala uva a los que la trabajan.

—Será porque no la trabajan en buenas condiciones —apuntó Camí.

—Cada cosa lo que sea, no son buenas. Y eso que ahora han mejorado mucho. Pero de todos modos, aquello no está bien.

—¿Y por qué no lo arreglan?

—La Sociedad propietaria no tiene ningún interés; parece que a esta mina le quedan ya pocos años de rendimiento. Entonces, invierten en ella nada más que lo imprescindible.

—Pero eso es inmoral...

—¿Y qué quiere usted? Yo no puedo hacer nada; como Alcalde, el problema queda totalmente al margen de mis facultades.

—Alguien tendrá que ocuparse...

—Estoy cansado de mandar escritos al Gobernador. En el último, le explicaba que hay una galería en claro peligro de hundimiento; bueno, pues se lo envié hace casi un mes y todavía no me ha contestado.

. Para el cura Juan, la experiencia de Corcuéllamos iba a resultar decisiva. Allí descubrió un mundo insólito para él, un mundo marginado por la sociedad que hasta entonces había conocido. Donde fue recibido con evidente hostilidad por unas gentes alejadas de cualquier convencionalismo, que le plantearon desde el primer momento su problemática religiosa: la Iglesia, en España, se había alineado de forma indiscutible en el bando de los poderosos. Ellos no lo eran; luego la Iglesia no estaba a su lado. Y por muchos argumentos que buscó Camí para rebatir semejante tesis, no encontró ninguno suficiente para convencer a los mineros.

Entonces, se planteó a sí mismo un caso de conciencia, una profunda revisión de todas sus ideas en materia religiosa y política. Bien es verdad que, sin darse cuenta, se estaba dejando influir de manera decisiva por Blas Ulla. Blas era el líder de los mineros; un comunista inteligente y preparado, dueño de todas las demagogias y capacitado para cualquier discusión. El cura Juan intentó al principio dialogar con él, pero de manera insensible, acabó absorbido por su elocuencia. De manera que, cuando le decía:

—La Falange siempre ha luchado por la redención de los humildes, por la superación de la lucha de clases.

Blas le contestaba:

—De acuerdo. Pero este régimen usa a la Falange como fachada nada más, ya que, en realidad, está entregado al capitalismo y a un falso catolicismo, que se apoya en los Obispos burgueses, que cobran del Estado.

—Sin embargo, hay una evidente intención social en la política del régimen...

—Con ella, se trata tan sólo de justificar la hegemonía de la plutocracia...

Juan Camí atravesaba unos momentos de profunda desazón espiritual. Llevaba encima dos enormes, tremendas desilusiones: la de su fracaso como jesuita y la de su fracaso como párroco diocesano. En ambas, se consideraba víctima de errores ajenos, de conductas equivocadas por parte de quienes debieron comprenderle. Tenía razón en parte; pero su inmensa soberbia, su indisimulable vanidad, potenciaban todavía más su irritación. Era presa fácil, por tanto, para el halago demagógico. Blas Ulla supo aprovechar el momento sicológico. Le invitó a una asamblea de trabajadores, en la que los problemas laborales se presentaron de tal forma que, naturalmente, el párroco tuvo que identificarse con las reivindicaciones planteadas.

Al siguiente domingo y con la natural sorpresa, el cura vio que la iglesia se llenaba de mineros a la hora de la misa. Y en la homilía —¿cómo no iba a hacerlo?— dedicó párrafos muy intencionados a la cuestión social; de tal manera, que don Marcelino, el Alcalde, entró a verle en la sacristía y le recriminó, diciéndole:

—Perdóneme, señor cura, pero su sermón de hoy ha sido político. Y hasta me atrevería a decirle que con ribetes marxistas.

—No lo creo. Cuanto he dicho responde a una realidad dolorosa —comentó Camí.

—Sabe usted que soy el primero en compartir las inquietudes de los trabajadores de la mina. Pero existe un Sindicato, a través del cual deben plantearlas.

—Ese Sindicato no es representativo.

—¿Cómo que no? Yo le garantizo que las elecciones de enlaces sindicales fueron absolutamente libres y auténticas.

—Pero los enlaces se han vendido luego al capitalismo empresarial...

El párroco Camí hablaba ya, sin darse cuenta, por boca de Blas Ulla. Blas Ulla le había metido en la mina y le había fascinado con su visión parcial (falseada) de la cuestión social, y como los mineros, debidamente aleccionados, le halagaban y le jaleaban y le adulaban, él se entregaba a ellos, lo mismo que, en sus tiempos del colegio de San Tarsicio, se había dejado querer por Alfredo Rueda y por Ricardito Vidal. Y Blas le dijo un día:

—Mira Juan (porque ya se tuteaban), lo que hace falta es que la Iglesia baje al pueblo y para eso es preciso que vosotros, los curas inteligentes y con una fe auténtica, rompáis con los prejuicios de la jerarquía episcopal, entregada al régimen, y ganéis la voluntad del pueblo, demostrando que la religión de Cristo es, en definitiva, un socialismo real.

Como, además, Ulla le había inundado con textos marxistas, advirtiéndole que los leyese reposadamente, para encontrar en ellos las debidas concomitancias con los preceptos evangélicos y el cura Camí estaba más que predispuesto para encontrarlas, de pronto el ex jesuita descubrió que en su compromiso radical con la vida no tenía por qué perder la fe, sino que ésta caminaba juntamente con la madurez de su lucha en favor del mundo obrero. Y que la Iglesia de Roma, Lourdes, Fátima y los hermosos templos cargados de tesoros, era pura quincalla. Porque lo que necesitaba la Iglesia era libertad profética, justicia, colegialidad y, sobre todo, democracia.

Así lo dijo en una homilía dominical y para acompañar con hechos exteriores sus nuevas creencias, dejó de usar teja y se puso boina, y días más tarde se colocó un jersey sobre la sotana y finalmente dejó de llevar sotana. La primera vez que se presentó en la mina vestido con un mono, los trabajadores le aplaudieron con entusiasmo y después escucharon arrobados un bonito discurso suyo acerca de la necesidad imperiosa de acabar con los privilegios del capitalismo y repartir equitativamente la riqueza. (Acababa de leerlo en el clandestino «Mundo Obrero».)

Cuando los trabajadores de la mina fueron a la huelga (ilegal), reivindicando el aumento del plus de toxicidad, el cura Juan se solidarizó con ellos. Y al llegar el señor Alcalde (jefe local del Movimiento), que se ofreció como mediador con la empresa, le rechazó diciendo:

—Usted no nos vale, porque usted es también un capitalista.

La Sociedad explotadora de la mina despidió a veinte trabajadores, considerados como cabecillas (el primero, naturalmente, Blas Ulla) y todos los demás siguieron encerrados, en señal de protesta, y con ellos estuvo el párroco que, además, se declaró en huelga de hambre. Afortunadamente para él, al tercer día llegó la Guardia Civil y se los llevó a todos detenidos y, dada su jerarquía eclesiástica, a él lo encerraron en la cárcel concordataria de Zamora.

Allí tuvo muchas horas para meditar, para aumentar con sabias lecturas sus ideas acerca de la necesidad de una reforma social marxista-cristiana (no se acordaba, ni falta que le hacía entonces, de la encíclica de Pío XI sobre eso del marxismo) y, sobre todo, para cambiar impresiones y coincidir en ideas con otros curas igualmente presos por sus actividades ilegales. Varios de ellos procedían, como él, de la Compañía de Jesús y eran los más intransigentes, los más firmes en las devociones contestatarias, los más adictos a la ruptura con la Iglesia oficial. «Claridad, claridad y no arrugarse» era su lema, al que Camí se adhirió inmediatamente. Todos estaban de acuerdo en que había que «bajar al pueblo», había que volver a la «masa germinal de la tierra». Renunciando a todo privilegio, ganándose la vida con el trabajo honrado y el esfuerzo depurador. En el mientras tanto, y para que su entusiasmo no decayese, el Partido

Comunista (ilegal entonces) les atendía cumplidamente y les mandaba ricos alimentos y se preocupaba de cubrir todas sus necesidades.

El cura Juan lavó debidamente su conciencia en los seis meses de prisión y comprendió que debía volver a su centro: el pueblo. Las cartas que recibía de sus padres no abonaban, ciertamente, este criterio, ya que le recordaban cómo ellos habíanse forjado una decorosa posición a fuerza de trabajar continuamente, con lo que se encontraban integrados ahora en la odiosa burguesía. Pero Camí tenía clara conciencia de su deber y no estaba dispuesto a dejarse influir por perniciosos y aislados ejemplos. O sea que se mantuvo firme en su decisión de oponerse a las clases dominantes, destruyendo toda costra de egoísmo personalista.

*

Por eso, cuando cumplió su condena y salió a la calle, en libertad, se hizo cura-obrero y estuvo trabajando en la Empresa «Verlumen, S. A.», de la industria del metal. Allí pudo desarrollar una fructífera labor, alternando el torno con la charla social y el horario laboral con las reuniones políticas. Poco tiempo le quedaba para la misa y demás obligaciones arcaícas de su estado sacerdotal, pero comprendía que, en semejantes circunstancias, la labor apostólica tenía que adoptar nuevas fórmulas. Por otra parte, se sentía moralmente desligado de la jerarquía eclesiástica, que continuaba entregada a su perversa connivencia con el Estado.

Allí, asimismo, se incardinó de manera total con el mundo del trabajo y se afilió a las Comisiones Obreras y rompió con todos los prejuicios y se entregó afanosamente a la lucha en favor del proletariado. Bien es cierto que su labor no hubiera podido resultar tan eficaz, si el Partido no hubiese atendido al abono de sus elementales necesidades, pero el cura Juan aceptaba las periódicas (y nada escasas) dádivas con auténtica humildad cristiana, consciente de que, gracias a ellas, impartía sin estrecheces la nueva doctrina de un cristianismo popular y de militancia obrera.

Allí, también, conoció a Luisita.

Porque Luisita trabajaba en Administración (con categoría laboral de Oficial 2.º) y era la que, todos los meses, le entregaba el sobre con el sueldo (5.287,08 ptas. netas). Al principio, la relación entre ellos estuvo reducida a eso; pero cuando el Jurado de Empresa acordó la instalación de una cafetería, donde el personal pudiese comer el bocadillo de las doce con toda comodidad e incluso, los de jornada continuada, tuvieran «platos combinados», los encuentros entre el cura Juan (así llamado ya en la Empresa por todos sus camaradas) y la Oficial Administrativo de 2.ª, fueron haciéndose más frecuentes. Hasta que terminaron en diarios; porque diariamente, la chica se sentaba al lado de Camí para despachar el pan con chorizo o la tortilla de patatas.

Luisita, como mujer, era más bien poquita cosa. Menuda, delgada, sin formas aparentes, el pelo moreno, muy corto, pasaba desapercibida entre las demás empleadas de «Verlumen, S. A.», donde abundaban las chicas imponentes. Algo tenía, sin embargo, que le daba un cierto encanto y, sobre todo, un poderoso gancho sexual. Quizá fuesen sus ojos, muy negros, muy brillantes, muy expresivos; quizá la perfección de sus pantorrillas y la finura exquisita de sus tobillos; o quizá, los labios, bien dibujados, que prodigaban una sonrisa entre amargada y escéptica.

Tenía una edad indefinida aunque, desde luego, aparentaba menos años, porque con los treinta bien cumplidos, muchos no le echaban más de veinticinco. Era inteligente, retraída, estudiosa (iba por las noches a clase de inglés) y políticamente, maoísta-leninista, radicalizada hasta los últimos extremos. Dos veces la habían detenido por reunión ilegal y en ambas fue procesada, aunque al final la absolvieron. No se le conocían amores concretos; si bien constaba su generosidad con los compañeros ideológicamente afines, en materia de cohabitación. Ella misma contaba, con admirable desparpajo, que se había provocado dos abortos. Una de sus grandes preocupaciones políticas era la vindicación feminista, con sus naturales secuelas de igualdad total de derechos para la mujer, fin de las discriminaciones legales, políticas y sexuales y demás aspiraciones conexas.

Sucedió que estaba Camí charlando con ella sobre cine y quejándose, naturalmente, de la ominosa censura que se padecía en España, cuando de pronto, Luisa se le quedó mirando y así, de sopetón, le dijo:

—Tú estás muy bueno, cura.

El cura —ustedes me dirán— se quedó cortado. Pero resultaba que Luisita tenía toda la razón; porque Camí, con sus 43 años recién estrenados, había cuajado en un hombre francamente atractivo. Mantenía su facha elegante, que los trajes de calle resaltaban mucho más que la sotana. Se había dejado crecer el pelo y lo tenía gris, ensortijado y muy limpio. La perfección de sus facciones era admirable; y por si algo le faltara, tenía aquella voz grave, acariciadora, tan bien modulada siempre...

—Que te lo digo yo, que sabes que no soy cobista —insistió la chica—. Eres un tío cojonudo.

Camí quizá llegó a ponerse discretamente colorado.

—Bueno, pues muchas gracias por el piropo... —fue todo lo que se le ocurrió contestar.

—¿Tienes novia?

—¡Pero si soy cura, insensata...!

—¿Cura-cura? —se extrañó ella—. Bueno, ya sé que hasta estuviste con los jesuitas; pero me imaginaba que hacía tiempo que no ejercías....

El uso del verbo ejercer impresionó bastante a Camí; nunca hasta entonces había imaginado que se pudiese equiparar el oficio eclesiástico con una profesión liberal cualquiera. Por otra parte —pensó— no dejaba de ser lógico, tal como entendía él ahora su orden sacerdotal. Por eso, respondió, lleno de sinceridad:

—En eso tienes razón; llevo varios meses que no ejerzo...

(Llevaba varios meses —cinco ya— sin decir misa ni impartir los sacramentos. Aunque el párroco del barrio donde estaba la factoría, había puesto la iglesia a su disposición, solamente al principio la utilizó para «ejercer» como cura. En su profunda evolución interior, llegó al convencimiento de que todo hombre —y el sacerdote lo era también— sólo debía doblegarse a los imperativos de su conciencia. Su conciencia, ciertamente, no le aconsejaba revestirse con la casulla ni siquiera con el sobrepelliz; símbolos, por otra parte, muy característicos de la «Iglesia oficial», de la Iglesia quincallera y decadente...)

—Entonces, aguantas la castidad...

—La aguanto.

—¿Desde cuándo?

—Desde siempre, claro está.

Luisita puso una de aquellas sonrisas suyas, burlonas, hirientes.

—O sea, que eres virgen...

—Sí... —reconoció, en voz baja, el cura Juan.

—Pues, perdona, pero me parece una soberana estupidez. Porque, para los Obispos fascistas y para los católicos carcas de este país, tú estás en pecado mortal desde hace mucho tiempo...

—Bueno, pero yo, en conciencia, no lo creo así —aclaró Camí.

—¿Y por qué no has de creer, también en conciencia, que los curas pueden hacer el amor con una mujer, como lo hacían en los comienzos del Cristianismo y como lo hacen ahora los de otras religiones, también cristianas? ¿O es que vas a ser tan tonto que rechaces muchas normas que la Iglesia dice que debes cumplir y que tú no cumples, con toda la razón del mundo, para, en cambio, seguir aceptando ésta y haciéndote la puñeta, con lo bien que se pasa en la cama...?

Juan no supo contestar y ella explayó la argumentación:

—Yo he creído siempre que eso del celibato eclesiástico es una prueba más de la obsesión machista de la sociedad, que se apoderó también de la Iglesia. Como máxima prueba de que los curas sois más hombres que nadie, se os impuso la paradójica obligación de no tener contacto sexual con las mujeres. ¿Es que la relación con la mujer degrada al hombre?

—No es eso, Luisa; las razones fueron más bien formales...

—Ni formales ni gaitas; eso del celibato es una memez y verás como, el día menos pensado, el Papa lo quita de un plumazo.

—En el Concilio Vaticano II ya se trató la cuestión; pero, finalmente, se mantuvo la norma...

—Por el machismo de las narices. Mira, yo no puedo creer en una religión que margina totalmente a la mujer. La mujer no puede ser cura, no puede ser nada importante dentro de la Iglesia Católica. ¡Y luego nos quejamos de las leyes civiles! Muchísimo peores son las canónicas, en este sentido...

Sonó el timbre, avisando la vuelta al trabajo y Juan Camí sintió como una liberación, porque se encontraba sin argumentos válidos que oponer a Luisita. Ella, al despedirse, camino de su sección, le anunció:

—Ya me encargaré yo de ti, buen mozo...

Cumplió la promesa. Con habilidad, con evidente tacto, porque era lo suficientemente lista para comprender que cualquier precipitación podía resultar contraproducente. Pero a su amiga Libertad, que compartía con ella la habitación realquilada y era ácrata, hija y nieta de ácratas, le había dicho, semanas atrás:

—Al cura Juan, que está imponente, me lo tiro yo como me llamo Luisa González.

Libertad se alegró mucho por aquella pasión de su compañera y deseó que se cumplieran sus apetitos, porque cuando Luisita fallaba con algún hombre (que alguno, claro, se le resistía), la tomaba con ella por las noches y la ácrata, para justificar su absoluto culto a la libertad, tenía que tragar con los manejos lésbicos de la maoísta, aunque, en el fondo, no le divertían demasiado. Por eso, lo que quería era que siempre la chica estuviese debidamente saciada y la dejara dormir en paz.

Salieron juntos al cine y pasearon por los campos que

todavía rodeaban la factoría y fueron de tascas y estuvieron en un baile. Previamente, Luisa le dio a Juan unas someras lecciones de «twist» y resultó que el cura tenía una sorprendente intuición (sin duda, por su buen oído musical) y funcionó más que decorosamente en la pista. Fue graduando sabiamente la chica los sobos y los besuqueos y cuando comprendió que tenía el macho a punto, llamó por teléfono a la señora Tomasa (que le alquilaba por seis duros una habitación muy limpia, con ducha y bidé) y le dijo que iría el sábado, a eso de las cinco.

Juan Camí tenía perfecta conciencia de que se avecinaba lo irremediable. Mentalmente, lo había ya aceptado como normal, puesto que su conciencia así lo estaba considerando. No tenía sentido —como, con toda razón, decía Luisa— que mantuviera la castidad, cuando tantos otros condicionamientos, falsamente exigidos antes por la «Iglesia oficial y quincallera», habían sido tajantemente suprimidos en su vida. Por eso, cuando aquel sábado, después de comer a la salida de la factoría y de tomar unas copas de coñac en el Bar «Trébol» (donde celebraban algunas reuniones clandestinas los de Comisiones Obreras) y de dar una vuelta, la camarada le dijo que debían irse a la cama, él lo aceptó con insólita naturalidad.

Fue una jornada memorable para Luisa, porque, por vez primera en su experimentada vida sexual, mandó de forma absoluta a lo largo de las cinco horas largas de reiterado ayuntamiento. La vindicadora feminista sintió el orgullo infinito de que, en aquella ocasión, la mujer fuese reina absoluta, maestra indiscutible, directora total del festejo erótico. Realmente, Camí se manifestó como un alumno muy aprovechado; pero la autoridad la impuso la hembra.

Cuando el cura Juan se estaba vistiendo, evidentemente feliz, le pareció escuchar al canto de un gallo; pero Luisa le dijo que no podía ser; que a aquellas horas, los gallos estaban durmiendo.

Y sin embargo, Camí estaba seguro de haber escuchado cómo un gallo cantaba agudamente.

Cercana la Navidad de 1965, recibió el cura Juan la inesperada (y gratísima) visita de Blas Ulla. Acababa de salir de la cárcel, donde se había pasado casi tres años y le invitó a cenar con un camarada; un miembro destacado del Partido Comunista, que —según le anticipó— tenía mucho interés en hablar con él. En el restaurante charlaron de temas baladís; luego, se fueron a un piso de los nuevos barrios de Viviendas Protegidas, que Blas tenía alquilado. Entraron pronto en harina:

—Se trata de que yo le he hablado al camarada —dijo Blas— de tus cualidades y de tus méritos. Ha interesado mucho tu personalidad en la directiva del Partido y queremos tenerte con nosotros.

—La cuestión es clara —explicó el camarada—: en el P. C. nos hacen falta hombres como tú, con formación, con prestigio y con ideales. Te ofrecemos un puesto en el Comité Central del Partido. Donde ya sabes que la disciplina se cumple a rajatabla; más en estos momentos, cuando la causa precisa de una entrega total al servicio del pueblo...

Camí no se lo pensó demasiado:

—En Comisiones Obreras he venido cumpliendo una función destacada. Si creéis que ahora, en el Comité Central puedo rendir mejores servicios, estoy a vuestra disposición...

—Gracias. No esperábamos otra respuesta.

Hicieron una especie de brindis, con vino tinto.

—He regresado hace pocos días de París —precisó el camarada—, donde asistí a unas importantes reuniones de trabajo, presididas por Santiago (y precisó, tras una pausa: Carrillo, claro), en las que hemos estudiado a fondo la mecánica operativa que el Partido va a desarrollar el año próximo. La función política de los curas-obreros ha sido espléndida; pero hay que ampliar la propaganda más allá de las fábricas. En las fábricas tenemos ya bien montados los grupos activistas, gracias, en gran parte, a vosotros. Ahora hay que ganar los barrios populares. Y eso hay que conseguirlo desde las parroquias, desde los púlpitos...

—Entonces…

—Hemos de colocar camaradas curas en las zonas populares de las ciudades importantes, que realicen esta labor de captación para el Partido. Tú serás uno de ellos.

—Ya te expliqué que tiene un pico de oro —elogió Blas Ulla al camarada—. Aún recuerdo su discurso en la mina de Corcuéllamos… Dejó planchado al alcalde fascista…

—Abandonarás la empresa donde ahora trabajas e irás destinado a una capital distinta de ésta; no sé cuál todavía. Volverás a ejercer de párroco, y naturalmente irás recibiendo las consignas de cada momento. Pero sus líneas maestras ya puedes imaginártelas: la Iglesia social nacida del Concilio, es contraria a los totalitarismos y a la intromisión del Estado en sus temas específicos y propugna la abolición de los sistemas capitalistas y defiende la amnistía total y exige la participación del pueblo en las tareas de gobierno y propugna terminar con el recuerdo de la guerra civil y con la división del país entre vencedores y vencidos y pide el reconocimiento de los derechos humanos…

Bebió un largo trago de vino.

—En fin, ¡qué te voy a decir! Conoces perfectamente la cuestión…

Se despidieron dándose un fuerte abrazo, y después levantaron el puño. Por cierto que Camí se equivocó y levantó el derecho, cuando lo ortodoxo en el Partido es alzar el izquierdo, por obvias razones.

*

Los primeros días en la parroquia (que se llamaba, por una curiosa coincidencia, de San Juan y Santa Rita) fueron duros, porque Camí andaba desentrenado en el ejercicio de las funciones eclesiásticas y le pasó como a esos abogados que dejan la profesión y, al cabo de unos años, vuelven a ella y tienen que repasar los Códigos y ponerse al día en las normas administrativas vigentes. Pero pronto estuvo impuesto otra vez en la liturgia y aun, sin proponérselo, decía la Misa con una solemnidad formal que hubiese hecho las delicias del Padre Rector del San Tarsicio.

Fueron unos años difíciles, aunque hermosos. Batió el récord de multas gubernativas por sus lacerantes homilías (once, la última de cien mil pesetas) y por tres veces volvió a sus conocidas celdas de la cárcel concordataria de Zamora. Cada regreso a la parroquia constituía un masivo homenaje de su feligresía, organizado a la perfección por el Partido. Claro está que alguna de las ovejas del rebaño se le rebelaba y en más de una ocasión, le interrumpieron sus sermones con gritos indignados y hasta le entró a ver en la sacristía, cierto domingo, un Teniente Coronel de Artillería que, irritadísimo, le dijo que ni era sacerdote ni nada y que se acordara de los muchos millares de siervos del Señor fusilados por los rojos. Bobadas de un inmovilista, en suma.

La cosa del sexo la satisfacía a medias el párroco, porque no era conveniente facilitar argumentos a esos inmovilistas; pero alguna canita sí que echaba al aire, con la natural discreción, ya que no faltaban en la parroquia feligresas del P. C., cuyos ideales coincidían con los del cura Juan, incluso en la cama. Lo malo fue cuando, a raíz del fusilamiento de unos llamados terroristas, que no habían hecho más que ametrallar a tres guardias civiles, ejecutar a un capitalista y atracar once entidades bancarias y cuatro fábricas, Camí lanzó una homilía feroz sobre la represión, el derecho a la vida (de los terroristas; no de los guardias, claro) y las inhumanas torturas carcelarias y entonces, el T. O. P. le condenó a seis años de cárcel.

Para su consuelo, llegaron más de tres mil telegramas de todo el mundo a la Presidencia del Gobierno, protestando por semejante transgresión del Código de Derechos Humanos. Pero Carrero Blanco, que tan católico decía ser, no hizo ningún caso de ellos.

A pesar de que tres los firmaban otros tantos Obispos-Auxiliares y uno era del mismísimo Willy Brandt y otro de un tal don Olof Palme, un sueco muy importante que, a pesar del mucho trabajo que debía tener en su país, estaba siempre al tanto de las ferocidades que en éste se seguían cometiendo.

*

Revisada la condena y aplicados ciertos indultos, salió de la cárcel a comienzos de 1972, aunque no se le permitió regresar a su parroquia de San Juan y Santa Rita, sino que nuevamente fue destinado a un pueblo. Como era un pueblo grande —casi diez mil vecinos— y con Polígono Industrial, el Partido creyó oportuno que aceptara, puesto que las posibilidades que se le ofrecían para su labor combinada (místico-política) eran considerables.

En Benicostrell (que así se llamaba el pueblo) sucedía, además, que el alcalde y jefe local del Movimiento manifestaba evidentes deseos de acercamiento hacia las corrientes democráticas e incluso había llegado a un cierto pacto con los líderes de Comisiones Obreras que actuaban en las fábricas del Polígono y hacía la vista gorda en cuanto a la propaganda y difusión de sus consignas. Tampoco iba a poner ningún obstáculo a las homilías del párroco Camí, a quien las multas y los encierros carcelarios, en vez de frenar sus ímpetus, parecían más bien acrecentarlos. Y había llegado a una radicalización en sus posturas verdaderamente impresionante, hasta el punto de que un domingo, en la glosa de la parábola del sembrador, citó tres veces a Mao, dos al «Ché» Guevara, cinco a Marx (Carlos, no Groucho) y solamente una a Nuestro Señor Jesucristo.

El cura Juan se encontraba (ni que decir tiene) muy a sus anchas en Benicostrell y más todavía cuando entabló relaciones carnales con Marta. Marta, treinta y cinco años muy bien llevados, había sido novia (en el más amplio sentido) de Antonio Carreño, dueño de los tres supermercados del pueblo; pero Antonio fue víctima de una «operación retorno», en el verano anterior y se mató con su «124» en una curva de la carretera general. Superado el dolor, que fue intenso en las primeras semanas, Marta le cayó muy bien a Camí (no obstante ser de derechas) y Camí le gustó una barbaridad a Marta (pese a su militancia comunista). A lo mejor, por estos mismos enfrentamientos políticos, surgió entre ellos una pasión arrolladora. Y se liaron; dentro de un orden y de una discreción, naturalmente.

Marta tenía una hermana, Sagrario, casada con uno de

los vecinos más pudientes de Benicostrell, don Benigno, que era dueño de casi todos los predios circundantes y de veintidós fincas urbanas y, por si algo le faltaba, tenía cabezas de ganado y la concesión de una línea de autobuses. El matrimonio, infaustamente, carecía de descendencia y se llevaba muy bien, a pesar de que vivía con él una hermana solterona de don Benigno, Fuensanta, que tenía muy mala leche. Pero Sagrario sabía componérselas para limar asperezas y tenía loquito perdido a su buen esposo, que le llenaba de joyas y de atenciones.

Marta y Sagrario se querían mucho y eran muy iguales de carácter e incluso físicamente se parecían una barbaridad. Conocía Sagrario los amores de su hermana con el cura Juan y a pesar de eso, como era tan señora, nunca se aprovechó del morganático parentesco para que le fueran reducidas las penitencias por sus pecados. Quienes ignoraban por completo las relaciones eran los padres de la chicas, gentes antiguas, de cortos posibles económicos y amplias virtudes, que vivían con esplendidez merced a la fortuna de su cariñoso yerno.

Don Benigno y Sagrario se marcharon a pasar las vacaciones de 1972 a Torremolinos, como si fueran alemanes, y se llevaron con ellos, según costumbre, a los padres de la esposa. Nadie podía imaginar la terrible desgracia que se avecinaba. Porque justamente el día de la Virgen de agosto, cuando Sagrario estaba viendo la televisión (y un telefilme de tiros, para más detalle), notó como un dolor agudo en el costado y se sintió morir y, efectivamente, se murió. El infarto o, como dicen los periódicos, el mal de nuestra época.

Marta recibió el telegrama cuando estaba en la cama con el cura Juan y se llevó un disgusto considerable. Los siguientes días resultaron singularmente tristes y fueron ejemplares la piedad y el cariño y el respeto conque el párroco Camí ofició las honras fúnebres de su, digamos, parienta y la belleza de su oración sagrada en el funeral de «corpore insepulto», que hizo llorar incluso al alcalde. Muchísimo le agradeció Marta semejante prueba de compenetración con su dolor, y ella y Juan se sintieron más unidos que nunca y él descubrió que la chica, con traje negro, medias negras y liguero asimismo negro, ofrecía un aliciente nuevo y por demás excitante, que propinó intensas sesiones amatorias, compatibles (obvio será aclararlo) con el recuerdo emocionado a la difunta.

Don Benigno estaba literalmente destrozado en su soledad y aunque su hermana Fuensanta se desvivía con él, la desolación del viudo resultaba patética. Fuensanta, por cierto, había tenido el poco elegante detalle de acudir al novenario de misas luciendo los pendientes de esmeraldas que su hermano le había regalado a la finada; y no se le pasó por alto semejante falta de respeto a la suegra, que dijo a su esposo:

—Pronto comienza el expolio de los bienes de nuestra hija...

Y su marido, varón antiguo, de cortos posibles económicos y amplias virtudes, aunque nada bobo, comentó:

—Tendremos problemas con la herencia, ya verás.

Pero su señora, dama también antigua, de cortos posibles económicos y amplias virtudes, a la vez que lista como el hambre, sonrió cucamente y le tranquilizó:

—De eso, nada. Tengo un plan.

El plan era sencillo: casar a don Benigno con Marta. Que tantísimo recordaba a la difunta Sagrario y que, por ello mismo, tenía que gustarle a su desconsolado viudo más que ninguna otra mujer. Efectivamente, él lo reconoció, cuando, con mucha delicadeza, su suegra le sugirió la idea, coincidiendo con el cuarto mes del fallecimiento.

—¿Pero aceptará? —preguntó don Benigno.

—Eso queda de mi cuenta, hijo...

Marta se indignó al recibir la propuesta. Porque lo pasaba tan ricamente con el cura Juan, que además tenía diez años menos que su cuñado. Buscó el pretexto más inmediato:

—Mamá, por Dios; me parecería que estoy engañando a mi pobre hermana...

—No digas sandeces. Tu pobre hermana está en el cielo

y su viudo se ha quedado aquí en la tierra, podrido de millones, que sería un cargo de conciencia que fuesen a parar a la imbécil de Fuensanta.

—No, mamá, no. Lo siento. Yo no le quiero.

—¡Mira tú ésta! Ni falta que hace... Además, a la edad que ya tiene Benigno, te molestará bien poco.

Horrorizada, Marta fue a contárselo todo al cura Juan. Los hechos se precipitaban. Los padres de Marta, descartando el criterio de su hija, andaban ya preparando los papeles. Benigno le había mandado un ramo de claveles y un brillante de bastantes quilates. La noticia se extendió rápidamente por Benicostrell y —lo que son las cosas— fue muy bien recibida por el vecindario. Todos daban por hecho que el casorio del viudo con su cuñada sería cuestión de pocas semanas.

—No te inquietes. Esto lo arreglaré yo el domingo —le dijo el párroco a su coima.

El domingo, la iglesia estaba llena en la misa de doce, como siempre. Extrañó a la feligresía que no dijera la misa el párroco Camí, sino don Froilán, el otro cura. Pero es que Camí se había reservado la oración sagrada. Y subió al púlpito, mientras el oficiante se sentaba en el sitial e hizo la señal de la Cruz y comenzó diciendo:

—Hermanos. Amadísimos feligreses. Comparezco hoy ante vosotros, no como pastor, sino como pecador; no como ministro del Señor, sino como reo de su divina justicia...

Marta, que estaba en primera fila, con sus padres y don Benigno, comprendió que allí iba a suceder algo sonado. También el alcalde, que habitualmente aprovechaba la homilía para salir a la calle, a echar un pitillo, permaneció en su banco.

—Debo haceros una confesión dolorosa, que me impone un deber sacrosanto de conciencia —siguió Camí—. He faltado a la castidad.

El rumor entre la feligresía fue notorio. Y una dama de la Adoración Nocturna, persignándose, dijo en alta voz:

—¡Jesús...!

—Jesús, sí —aprovechó el párroco para seguir—. Jesús,

bondadoso, condescendiente, generoso con los pecadores, sabrá perdonar mi falta, mi terrible falta. Debo decíroslo, porque al decirlo me abochorno y esa vergüenza que en estos momentos me domina, es el comienzo de lo que tiene que ser dolorosa penitencia para mí. Yo, vuestro cura párroco, vuestro pastor, ha pecado contra el sexto mandamiento. Con infinito rubor lo reconozco públicamente: mantengo relaciones ilícitas con una mujer.

El murmullo fue clamor. De tal manera que don Froilán, que estaba algo teniente y que siempre echaba una cabezadita en el sitial, mientras su colega desgranaba la homilía, se despertó sobresaltado y preguntó al acólito:

—¿Qué pasa?

—Que dice que tiene una querida —largó el chico.

—¿Cómo...? —y se puso la mano en la oreja, para oír mejor.

—Soy consciente, claro que lo soy, de la magnitud de mi pecado. Pero la Santa Madre Iglesia tiene previstas estas dolorosas situaciones y ayer mismo he remitido al Arzobispado la petición para que se me reduzca al simple estado laical. El Señor no quiere que sea un buen sacerdote; el Señor querrá que sea un buen esposo...

La dama de la Adoración Nocturna volvió a gritar, sin el menor decoro:

—¡Indecente...!

—Indecente, no —aclaró el cura—. Desdichado. Tened compasión de mí, amados hijos, queridos feligreses; y comprendedme.

A estas alturas, Marta había cambiado de color varias veces, se estaba abanicando violentamente, se escondía detrás de su madre y a punto estuvo de quedarse privada. Pero logró sobreponerse.

—Ya no puedo ser vuestro párroco, vuestro pastor de almas, y he sentido la obligación de decíroslo desde el púlpito...

Se quitó el roquete.

—Me despojo de estos atributos que no me corresponden...

Se quitó la sotana; llevaba debajo, conste, un chaleco de punto sobre la camisa.

—Aquí me tenéis, laico como vosotros, pecador arrepentido, esperando que el Vaticano confirme canónicamente lo que ya es una realidad inevitable. Perdonadme una vez más.

Miró hacia la primera fila.

—Y sabed que mi esposa será, Dios mediante, vuestra convecina Marta Cendeño. La gracia del sacramento matrimonial nos devolverá a la paz del Señor, a la comunión de los santos, al seno de la Iglesia...

Se bajó del púlpito y Marta ya no pudo más y sufrió un soponcio, y su padre la sacó del templo y mientras paseaba con ella en brazos, por el pasillo central, unos la insultaban y otros la compadecían; y don Froilán se había quedado tan perplejo, que no se movía del sitial y el monaguillo tuvo que decirle:

—Que toca el Credo, Padre...

Aunque siguió la misa, nadie hizo el menor caso del santo sacrificio. Menos que nadie don Benigno, a quien su consuegra tranquilizaba, diciéndole por lo bajo:

—Tú no te preocupes, hijo. Ella está por ti; te lo digo yo...

—Pero la cosa es gorda...

—A ti te gusta, ¿no? Pues olvídate de las locuras de un cura hereje.

—¿Es verdad o no? —preguntó el viudo.

—Te advierto que yo sé también lo de tus roneos con la estanquera... —largó la suegra.

—Habladurías...

—¿Y lo de la chica del Gervasio?

Don Benigno se quedó muy serio y al otro día, en una reunión familiar de urgencia, se llegó al acuerdo de que nadie es perfecto y los cuernos posteriores son los graves; nunca los precedentes. Y Marta confesó que algo había tenido que ver con el señor cura, pero que estaba arrepentida y dispuesta a ser una esposa fiel, ejemplar y sin tacha, como lo había sido su difunta hermana. Semejante confesión fue, sin duda, propiciada por el aderezo de esmeraldas y brillantes que don Benigno la acababa de regalar, y que en tiempos lució la pobre Sagrario. Para remachar la cosa, Marta se acostó aquella tarde con su cuñado (y próximo esposo) y él lo pasó tan bien, que no dudó un segundo en perdonar las anteriores veleidades de su cercana mujer.

Con lo cual, Juan Camí, tras solicitar su reducción al estado laical (que efectivamente ya había cursado) se encontró compuesto y sin novia. Y tuvo otro argumento más que alegar en contra del capitalismo, que todo lo corrompe.

TERCERA PARTE

LA CONCLUSIÓN

VII

Era una casa nueva, de cinco pisos, construida con mucho cristal y mucho aluminio, de ésas que parecen todas ellas un escaparate. Estaba en el mismísimo centro de la ciudad, en la calle del Generalísimo, y unas letras enormes, que por las noches se iluminaban, informaban acerca de la propiedad del inmueble; en ellas podía leerse: EDIFICIO FIPAVENSA.

FIPAVENSA: o sea, Financiera Paco Ventura, S. A., inscrita en el Registro Mercantil y en el del Ministerio de Hacienda, con 250 millones de capital y dedicada, como otras varias en el país, a la venta de apartamentos, con rentabilidad asegurada. Sólo de un ocho por ciento, pero con todas las garantías. Los grandes edificios de FIPAVENSA se elevaban en la Costa del Azahar y eran muy codiciados por los inversores extranjeros, suecos y alemanes, principalmente. El negocio marchaba viento en popa, de tal manera que se estaba construyendo un nuevo bloque (850 apartamentos), llamado «Chapete IV». Porque el Presidente y Director-General de la Empresa, don Francisco Ventura (con derecho a tratamiento de Ilustrísimo Señor, desde que le habían condecorado con la Cruz del Mérito Turístico) era un sentimental y cuando puso en marcha la Sociedad, en 1962, bautizó como «Chapete» al primero de los bloques, recordando su apodo colegial.

Entonces, FIPAVENSA contaba sólo con un capital de 10 millones de pesetas, si bien el activo real no pasaba de los cinco. Pero Paco Ventura se había revelado como un fenómeno de los negocios. Metió en su Consejo de Administración a dos Tenientes Generales, un Almirante, tres Procuradores en Cortes y un Abogado del Estado y a base de avales y de recomendaciones, obtuvo de los bancos el dinero suficiente para levantar aquel edificio, primero de la serie proyectada. Los terrenos eran de su mujer; porque su mujer, Conchita, había heredado poco antes de casarse varios miles de metros cuadrados junto al Mediterráneo y cuando su marido le explicó que había que dedicarlos a urbanización, en vez de a la agricultura, ella no tuvo nada que oponer, porque admiraba a su marido de una manera absoluta y reverencial.

Efectivamente, *Chapete* tenía razón y cuando todavía estaban construyéndose los cimientos del primer bloque de apartamentos, ya tenía vendidos más de la mitad, naturalmente a base de letras. Pero esas letras se las descontaban en seguida en los bancos (con un extra-tipo, como puede suponerse) y así, pudo inaugurarse el primer edificio antes de la fecha prevista y aunque estaban sin hacer los jardines, las pistas de tenis y las proyectadas zonas de recreos infantiles, los suecos y los alemanes lo pasaron en grande aquel verano y se pusieron colorados como cangrejos (como cangrejos cocidos, ya se entiende) y fueron los mejores propagandistas de FIPAVENSA en sus países de origen.

Doce años después de aquellas heroicas etapas iniciales, la Sociedad gozaba de un enorme prestigio en los bancos, con techo ilimitado de descuentos y Paco Ventura se había convertido en una figura destacada de las finanzas. Aunque seguía teniendo su residencia habitual en la ciudad, sus constantes viajes a Madrid le aconsejaron comprar allí un piso y lo tenía, suntuosamente decorado, en Apolonio Morales. Era también propietario de una finca de verano, en Marbella, y disfrutaba de tres automóviles y un «Land-Rover», aunque todos (por obvias razones fiscales) figuraban a nombre de FIPAVENSA.

En el orden familiar, dos hijos —chico y chica— completaban la felicidad de *Chapete,* el único antiguo alumno de la promoción 49 del Colegio de San Tarsicio que no tenía carrera (ni siquiera llegó a terminar Peritaje Mercantil) y, que era, quizá por eso, el más rico de todos. Pero la riqueza no había influido en su carácter y continuaba siendo cordial, afectuoso, comunicativo y simpático. Había engordado bastante, aunque conservaba el pelo, y además apenas tenía canas. Físicamente, pues, no se diferenciaba mucho del alumno que conocimos; o sea que seguía siendo menudo, vulgar y feo, aunque ya no canijo.

Trabajaba mucho, porque, dígase lo que se diga, es difícil hacer millones sin trabajar. Llegaba a las oficinas de FIPAVENSA a las diez de la mañana y solía tener diariamente un «almuerzo de trabajo» y regresaba en seguida a su despacho, del que nunca se iba antes de las diez de la noche. Cada tarde celebraba reuniones con sus Directores-Delegados, hablaba por teléfono de continuo con el extranjero, recibía muchas visitas y dictaba docenas de cartas y de notas interiores. Viajaba a Madrid varias veces al mes, aunque casi siempre iba y venía en el día. Pero, a pesar de semejante actividad, todavía le quedaba tiempo para escuchar discos de zarzuela (su gran afición), ir al fútbol los domingos (pertenecía a la Junta Directiva del equipo local) y leer novelas policiacas.

Aquella mañana, don Francisco Ventura llegó al EDIFICIO FIPAVENSA, como siempre, a las diez; bajó del Mercedes azul cobalto y le dio una cariñosa palmada en la espalda a Paco, el portero, al tiempo que le decía, también como todos los días:

—Hola, tocayo...

La secretaria le informó de que no había ninguna llamada y entonces, *Chapete* le dijo:

—Voy a dictarle un modelo de carta, para que la repita quince veces, a quince distintos destinatarios, naturalmente. No la escriba en papel de la Sociedad, sino en el mío particular.

Y dictó este texto:

Querido amigo y compañero:

El próximo mes de junio se cumplirán 25 años de

nuestra salida del Colegio de San Tarsicio, después de haber compartido allí nuestros estudios de Bachillerato. Hacemos, pues, las Bodas de Plata de nuestra promoción y estoy seguro de que desearás, como yo deseo, que nos reunamos todos para celebrarlo y que esa celebración resulte lo más brillante posible.
He sido designado por los compañeros que siguen viviendo aquí para coordinar todos los preparativos; te ruego que me confirmes tus señas, me facilites tu actual destino, profesión o empleo, así como tu situación familiar. En principio, pensamos celebrar las Bodas de Plata del Curso el 8 de junio, que es sábado. Dime si te viene bien la fecha.
Por favor, contesta a las señas del membrete.
Con muchas ganas de volverte a ver, recibe un abrazo de tu compañero y viejo amigo...

—¿Algo más? —preguntó la secretaria.

—Sí, por favor. Después de la firma y de mi nombre a máquina, añada usted, entre comillas, *Chapete*.

—Sí, señor...

Cuando salió la secretaria, el Presidente y Director General de FIPAVENSA apoyó la mano en la barbilla, quedó unos segundos pensativo y sonrió con cierta melancolía. Después, pulsó el botón de la conexión interior, para ordenar:

—Que venga el Director de edificios...

Y empezó a dar órdenes.

*

Casimiro Fandos estaba llamando por teléfono a Luis Garzón. Se trataba, como tantas otras veces, de que Casimiro andaba de bronca con su mujer; y de conformidad con las orientaciones recibidas en los Cursillos de Cristiandad, pedía permiso a su amigo para presentarse en su casa, acompañado de su cónyuge, y dirimir allí la pelotera, en presencia del otro matrimonio. Este sistema, al decir de los directores espirituales de los mentados Cursillos, era el más eficaz para que los esposos zanjaran sin mayores implicaciones sus diferencias, ayudados por el consejo de los amigos, que ejercían algo así como de árbitros o moderadores.

La fórmula venía usándose por los matrimonios piadosos de la ciudad (que cada vez eran menos, por desgracia) y puede decirse que, en líneas generales, daba buen resultado. Pero también se habían producido algunos fallos sensibles; porque eso de que la mujer pusiese tibio al marido y éste, a su vez, le cantase las cuarenta a ella, todo en presencia de otro matrimonio amigo, propiciaba en ocasiones el acercamiento y la comprensión de la esposa ajena o del marido contrario y ya se conocían tres casos de adulterio, como consecuencia de las afinidades surgidas entre los querellantes y la pareja anfitriona y contemplativa de la bronca.

Con Casimiro no había problema, porque Candidita, su mujer, era una santa y además, fea, y jamás Luisito Garzón había tenido el menor pensamiento pecaminoso con referencia a ella; ni tampoco a su bella esposa, Azucena, le gustaba nada Casimiro, que iba siempre muy mal vestido y además, era un vulgar empleado del Ayuntamiento, sección de Especies Gravadas. Y es que don Tomás Fandos, el fundador de la saga, había muerto prematuramente en 1955 y doña Natalia se las vio y se las deseo para sacar adelante a sus dieciséis hijos, y aunque los había ido colocando, lo hizo (y bastante hizo, la abnegada viuda) de manera precaria.

Los únicos que vivían con opulencia eran los gemelos, Matías y Joaquín, y aunque su virtuosa madre contaba que sus pingües ingresos resultaban consecuencia de su habilidad y eficacia como Agentes de la Propiedad Inmobiliaria, lo cierto era que los hermanos habían descubierto una admirable fórmula para sacarle opíparos rendimientos a su asombroso parecido físico. Se trataba del chuleo compartido. Porque ya se sabe que los chulos (o *macrós*) explotan a las mujeres, especialmente a las mujeres maduras, a base de satisfacerlas pródigamente en sus apetencias sexuales. Pero esa satisfacción alcanzaba cimas de placer inenarrable con los gemelos Fandos.

Puede suponerse el truco. Establecida por uno de ellos la relación con la dama ansiosa y munificiente, Matías y Joaquín se turnaban en el quehacer erótico. La dama ansiosa y munificiente ignoraba que aquella fiera, que a las dos horas de haberla cubierto con esplendidez, insistía en el coito, no era la misma, sino una copia físicamente exacta, que para algo los gemelos resultaban absolutamente idénticos por fuera. La dama, jadeante, satisfecha hasta la extenuación, se ufanaba de contar con el más impetuoso, inagotable y cachondo de los hombres. Y remuneraba con esplendidez aquellos poderosos, incansables servicios.

Bien. Esto lo ignoraba, ni que decir tiene, la virtuosa doña Natalia y también los otros catorce hermanos y jamás Casimiro tuvo la menor sospecha al respecto, porque Casimiro había salido a mamá en lo de la fe y las devociones y la práctica constante de los sacramentos. Era un meapilas y de ahí le venían muchas de las disensiones con Candidita, que siendo también muy santa (a ver, con aquella fealdad), no llegaba a los extremos de su pío esposo. Como explicaba a Luis y a Azucena, frente a unas tazas de café y en pleno y fiel cumplimiento de las normas distribuidas en los Cursillos de Cristiandad para la solución de broncas conyugales:

—Otra vez lo de siempre; las exageraciones de éste...

Éste, o sea, Casimiro, aducía:

—Que no. Que otra vez lo de siempre, sí: las desviaciones de ésta.

Ésta, Candidita, contaba:

—A ver lo que os parece a vosotros y cuál de los dos tiene razón. Se trata de que a mí me apetece mucho ir a ver una película...

—Basura —sentenciaba Casimiro.

—¿Qué película? —preguntó, con evidente hastío, Luis.

—Esa de Alfredo Landa que lleva tantas semanas en el Capitol... «El vecino del quinto» o algo así, se llama...

—Nosotros la hemos visto —dijo Azucena.

—¿Ves? —Candidita fulminaba a Casimiro con su gesto—. Y no irás a decir que éstos no son buenos cristianos.

—Pues a mí me han asegurado que es un filme inmoral (dijo filme con mucha entonación) y en la clasificación de la parroquia la definen como «gravemente peligrosa».

—Hombre, tampoco es para tanto... —reconoció Luis—. Es una patochada y sale uno que se hace pasar por marica...

—Y mujeres desnudas —replicó Casimiro.

—Del todo, no. En sostén y bragas, nada más —precisó Azucena.

—Peor todavía, porque así se excitan más los bajos instintos.

Hubo una pausa.

—Bueno, entonces, ¿qué decidís? —preguntó Candidita.

Los Garzón se miraron y Azucena resumió la opinión del matrimonio:

—No creemos que haya inconveniente en que vayáis a verla. Es mala, pero divertida. Y moralmente, pues tampoco pasa nada. Ya os digo que yo la he visto, con Luis, y ni siquiera he creído preciso confesarme luego.

Casimiro se quedó bastante fastidiado, pero las normas de los Cursillos de Cristiandad decían claramente que había que aceptar las decisiones del matrimonio dirimente y por eso, tuvo que aguantarse. Luego, para quitarle hierro a la situación, cambió de tema.

—He recibido una carta de *Chapete*. ¿Te acuerdas de él?

—Sí, claro. Yo también la he recibido. Oye, las Bodas de Plata ya. ¡Cómo pasa el tiempo!

—A *Chapete* le veo alguna vez. Gana un dineral, el tío, con eso de la rentabilidad...

—Siempre fue muy listo. ¿Recuerdas cuando en clase de Religión...?

Entonces, dedicaron un buen rato a la evocación de anécdotas de sus tiempos de colegio, que es un tema inagotable.

—Se murió el Padre Rector, ¿lo sabías?

—Sí. Y el Padre Camí se salió de la Compañía.

—¡No me digas! —a Casimiro le afectó mucho la noticia.

—¿Pero no te habías enterado? Se fue de cura a un pueblo...

—Es muy bueno el Padre Camí. Sus razones tendría para hacerlo.

—Desde luego.

Las mujeres, mientras tanto, estaban en lo suyo.

—Ya te piden siete mil pesetas al mes y eso, sin saber nada de cocina.

—Pues a Isabel Gallego, la doncella ha tenido la desfachatez de decirle que tiene que darle de merendar a su novio, los jueves y los sábados.

—A este paso, Dios sabe adónde vamos a llegar...

Casimiro le decía a Luis:

—Me apetece mucho esto de que nos volvamos a reunir todos... A la mayoría de los compañeros, no he vuelto a verles desde entonces.

—Ni yo.

—Me enteré de que Arcadio Figueras sacó notarías y creo que ahora está en Valladolid.

—Era un empollón, acuérdate.

—A Ernesto Ríos me lo encontré hace dos o tres años. Es médico de la Seguridad Social.

—¿Y sigue tan falangista?

—Supongo que no.

—Claro; eso ya no se lleva.

Las mujeres se despidieron, besándose en las mejillas. Ellos se abrazaron.

—Muchas gracias de nuevo por vuestra colaboración —dijo Casimiro.

—Ya sabes: a vuestra disposición siempre.

Y cuando los Fandos salieron, Luis Garzón le comentó a su mujer:

—¡Qué pesaditos son, los pobres...!
—¡Pero tan buenas personas...!
—Es que si, encima, fuesen unos canallas...

*

Como todos los sábados, Arcadio Figueras y su mujer, Josefina Bosch, estaban cenando en «Suazo». Decía siempre Arcadio que en Valladolid había cuatro monumentos fundamentales, dentro de la general monumentalidad de la capital: la Catedral vieja, la Universidad, el restaurante «Suazo» y la pastelería «Freixas». Los huevos fritos y la menestra de «Suazo» eran, evidentemente, unos hitos de la gastronomía europea y por si algo faltara para aderezar la calidad de aquella cocina, Hilario cantaba el menú con una fantasía sensacional.

Aunque con el señor notario, Hilario ahorraba el número, porque ya sabía su cena de los sábados: huevos fritos y chuletas de cordero. Josefina tomaba también las chuletitas, pero antes, una merluza rebozada. Porque la señora de Figueras no tenía problema con la línea, como tantas otras a su edad, y mantenía una figura esbelta y estaba todavía guapa y por eso su marido seguía enamoradísimo, como en los tiempos colegiales. Hasta algunas noches, luego de ver la televisión, se cogían de las manos y él le cantaba aquello de:

—Tus ojos brujos-en mí se clavaron.

Y ella completaba el dúo:

—Y para siempre-tu esclava seré...

Arcadio terminó la carrera en 1953, como tenía previsto, porque adelantó curso el verano del 51. Y sacó notarías a la primera, en 1956. Ni que decir tiene que se casaron en seguida y primero estuvieron en Logrosán y después en Albuquerque, y él hizo otras oposiciones entre notarios, para mejorar, y ahora llevaban ya dos años y pico en Valladolid, muy contentos porque la vida provinciana y apacible de la vieja ciudad castellana les encantaba. Tenían tres hijos (dos chicos y una chica, que era la mayor, con 16 años) y formaban un matrimonio insólitamente feliz.

Hasta el punto de que no se aburrían juntos y siempre estaban compenetrados y eran coincidentes en sus gustos. De tal manera que cuando Arcadio le comentó a su mujer:

—Hoy he tenido una carta de mi compañero de colegio *Chapete*. ¿Te acuerdas de él, verdad? Resulta que vamos a celebrar las Bodas de Plata de nuestra promoción...

Josefina le contestó:

—Iremos, naturalmente...

Que era lo que Arcadio había decidido desde que leyó la convocatoria.

—Me apetece mucho —recalcó ella.

—Pues fíjate a mí —dijo él.

—¿Aún funcionará la boite aquélla, «Río»...?

—No sé...

—Si sigue abierta, hemos de ir a bailar allí.

—Pero, cariño, tocarán estos ritmos horrorosos de ahora, que no nos van nada...

—Da lo mismo. Tú me tarareas al oído «Dos gardenias» y nos hacemos la ilusión de que acabamos de salir del colegio...

Entró en el restaurante don José María, el abogado del Estado, con su mujer, doña Enriqueta, que era una cursi de campeonato. Se saludaron muy cordialmente y se dijeron las estupideces protocolarias que en estos casos se dicen y la señora de don José María le comentó a Josefina:

—Ayer me encontré con tu hija por la calle de Santiago y me quedé impresionada de lo alta que está. Está hecha una polla...

Los caballeros hicieron como que no oían y Josefina sonrió forzadamente y la señora del abogado del Estado, tan campante, se sentó con su marido y pidió dos docenas de cangrejos a guisa de aperitivo, porque los abogados del Estado pueden subvenir semejantes excesos, inasequibles, en cambio, para la mayoría de los ciudadanos.

*

El abogado, repantigado en la butaca, se mesó una barbita ridícula que le colgaba del mentón y anunció:

—Calcule usted algo más del millón de pesetas.

Pepe Lloret, que fumaba sin parar, preguntó:

—¿Pero ella no habrá de pagar nada?

—También, también. Aunque menos.

—Me parece caro...

—¡Ah! Los procesos canónicos de separación siempre resultan costosos. Piense que se trata de conseguir la disolución del vínculo; que quedará usted otra vez soltero, libre, y en disposición de casarse de nuevo.

—De eso, nada. Con una, he tenido bastante.

—Y si su esposa quisiera colaborar... Porque yendo de acuerdo, todo sería más sencillo.

—¿Qué dice su abogado?

—He hablado dos veces con el compañero; su esposa se muestra reacia a dar facilidades...

—¡Menuda hija de puta! —y comprendió Pepe que se había pasado y aclaró—. Bueno, quiero decir que va con las del veri...

—Ya, ya...

—De todos modos, lo que yo necesito es la seguridad de que podré quitarme de encima a mi mujer. ¿Usted me la da?

El abogado encendió un cigarrillo.

—Mire, don José; al cabo de treinta años ejerciendo en esta especialidad jurídica, ciertamente escabrosa, he llegado a una conclusión: no digas pleito ganado hasta tener sentencia en el bolsillo.

—Pero el adulterio está probado...

—¡Ah! No diría yo tanto. Simplemente, tenemos los informes de unos detectives privados. ¿Qué valor dará a esos informes el defensor del vínculo? De nuestros Tribunales Eclesiásticos, la verdad, yo no me fío nada. Por eso le he aconsejado llevar la causa a Roma.

—Lo que usted diga, don Moisés.

—Aunque tampoco a Roma, exactamente, sino a la jurisdicción prorrogada de aquel Tribunal, que una vez al mes se constituye en Brescia. Allí tendremos muchas más probabilidades; aunque, ni que decir tiene, sale más caro.

—Con tal de que se consiga...

—Pienso que sí. He de volver a cambiar impresiones con mi compañero, el letrado de su esposa; a ella le interesa aún más que a usted conseguir la separación.

—Ya lo creo; así podrá casarse con ese individuo.

—Entonces, si de mutuo acuerdo planteáramos la cuestión diciendo que ustedes se casaron con el acuerdo expreso de no tener hijos...

—Pero mi mujer tuvo un aborto de tres meses...

—Eso no hay por qué mentarlo. Insisto: yendo de acuerdo en que el matrimonio se contrajo con expresa exclusión de los «tria boni», las probabilidades serían mucho mayores.

—Haga usted lo que crea más oportuno. Y aunque ya puede suponer que me fastidia gastarme tanto dinero, por dinero que no quede.

—De acuerdo. El día 8 de junio tenemos la comparecencia ante la Curia.

—¿El 8 de junio? ¿No podría cambiarse la fecha?

—Hombre, como poder, se puede. ¿Es que no le viene bien?

—Ese día, precisamente, no estaré aquí.

Pensó que debía justificarlo más y aclaró:

—Celebramos las Bodas de Plata los de mi promoción escolar y no quisiera perdérmelas...

—Comprendido, comprendido... Pues ya lo arreglaré.

—Gracias.

Se despedían, en el hall.

—Recuerde que tiene que enviarme la provisión de fondos —dijo el abogado.

—Ya, ya. Mañana le haré la transferencia. Doscientas mil pesetas, ¿no es eso?

—Justamente. A la cuenta corriente número 3.233 del Banco de Valladolid.

—De acuerdo. Por favor, no deje de hablar con el abogado de mi mujer.

—Descuide. Si conseguimos ir de acuerdo en lo de la renuncia voluntaria a la procreación, la cosa está resuelta. El Tribunal de Brescia es implacable en este punto.

—Buenas tardes, don Moisés.

—Que usted lo pase bien, señor Lloret...

Pepe, antes de subir en su «R-5», recogió el boleto de una multa que el celo de la Policía Municipal le había colocado debajo del limpia-parabris, por aparcar a menos de cinco metros de la esquina y dedicó un recuerdo grosero al padre del guardia y salió embalado hacia su apartamento. Estaba de mal humor, como casi siempre; porque Pepe Lloret, de unos años a esta parte, se había hecho huraño, retraído y antipático. Tampoco le faltaban motivos, ésta es la verdad.

En el casillero del portal tenía la correspondencia del día, que se metió, sin mirar siquiera, en el bolsillo de la gabardina. En cuanto estuvo en la habitación, se quedó en mangas de camisa, se echó sobre la cama y encendió otro cigarrillo más. Fumaba demasiado; se lo había dicho el médico, pero él contestó:

—Mire, doctor, es el único vicio que ya practico. No me pida que lo deje también.

Sí, sí; Pepe Lloret, el cachondo Pepe Lloret, ya no practicaba otros vicios, porque estaba enteramente desilusionado del que fuera, desde sus tiempos de colegial, el más asiduo de todos: el sexo. En materia de sexo, Pepe se había dado un atracón y se lo había dado, además, sin gastarse un duro, lo cual tiene su mérito. Le caía bien a las mujeres, nunca intentaba engañarlas (en el sentido de que no les ofrecía amor eterno) y ligó con muchas y muy importantes hembras, de distinta clase y condición. Hasta que, un mal día, se enamoró.

Tenía entonces 40 años y era el solterón del curso. Lupe acababa de cumplir veinte; estaba en España estudiando Literatura, con una beca del Instituto de Cultura Hispánica ya que, como su nombre indica, era mejicana. Y bellísima; una de esas bellezas indias, de inmensos ojos, pelo azabache, recogido en trenza y cuerpo felino. Cuando Pepe la descubrió, en la piscina del Club, se lanzó sobre ella en picado. Pero ella, a pesar del retintín meloso de su acento, tenía un genio endiablado y supo pararle debidamente los pies, aunque el gachupín le cayó en gracia. Por eso aceptó salir con él aquella tarde y otras tardes más y a Pepe le entró una pasión nueva, exenta de malas intenciones, por aquella muchacha. Cuando llegó junio, Lupe se volvió a Guadalajara (la que está en un llano, no la que está en la Alcarria) y Pepe, tras hondas meditaciones, llegó a la conclusión de que estaba deseando casarse con ella.

Así se lo dijo, primero por carta, luego por telegrama y el mismo día, por teléfono, que tal era su impaciencia; o sea que Lupe recibió primero la declaración en directo, a través del cable submarino y con las naturales deficiencias de transmisión; a las pocas horas, tuvo la confirmación telegráfica y cinco días más tarde (entonces, los Correos aún funcionaban bien), la extensa y elocuente ratificación manuscrita. Eran demasiadas peticiones de casamiento para que su juvenil temperamento se resistiese. Y no se resistió; aunque puso la condición de que Pepe viajara a Méjico, para conocer a sus padres y formalizar la cosa.

Pepe, económicamente, estaba bien colocado. Regía una agencia oficial «Renault» y se ganaba muy buenos duros vendiendo coches. En sus años de seductor, aquello le vino de primera para deslumbrar a las mujeres, cambiando de automóvil continuamente; pero semejantes tiempos estaban superados y lo único que ahora le importaba era casarse cuanto antes con su Lupita. Se fue, pues, a Méjico y se fue, además, en «Aeronaves», lo cual ya era meritorio. La casa «Renault» le tenía preparado un «R-10» en el aeropuerto del Distrito Federal y, devorando kilómetros, a las pocas horas estaba en Guadalajara, junto a Lupita, sus buenos padres y sus siete hermanos, siete, porque los mejicanos son, por lo general, prolíficos.

Todo fue muy bien y don Venustiano le echó un discurso de aquí te espero, pero le concedió la mano de su hija, y doña Guadalupe le besó la mar de veces y después comieron tacos y bebieron tequila a manta. Lo único desagradable de aquellos días, fue que a Pepe le robaron el automóvil (o carro) y se lo robaron, además, del mismísimo garaje de sus futuros suegros y cuando acudió a la Policía Federal, acompañado por don Venustiano, éste le aconsejó que, antes de nada, obsequiase al sargento con cien pesos, lo que Pepe hizo gustosamente. El sargento le aseguró que investigarían con todo interés el hurto, pero entonces, don Venustiano le obsequió con otros cien pesos y el sargento consultó unos papeles y, con el rostro radiante de felicidad, les dijo:

—¡*Pós* miren, qué casualidad! El carro ha sido recobrado *hase* no más de un cuartito de hora...

Volvieron a casa ya en el «R-10» y don Venustiano le explicó a Pepe que los pobres guardias tenían unos sueldos tan bajos, que era natural que se ayudasen con la mordida (aquí llamada soborno) y algunas veces, gastaban estas bromas de llevarse ellos mismos los carros, para encontrarlos después en seguida, en cuanto eran mordidos como Dios manda. Pepe se calló sus opiniones de celtíbero anticuado, celebró mucho aparentemente la costumbre y se lió a beber tequila con su futuro suegro, que la ingería como si de agua mineral se tratase.

El matrimonio de Pepe y Lupita duró un año y siete meses. Fue tumultuoso desde un principio y terminó cuando la indita no pudo resistir las asechanzas de un ejecutivo con barbas, alemán de nacionalidad y con veintisiete años nada más, que le puso cerco. El amor propio de Pepe quedó afectadísimo, porque estos conquistadores, con brillante tradición mujeriega, que de pronto se enamoran como colegiales, nunca aceptan que les pase a ellos con su digna esposa lo que ellos tantas veces provocaron con las ajenas. O sea, que los cuernos les duelen de una manera especial.

Y Pepe se sintió frustrado y decidió que el mundo era un asco y, sobre todo, que las mujeres no merecían ninguna atención. Inventó entonces aquella frase, que repetía siempre en la tertulia del Club:

—Todas son iguales. Todas, todas. Bueno, menos mamá.

Hacía una pausa, para precisar después:

—Y aún eso, habría que consultárselo a papá...

Casi una hora estuvo Pepe echado sobre la cama, fumando sin parar, con la mirada puesta en el infinito; es decir, en el techo de la habitación. Después, hizo sus necesidades (con perdón) y abrió la correspondencia. La carta de *Chapete* fue la última que leyó y le alegró tanto que, en el mismo momento, se dispuso a contestarla. Lo hizo rebuscando en lo más hondo una ilusión que ya no sentía por casi nada y por eso, escribió este párrafo:

—... al cabo de 25 años, la vida nos ha zarandeado a todos y pienso que todos andamos algo desengañados y comprendemos que, por desgracia, nunca jamás volveremos a tener aquella felicidad ingenua y deliciosa de nuestros tiempos de colegio, cuando ir al cine para ver una película «3-R» o fumar un pitillo en el retrete, nos parecía algo definitivamente maravilloso...

También se acordó de la chacha Ascensión y de las noches barcelonesas de «El Molino». Con todo eso, recobró el humor y no pensó más en las doscientas mil pesetas que tenía que ingresarle a don Moisés, el abogado.

VIII

Paco Ventura estaba agazapado en el puesto que, por sorteo, le había correspondido y enormemente aburrido, porque a él aquello de las cacerías no le gustaba absolutamente nada. Es más; pasaba bastante miedo, hasta el punto de que apenas asomaba la cabeza, por temor a que cualquier compañero en los afanes cinegéticos pudiera volársela de un perdigonazo. Como tenía que justificarse, disparaba al aire sin ninguna convicción y le divertía mucho cuando, al repartir las piezas, siempre le tocaba alguna que él, naturalmente, tenía la absoluta certeza de no haber cobrado.

Pero las cacerías resultaban indispensables para todo financiero de categoría, que quisiera acreditar el nivel económico de su Empresa y, sobre todo, que tuviese necesidad de obtener algún favor del Gobierno. Por esta razón, bastantes años antes, *Chapete* había entrado en contacto con cierto personajillo que bullía por las esferas oficiales, el cual, y a cambio de un discreto estipendio (cinco mil duros, de los de entonces), introducía en las cacerías con Ministros, que tenían lugar en la provincia.

Ni que decir tiene que no bastaba con pagar; que era imprescindible, además, contar con antecedentes políticos afectos al régimen y poseer una categoría social (es decir, ser rico) y pasar el último visto bueno del señor Gobernador Civil. Pero como Paco reunía todas esas condiciones, apareció una mañana (más bien, madrugada) en la finca «Los Poleos», equipado de manera impecable y con un juego de escopetas que mereció grandes alabanzas del señor Director General de Inmuebles Rústicos. A quien se metió pronto en el bolsillo, regalándole a los pocos días otras armas similares. Por mera coincidencia, se resolvió en seguida (favorablemente) un expediente sobre las alturas del edificio «Chapete II», que llevaba la mar de tiempo estancado en el Ministerio.

No habrá que decir que la simpatía de Paco, su don de gentes y su generosidad, le convirtieron en uno de los indispensables asistentes a las cacerías; y ya no sólo a las de la provincia, sino incluso a otras en fincas de mucho tronío, a las que acudían jerifaltes extranjeros. En una de ésas conoció a un príncipe saudí, cuyo nombre jamás sería capaz de aprender. Por eso, para entenderse, le llamaba «el moro» y le invitó unos días a la Costa del Azahar y «el moro» compró cien apartamentos, con rentabilidad asegurada, pagados al contado en petrodólares.

Por tan elementales razones, *Chapete* se fastidiaba muy a gusto en las cacerías, aunque él hubiese preferido levantarse el domingo a las doce, con el tiempo preciso para llegar a misa de una, en vez de hacerlo a las cinco de la mañana. Y no aguantar luego el frío y la lluvia, agazapado en su puesto, teniendo que disparar a ojo y con el miedo, siempre, de que algún despistado le diera a él, como le pasó a una señora (también iban señoras, que eran las más entusiastas), a quien cierto subsecretario le colocó unos perdigones en las posaderas, para mayor escarnio.

Lo único que le gustaba de aquellos festejos eran las comidas campestres, donde, además, cada cual iba ya a lo suyo, sin disimulo, y se hacían apartes para pedir o recomendar. En esta ocasión, Paco no tenía ningún asunto pendiente en el Ministerio, por lo que se limitó a contar varios chistes, a comentar el bache del Real Madrid (como se dio cuenta de que el tema le dolía al Director General, se apresuró a afirmar que sería pasajero) y a repartir puros a distintas jerarquías. Se planeó ya la cacería próxima, aunque él pudo escabullirse con una excusa cierta:

—Imposible. Ese mismo día tenemos en la ciudad la Fiesta de la Banderita y yo no puedo faltar; además, mi mujer es presidenta de mesa.

Efectivamente: el sábado siguiente, Conchita (con una pamela gigantesca y un traje estampado, modelo Pedro Rodríguez, aunque nadie lo hubiera dicho al ver lo mal que le caía) presidió la mesa de la Cruz Roja, instalada en la calle (entonces) de José Antonio. La Banda de Música del IV Tercio de la Guardia Civil amenizaba las horas, interpretando zarzuelas y marchas militares. Todos los empleados de FIPAVENSA fueron desfilando, para dejar sus modestos (pero significativos) óbolos y también pasaron los clientes de la Empresa que debían dinero y los que aspiraban a que se les renovase el vencimiento de alguna letra cercana. A eso de las dos, Paco Ventura, vestido irreprochablemente, se acercó a la mesa, depositó un cheque de cien mil pesetas e invitó a las damas que la componían a un aperitivo.

Durante el mismo, y con la debida discreción, el Apoderado de la Cruz Roja le entregó un recibo acreditativo de su generosa donación, aumentado en su cuantía por las doscientas veintisiete dádivas, de 500 pesetas cada una, que habían hecho los empleados de FIVAPENSA. Porque *Chapete* era caritativo por naturaleza; pero, al mismo tiempo, no iba a desaprovechar la oportunidad de desgravar su Impuesto sobre la Renta con aquellas nada desdeñables sumas, destinadas a «obras benéficas» y, por tanto, deducibles de los ingresos anuales.

Estaba contento Paco y no sólo porque hacer caridad siempre alegra, sino también por las espléndidas perspectivas que se anunciaban para los meses de julio y agosto, en los edificios de la Costa del Azahar, cuyos índices de ocupación estaban ya, en mayo, cerca del 92 por 100. Por si algo faltase, aquella noche había organizado una cena con los compañeros de Colegio, los Antiguos Alumnos de la promoción 49 del San Tarsicio, que vivían en la ciudad, para cambiar impresiones acerca de la celebración de las Bodas de Plata. Curiosamente, casi nunca se veían; andaba cada cual en su trabajo y la ciudad había crecido tanto —estaba casi en el medio millón de habitantes— que forzosamente todos estaban desperdigados.

Además de *Chapete*, residían allí Luis Garzón, Casimiro Fandos, Pepe Lloret, Pepe Navarro (el que fuera capitán del equipo de fútbol de los triunfos) y José Luis Benet, conocido siempre por *el Marqués*. A éste le veía alguna vez *Chapete*, porque después de acabar Derecho (a lo largo de un peregrinaje por distintas Facultades del País), se había casado con una chica riquísima (además de guapa, que ya es suerte) y era cliente y cuentapartícipe de FIPAVENSA. Pero con los otros, hacía años que no se encontraba.

La cita era en un comedor privado del «Mesón de la Perdiz» y todos fueron puntuales, menos Pepe Lloret. Esto permitió a los demás comentar sus desdichas conyugales, que contó con toda amplitud de detalles el carca de Casimiro Fandos, llegando al acuerdo de que nadie mentase el tema, por lógicas razones de discreción. Pero nada más llegar, Pepe dijo:

—Perdonad, chicos; pero como uno está separado y vive solo, resulta que estaba sin camisa que ponerme. Y aun menos mal que encontré ésta, sin mangas, pero que cubre el expediente...

Se hicieron de nuevas los otros, menos Casimiro, a quien su conciencia no le permitía mentir, y Pepe Lloret explicó, a la pata la llana:

—Nada, que mi mujer me puso los cuernos y se ha largado con un alemán guapísimo. Estoy ahora con todo el follón del pleito canónico, que es una cabronada, porque hay que ver los curas...

Tosió Casimiro y *Chapete* deshizo la violencia del momento, levantando su vaso de vino:

—Bueno, antes que nada, un brindis. ¡Por la promoción 49 del Colegio de San Tarsicio...!

Brindaron todos. Se sentaron y se pasaron revista recíproca:

—Oye, tú estás mucho más gordo...

—¿Qué haces para no tener canas?

—¡Pues mira éste, calvorota, con aquellas ondas que tenía...!

También se enseñaron las fotos de los hijos, que esto es

inevitable en estas ocasiones y *Chapete* les informó de que había recibido carta de los que vivían fuera de la ciudad, contestando a la suya. Todos, unánimemente, prometían asistir el 8 de junio a la fiesta.

—Sólo Alfredo Rueda me dice que no está seguro de poder venir...

—¿Qué hace ahora ese cobista? —preguntó *el Marqués*.

—Es diplomático. Está de Secretario de Embajada en Kuwait.

—¿En dónde? —preguntó Pepe Navarro, que nunca estuvo fuerte en Geografía.

—En Kuwait, animal. Un país de ésos nuevos, con mucho petróleo.

—¡Ah...!

Casimiro le dijo a *Chapete*:

—Supongo que habrás hablado ya con los Padres del Colegio...

—Claro. Estuve allí, antes que nada. Oye, de pena. Como el curso próximo se trasladan al nuevo edificio, el nuestro anda medio en ruinas.

—¿Y cómo han tardado tanto? Cuando preparábamos Reválida, se dijo que lo habían vendido...

—Sí; pero tuvieron problemas gordos con el Ayuntamiento y un pleito contencioso que hasta hace poco no se resolvió en el Supremo.

—Cómo se nota que los jesuitas ya no tienen influencia —comentó *el Marqués*—. La Residencia del Opus la han construido por las buenas en unos terrenos que eran zona verde...

Estaban en el café. Casimiro insistió en el tema serio:

—¿Quién dirá la misa?

—El único cura que queda aquí de nuestros tiempos: el Padre Visús. Está ahora de Padre Espiritual...

—¡Pobres chavales! —se compadeció Navarro— ¡Lo que les atufará cuando se confiesen...!

—Yo no me confieso hace la mar de tiempo... —dijo entonces Pepe Lloret, sin que viniese a cuento. Los demás hicieron como que no oían.

—¿Sabéis algo del Padre Camí? —preguntó Luis Garzón.

—Se salió de la Compañía.

—Sí, eso ya lo sé. ¿Pero dónde está?

Nadie sabía nada. Casimiro alabó:

—Esté donde esté, seguirá siendo un sacerdote ejemplar.

—Pues vete tú a saber... —comentó Lloret, que ya andaba algo bebido.

—Al que también me encontré en el Colegio fue a Ramón Alfaya. ¿Os acordáis de él? Estudiaba dos cursos detrás de nosotros...

—¡Ah sí! —recordó Navarro—. Era uno de los predilectos del Padre Alonso...

—Y, efectivamente, se hizo jesuita. Aunque ahora es contestatario; me dijo que vive en un apartamento, porque se niega a compartir la comunidad con los preconciliares.

—¿Es que ya no hacen voto de obediencia los jesuitas? —preguntó Lloret.

—Mira, yo sólo sé que no iba vestido de «clergy-man», sino con jersey y que me contó que cuando estuvo en el Colegio el Padre Arrupe, se negó a saludarle.

—¡Coño, cómo está la Compañía...!

Casimiro miró el reloj y dijo:

—Yo os dejo. Mañana tengo que madrugar, como siempre, porque en el Ayuntamiento entramos a las ocho. Lo he pasado muy bien. Ya nos volveremos a ver el día 8 de junio.

—Te mandaré la convocatoria y el programa, como a todos —dijo *Chapete*.

Se despidió y cuando ya no estaba, Pepe Lloret comentó:

—Sigue siendo un gilipollas...

—Hombre, no digas eso... Piensa que su padre murió hace ya tiempo y dejó a los dieciséis críos sin colocar... El chico se defiende como puede...

—Por cierto —era Garzón quien preguntaba—, ¿sabéis de alguno del Curso al que las cosas le vayan mal?

—Gracias a Dios, no. Más o menos, todos estamos colocados.

—Sobre todo, tú —apostilló *el Marqués*.

Se rieron; volvieron a brindar, esta vez con whisky. Y dijo *Chapete*:

—¿Qué os parece que hagamos ahora?

—Yo, irme a casa —contestó Luis Garzón.

—Pues oye, yo tengo cuerpo de jota —anticipó Pepe Lloret.

—Y estás solito, ¡mira qué rico! —se dolió Navarro.

—Alguna ventaja teníamos que tener los separados...

Paco Ventura comentó:

—Tengo entendido que en el cabaret ése que está en la plaza del Dos de Mayo acaba de presentarse un espectáculo de «streap-trease» integral...

—¿Cómo integral? —se extrañó *el Marqués*.

—Sí, hombre; que las chavalas se quedan en pelota viva.

—¿Igual que en París?

—Igual que en París.

—Un asco —dijo Pepe Lloret—. Las mujeres todas son iguales...

Comprendió que no era oportuno colocar el resto de la frase, sobre las madres y demás, y se calló ahí. Lo que permitió a *Chapete* comentar:

—No estoy de acuerdo, Pepe. Unas están muy buenas y otras, no tanto.

—Yo me voy a casa —insistió Garzón. Y se levantó y les dio la mano a todos y se marchó. *Chapete* insistió entonces:

—¿Qué os parece? ¿Vamos?

Los otros dijeron que sí, sin demasiado entusiasmo. Al poco rato estaban en *El Abejorro*. Era un local grande, casi absolutamente a oscuras, por lo que el *Marqués* tropezó, nada más entrar, con una pareja que estaba tumbada en una especie de «puff», dándose el gran lote y el melenudo le miró con odio africano, aunque él, finísimo, se había excusado con un:

—Ustedes dispensen...

Merced a la espléndida propina que Paco Ventura le dio al «maitre», les colocaron en una mesa inmediatamente delante del escenario, el cual estaba a nivel del suelo y sobre el que bailaban docenas de jóvenes enloquecidos. Tuvieron que sentarse en unos taburetes muy bajos, absolutamente incómodos y se vieron deslumbrados por los reflejos multicolores de una bola luminosa que giraba en el techo, irradiando unos haces de luz definitivamente molestos.

—Oye, este sitio es un coñazo... —opinó Navarro.

—Estás viejo, Pepito... —le contestó *Chapete*. Que aprovechó el momento para consultarle su opinión acerca de la naturaleza fiscal de los contratos de venta con rentabilidad asegurada, ya que Pepe Navarro era un economista de categoría, al servicio de la Banca privada.

Mientras tanto, en la pista o escenario, muchachos que parecían chicas y chicas que parecían muchachos se contorsionaban, como si de epilépticos se tratase, y movían los brazos igual que los ánades mueven sus alas antes de la zambullida, y coincidían todos en poner cara de subnormales. Bailaban a distancia, sin dirigirse la palabra, enfrentados los del mismo sexo y Pepe Lloret comentó:

—A mí, estos bailes de ahora me parecen una estupidez...

—Y que lo digas. ¿Te acuerdas en nuestros tiempos, cuando los boleros? Aquello daba gusto; te arrimabas a la chavala, le metías pierna discretamente, susurrabas palabritas tiernas en su oído...

—Y te ponías más cachondo que el mono «Popi». ¿Pero ahora...?

—Ahora ya vienen debidamente satisfechos, hombre... —sentenció *el Marqués*.

En estas, cesó el infernal estrépito y se encendieron las luces y los danzantes abandonaron la pista. Que comenzó a subir, hasta quedar como a un metro del resto del local. Entonces, apareció un joven moreno, en mangas de camisa (camisa de chorreras, eso sí) y agarrándose al micrófono, con voz aguda, anunció:

—¡Buenas noches, señoras y señores...! ¡Bienvenidos a *«El abejorro»!* ¡Vamos a tener el gusto de ofrecerles a continuación nuestro excepcional, nuestro incomparable espectáculo «Sexy-Show 74!...

Hubo un redoble musical, a través de la megafonía (porque no había orquesta, sino que todo estaba grabado en esa monstruosidad llamada «play-back») y salieron unas chicas con poca ropa, que interpretaron algo así como un «ballet» sobre temas «rock», que a *Chapete* y a sus compañeros les pareció un latazo, pero que el juvenil público aplaudió con entusiasmo. Aguantaron después a un ilusionista, a un cantante que imitaba (mal) a «Raphael»; otra vez al «ballet», ahora en un número supuestamente brasileño; a una pareja de baile flamenco y a una señorita gorda, que interpretó aires hispanoamericanos. Al terminar, nuevamente apareció el joven moreno, también en mangas de camisa, aunque esta vez la camisa era azul eléctrico, y gritó por el micrófono:

—¡Finalmente, señoras y señores, como culminación de nuestro maravilloso «Sexy-show 74», la sala de fiestas *El Abejorro* tiene el honor de presentar, por vez primera en España, procedente del «Lido» de París, a la reina del «streap-tease», a la singular artista del desnudo, a la maravillosa Lidia Vandel...!

Se apagó la luz. Cuando volvió a encenderse, estaba sobre el escenario una ciudadana como de treinta años, morena, más bien canija, vestida con traje largo de noche, negro. Se escuchó una melodía «ad hoc» y la ciudadana, sonriendo estúpidamente, comenzó a quitarse unos guantes largos que llevaba puestos. Los echó al público. Después, se descorrió la cremallera de la espalda y se bajó el vestido. Todo esto lo hacía moviéndose con una pretendida insinuación erótica, aunque la verdad fuese que parecía un pato (bueno, una pata) mareado. Ya en sostén (últimamente llamado sujetador) y bragas, con liguero y medias negras (faltaría más) se fue despojando de ellas con gran solemnidad.

Pepe Lloret decía:

—Es un callo...

Pero *Chapete* parecía bastante interesado en el «streap-tease». Doña Lidia Vandel, trás mucho cuento, se desajustó el sostén y lo lanzó a unos señores calvos que ocupaban la mesa cercana a la de los antiguos alumnos. Finalmente, haciéndose de rogar, se bajó las bragas y, al sacárselas, se engancharon con el tacón del zapato y a punto estuvo de darse un trastazo, pero recuperó el equilibrio, sonrió feliz y tiró la íntima prenda sobre Paco Ventura, que no se lo esperaba y se llevó un susto y se la quitó en seguida de la cabeza, donde le había caído, con evidente asco.

Levantó los brazos con aire triunfal, aplaudió a rabiar el público y se marchó dando saltitos la «streap-teuse». Volvió a encenderse la luz, volvió a salir el joven moreno (en mangas de camisa amarilla) y anunció:

—A continuación, señoras y señores, de nuevo y hasta las 3 de la madrugada, ¡música de baile...!

Y otra vez se hizo la oscuridad y se encendió la siniestra bola que emitía rayos luminosos de colores y se escuchó el estrépito de la espantosa música de moda y se llenó la pista (que había vuelto a descender) de chicos que parecían muchachas y de muchachas que parecían chicos, descoyuntándose y poniendo cara de imbéciles.

José Luis Benet, *el Marqués*, le dijo a *Chapete*:

—Yo he leído no sé donde que, cuando estas chicas del «streap-tease», le echan las bragas a alguien, es que le invitan a conocerlas...

—¡No me digas!

Pepe Lloret, que no tenía ni idea, azuzó, sin embargo:

—Claro, hombre. Es una costumbre internacional...

—¿Seguro?

—¡Segurísimo...!

Paco Ventura, aunque no se atrevía a reconocerlo, estaba algo cachondo, a pesar de que doña Lidia Vandel tenía el pecho caído y unas caderas esmirriadas. Así que no vaciló en aceptar sus deberes:

—Pues tendré que entrar a saludarla al camerino...

—Es lo que debes hacer... —animó *el Marqués*.

Chapete dudó unos segundos:

—Pero acompañadme alguno...

—Conmigo no cuentes. Estoy dormido —se excusó Pepe Navarro.

—Conmigo, tampoco. He de madrugar mañana —mintió *el Marqués*, que se levantaba todos los días a las once, porque para algo tenía dinero su mujer.

—Yo me sacrificaré, Paco —anunció Lloret—. Aunque a mí las mujeres... Mirad, las mujeres son todas iguales. Si acaso...

Estuvo a punto otra vez de hacer su frase, pero nuevamente se quedó cohibido; o sea, que remató diciendo:

—Nada, que te acompaño...

Pagaron la cuenta a escote. Se fueron los otros y Pepe aconsejó a *Chapete* que comprara unos bombones a la señora del tabaco, porque eso era lo procedente. A los pocos momentos, llamaban a la puerta del camerino de la estrella y una voz enérgica les cedía el paso. Entraron. Lidia Vandel estaba sentada frente al tocador; llevaba puesta una espantosa bata granate y fumaba un cigarrillo. Más experimentado en la materia, Pepe habló el primero:

—Con su permiso, señorita... Somos los de la mesa de primera fila; a los que usted ha tenido la gentileza de remitir sus intimidades...

Sonrió ella; a pesar de su actual escepticismo en materia femenina, seguía Pepe conociendo el paño como nadie. *Chapete* ya no pudo contenerse y, alargando la caja de bombones, dijo:

—Esto es para usted. Un recuerdo agradecido.

Lidia tomó la caja, sonrió tontamente y, como está mandado en estos casos, dijo:

—Gracias.

—Nos ha encantado su número —añadió *Chapete*.

—Nos ha encantado usted —precisó Pepe, siempre en línea.

—Gracias —volvió a decir la estrella.

Entonces, se abrió una puerta que, por las trazas, debía pertenecer al baño y apareció un hombre. Llevaba pantalones vaqueros, camisa negra y tenía el pelo gris. No era joven; al contrario. Pasaría de los cincuenta. Muy finamente, saludó:

—Buenas noches...

Hubo una pausa embarazosa. Pepe Lloret y Paco Ventura miraron al hombre; el hombre miró a Pepe Lloret y a Paco Ventura. Y de pronto, Pepe, poniendo un gesto de indescriptible asombro, a media voz, como temiendo decir lo que decía, susurró:

—¡Padre...!

Y *Chapete*, que también había caído, completó la exclamación:

—¡Padre Camí...!

Sin aparentar ninguna turbación, el hombre se les acercó:

—Tú eres... espera, que me acordaré. ¡Claro! Tú eres *Chapete*. Y tú... tú...

—Pepe Lloret —se presentó el antiguo alumno.

—¡Cuántos años sin veros...!

Les alargó la mano. En un reflejo absurdo, *Chapete* fue a besársela; pero Camí retuvo la suya fuertemente y Paco quedó en una postura muy desairada, medio inclinado el cuerpo, sin saber qué hacer. Pepe ya le dio la mano con normalidad.

—¡Qué alegría veros, al cabo de tanto tiempo! —celebró, muy normal, Juan Camí.

Pero ellos, claro, no sabían qué cara poner y entonces Camí tuvo que dar explicaciones:

—¡Las vueltas que da la vida! ¿A que no esperabais encontrarme aquí?

Ellos dijeron que no con la cabeza y en el mientras tanto, Lidia se había ido al baño, discretamente. Y Camí, sin más preámbulos, les informó:

—Es mi novia.

Observó la cara de sus antiguos alumnos y tuvo que aclarar:

—Naturalmente, estoy secularizado. La mía es una larga historia, que espero poder contaros algún día. Lo que importa ahora es que he vuelto al estado laical y soy un ciudadano libre, como vosotros...

—¡Ah...! —fue todo lo que se le ocurrió comentar a *Chapete*.

—A Lidia la conocí cuando bailaba flamenco en un tablado; nos enamoramos. Estaba reprimida por su educación y por los tabúes y yo le aconsejé que se dedicara a esto, para lo que tiene —ya lo habéis visto— grandes condiciones. Naturalmente, en el escenario hace lo que quiere; pero fuera de él, se porta como una mujer normal; como la mujer que muy pronto será mi esposa.

—Claro, claro... —tartamudeó Pepe Lloret.

—Mirad; en el Noviciado de la Compañía, el profesor de Moral nos enseñó que el paso de lo inmoral a lo moral depende muchas veces de unos centímetros más de desnudo. La fuerza de la costumbre es lo más importante: «assueta vilescunt», que dicen. Lo acostumbrado ya carece de toda importancia en esta clase de moralidad. Esos supuestos hay que aplicarlos a las circunstancias de cada momento...

—Diga usted que sí, Padre —metió la pata *Chapete*, para rectificar en seguida—. Bueno, usted perdone...

—Yo he llegado a la conclusión de que el «streap-tease» es moralmente positivo para los casados, porque estimula sus instintos sexuales y facilita después el cumplimiento de sus deberes matrimoniales. ¿No os parece? Lo que no se puede aguantar es, por ejemplo, lo de los maricones...

—Evidente... —dijo Pepe Lloret, que empezaba a reaccionar del «shock».

En estas, Lidia reapareció, ya sin maquillar, y vestida de calle. Camí les presentó:

—Son antiguos alumnos míos, de cuando estaba en la Compañía...

—¡Qué alegría conocerles...!

Le dieron la mano a lo tonto. La «streap-teuse» les contó:

—Todo se lo debo a Juan. Él me animó a cambiar de género, y gracias a él ahora ganamos bastante dinero. Gracias también a Juan, me liberé de todas las trabas. Nos queremos mucho y estoy deseando casarme con él, para que los malintencionados, que son legión, no puedan echarnos en cara nuestra situación irregular.

Camí, aclaró entonces:

—Nos casaremos el 8 de junio, en la parroquia de San Esteban, a las 7 de la tarde. Me encantaría que asistierais a la boda.

—¡Qué casualidad...! —dijo *Chapete*—. Ese día celebramos las Bodas de Plata de nuestra promoción del Colegio de San Tarsicio.

—¡Estupendo! —se alegró Camí—. ¿Por qué no venís todos?

—Es que tenemos previsto celebrar por la tarde un baile familiar...

—Pues es una lástima... —se condolió el antiguo Padre—. Pero en fin; estáis invitados. Luego de la boda, tendremos una cena en el restaurante «Casa Manolo». Cada asistente pagará su cuenta...

—Eso está bien —se le ocurrió decir a Pepe Lloret.

—Bueno, es que no os lo había dicho. Yo pertenezco al Comité Central del Partido Comunista.

—Y yo soy atea —aclaró Lidia, para que no hubiese malos entendidos.

—¡Ah! —a *Chapete* no se le ocurrió otro comentario.

—Creedme que ha sido una sorpresa agradabilísima... —halagó Camí.

—¡Pues excuso decirle para nosotros, Padre...! —*Chapete* volvió a meter la pata y por eso, tuvo otra vez que pedir excusas.

—¡No te preocupes, hombre! —le tranquilizó el ex Padre—. Si es natural que no os hagáis a la idea. Pero pensad que debemos ser fieles a nuestra conciencia, romper los prejuicios y bajar al pueblo, como yo he hecho.

Para aliviar la tensión, les preguntó:

—Estáis casados, supongo...

—Yo estoy separado —explicó Pepe, ahora con cierto orgullo.

—Lo siento. Me imagino tu calvario en los nefastos Tribunales Eclesiásticos...

—¡No vea...!

—Esa es una de las más tristes corruptelas de la Iglesia oficial, de la Iglesia quincallera y prostituida. ¿Y tú, *Chapete*, qué haces?

—Pues tengo dos hijos, una Sociedad Financiera y me temo que para usted, debo ser un ominoso capitalista...

Juan Camí se rió abiertamente.

—¡Hombre, no te pongas así! Nosotros respetamos las fuentes de riqueza, siempre que ellas respeten, también, las obligaciones sociales de participación.

—En FIPAVENSA no he tenido nunca el menor problema con el personal... —aclaró Paco.

—Así me gusta.

Lidia miró el reloj y comprendieron que había que marcharse. Por lo que Pepe dijo:

—En fin; qué voy a decirle... Celebramos mucho este inesperado encuentro.

—Yo, también.

A *Chapete* se le ocurrió una insólita propuesta:

—¿Y no podría usted estar con nosotros, aunque sólo fuera un rato, el día de las Bodas de Plata?

—Imagínate lo que me gustaría. Pero con esto de la boda...

—La misa, en el Colegio, es a las diez de la mañana —dijo, absurdamente, Paco...

—No, no; no podré. En cambio, a ver si os escapáis vosotros un momento y os doy un abrazo...

Se despidieron. Salieron a la calle. Hacía una noche espléndida, con el cielo estrellado y rutilante. Anduvieron un buen rato sin decir palabra. Y finalmente, Pepe Lloret exclamó, a guisa de comentario:

—¡Joder...!

IX

El ilustre Letrado don Moisés se mesó su barbita de chivo y con voz triunfal, dijo:

—Buenas noticias, don José. He llegado a un acuerdo con el compañero que representa a su esposa en la causa canónica. Están conformes en dar facilidades; o sea, que su señora reconocerá en confesión que ustedes contrajeron matrimonio, con la expresa condición de no tener hijos.

—Pues lo celebro mucho... —se alegró Pepe Lloret.

—Claro está que su señora impone ciertas condiciones...

—¡Ah, vamos! Ya me extrañaba a mí. ¿Cuáles?

—Que usted afronte la totalidad de los gastos del procedimiento. Es decir; que se haga cargo también de los honorarios del compañero y de su Procurador y de los suplidos y de los viajes...

Pepe se rascó la oreja, sin razón concreta. Preguntó después:

—¿Qué puede costar todo eso...?

—Tengo hechas las cuentas, después de consultar con el compañero acerca de su minuta. Calcule alrededor de las novecientas mil pesetas.

—¿Pero usted me asegura que mi matrimonio quedará anulado?

—Racionalmente y con las indispensables reservas, sí, señor...

—Pues entonces, de acuerdo.

Don Moisés se puso contentísimo, sacó unos papeles del dossier que estaba sobre la mesa y reconoció:

—Tenía la certeza de que iba usted a decidir esto. Y por ello, aquí tengo planificada debidamente toda nuestra actuación procesal inmediata. Aquella comparecencia ante la Curia, de la que le hablé, ya no será necesaria; lo que ahora tenemos que hacer es irnos cuanto antes a Brescia.

—Bueno. ¿Cuándo?

—¿Podrá usted el dos de junio?

—Podré.

Volaron a Milán la víspera. El avión iba lleno a rebosar y la mayoría de los pasajeros eran matrimonios que acudían, también, a la jurisdicción prorrogada del Arzobispo de Roma en Brescia buscando su anulación, como don Moisés le hizo notar a Pepe.

—Un juez eclesiástico amigo mío —le confió— tenía pensado organizar vuelos «charter» directamente a Brescia e incluso habló con «Spantax». Pero Monseñor Tarancón se lo prohibió.

—Ya sería gorda la cosa... —comentó Pepe.

El espectáculo del avión era curioso. Algunas de las parejas que volaban en pos de su liberación definitiva, mantenían una absoluta cordialidad y los respectivos padres y los amigos que les acompañaban para actuar como testigos, bebían juntos y charlaban afectuosamente. A otros matrimonios también en trance de divorcio se les notaba, en cambio, que el rencor más tremendo les separaba y ni siquiera se dirigían la mirada y los familiares y los amigos de unos negaban el saludo a los familiares y a los amigos de los otros.

Pepe se había llevado como testigo a José Luis Benet *(el Marqués),* porque su abogado le advirtió que sería conveniente que alguien testificase en el sentido de que, antes de la boda, tanto él como su prometida le habían confiado que se casaban con el acuerdo de no tener descendencia. Paco Ventura no pudo desplazarse, por culpa de sus negocios, y a Luisito Garzón y a Casimiro Fandos ni se le ocurrió proponerles el perjurio. Pero *el Marqués* lo aceptó encantado, porque no conocía Italia y aquel viaje gratuito, aunque fuese rápido, le apeteció mucho.

—Usted no se preocupe —le tranquilizó una vez más don Moisés, mientras los altavoces anunciaban que había que colocarse los cinturones, cercano el aeropuerto de Milán—. El colega italiano que me representa ante el Tribunal Eclesiástico de Brescia le facilitará de manera absoluta su declaración. ¿Recuerda lo que tiene que decir?

—Sí, perfectamente —confirmó *el Marqués*—. Que la víspera de la boda, estuve tomando unas copas con Pepe y su novia y ellos me anticiparon que no querían tener hijos.

—Exacto.

Tomó tierra el aparato y tuvieron los pasajeros que acarrear las maletas hasta el edificio del aeropuerto, porque había huelga del personal auxiliar. Tardaron dos horas en llegar a Milán, porque había también huelga de taxis y no tuvieron otro remedio que ir en el autobús. En el hotel, les advirtieron que tendrían que hacerse las camas, ya que estaban en huelga las asistentas. Después de cenar, *el Marqués* manifestó sus deseos de gozar de las delicias eróticas de las meretrices italianas, de tan sólido prestigio, pero no pudo hacerlo, porque las putas de Milán estaban asimismo en huelga y se habían encerrado en el *Duomo,* protestando por la competencia ilícita.

Don Moisés comentó:

—A cambio de sus muchas ventajas, las democracias tienen estos inconvenientes...

Y *el Marqués,* más radicalizado, refunfuñó:

—Esto de las democracias es una mierda...

A la mañana siguiente, en un automóvil de alquiler (que les costó muchísimo más que un taxi, pero los taxis seguían en «sciopero» o sea, en huelga) se fueron a Brescia. Era poco más de una hora, por la autopista. En el Hotel «Rinascente» les esperaba el colega de don Moisés, un muchacho joven, simpático, absolutamente desvergonzado, que estaba bebiendo whisky en la barra del bar. Chapurreaba un mal castellano, aunque el suficiente para aclarar:

—El *signore,* tranquilo, que *io* todo preparado. ¿Dónde *il testimonio*?

—Este caballero es el testigo —precisó don Moisés.

—*Piacere*. Usted *anche* tranquilo. *Lei* sabe que el matrimonio *d'accordo* en no haber *bambini*...

—Lo sé, lo sé... —confirmó José Luis Benet.

En el Hotel coincidieron la mayoría de los pasajeros del avión. El Hotel «Rinascente» es rentable gracias a las remesas mensuales de matrimonios españoles que van a Brescia para tramitar sus causas de separación ante la jurisdicción prorrogada de la Archidiócesis de Roma. La dirección del establecimiento sabe perfectamente que a los maridos debe colocarles en un piso y a las esposas en otro y que, asimismo, en distintos pisos deben habitar los testigos y los familiares de una y otra parte. La misma hábil separación se produce en el comedor, suficientemente grande para evitar enojosos enfrentamientos. Aunque, como ya dijimos, no faltan cónyuges en pleito que, sin embargo, mantienen óptimas relaciones y que se saludan y se sonríen y se hablan y hasta se preguntan por sus respectivos concuernos:

—¿Qué tal Alberto?

—Puedes imaginarte. Deseando que esto termine, para casarnos.

—Lo mismo le pasa a mi Laurita.

—Salúdala de mi parte.

—Y tú a Alberto, que es un gran chaval...

Eso se llama civilización.

El Tribunal Eclesiástico de Roma, en su mensual actuación como jurisdicción prorrogada en la diócesis de Brescia, se constituye en los locales del Noviciado local, que son igual que un Instituto de Segunda Enseñanza: largos pasillos, altos techos, cuartos desangelados, una sensación total de frialdad. Allí llegaron don Moisés, Pepe, *el Marqués* y el *avvocato* Gallotti, que ya en el taxi (en Brescia no había huelga) había recibido un sobre, con el estipendio para *il reverendo*. *Il reverendo* debía tomar las declaraciones; y después de una espera de media hora en un pasillo inhóspito (antes habían pasado otros compañeros de avión y de Hotel), el propio Gallotti indicó a Pepe:

—*Avanti*...

Muy cohibido, entró Pepe en una salita pequeña, en

cuya pared principal estaba colgado un mapa de Italia y en la de enfrente, había un calendario. Frente a una mesa, un muchacho con melenas se sentaba delante de una máquina (era un clérigo de la Curia). A su lado, también sentado, aparecía un hombre ya maduro, orondo, colorado, que fumaba en pipa, y vestía un grueso jersey de cuello vuelto (era el Juez Eclesiástico). El *avvocato* Gallotti, nada más entrar, le hizo una solemne inclinación de cabeza y le entregó en seguida el sobre con el estipendio que, en el taxi, le había dado Pepe: doscientas mil pesetas en *valuta,* o sea, en dólares.

El Juez Eclesiástico preguntó a Pepe:

—*Lei parla italiano?*

—No, no —contestó él, que lo había entendido. Y el *avvocato* aclaró:

—*Con il permiso de la Sua Reverenzia, io posso essere il traduttore...*

—*D'accordo...*

Comenzó preguntándole sus circunstancias personales y un conjunto de bobadas acerca de las relaciones prematrimoniales. Finalmente, planteó la cuestión fundamental que se debatía en la causa: si se había casado con Lupe con el acuerdo previo de no tener descendencia. Y Pepe, claro, dijo que sí, aunque se acordaba de aquel aborto fortuito; pero, según las trazas, eso no constaba en el expediente. Después, el Juez Eclesiástico se interesó por el sistema que los cónyuges utilizaban para evitar la procreación. Pepe, con los nervios, metió la pata y contestó:

—Aprovechando los períodos de infecundidad de mi mujer. Ya sabe: el ogino.

Tradujo el *avvocato:*

—Utilizando preservativos, píldoras anticonceptivas y toda clase de medidas prohibidas por la Santa Madre Iglesia.

Sonrió benévolamente el Juez Eclesiástico, encendió la pipa, que se le había apagado y se despidió de Pepe muy cariñosamente. Entró luego *el Marqués,* cuya declaración fue concluyente, ya que le constaba de manera indiscutible la decisión del matrimonio de no tener hijos. Y preguntó el Reverendo al *avvocato* cuándo confesaría la esposa y le dijo Gallotti que en la siguiente audiencia.

—*Bene. Questione chiara.*

O sea, cuestión clara; es decir, anulación decidida, feliz noticia que el *avvocato* transmitió a Pepe y a don Moisés en cuanto salió de la salita, ya ocupada por otro esposo anhelante de separación, cuyo *avvocato* comenzó cumplimentando el trámite reglamentario de entregar al reverendo el sobre con la *valuta*. Aunque, como su caso no estaba tan claro, el estipendio era, esta vez, de cuatrocientas mil pesetas.

Y sin embargo, el Juez Eclesiástico tenía una Biblia sobre su mesa y todos, antes de comenzar las declaraciones, juraban, poniendo la mano encima, que iban a decir verdad.

*

Lo que Pepe Lloret no sabía entonces era que otro compañero de la promoción andaba también en trámites canónicos de divorcio vincular, si bien más difíciles, porque tenía dos hijos. Se trataba de Ricardo Vidal, el otro pelota del curso (con Alfonso Rueda), que era Intendente Mercantil y ejercía como Actuario de Seguros en Santander. Sus primeros cinco años de matrimonio fueron felices, pero a partir del sexto, las relaciones con su mujer se complicaron. Y la culpa de todo la tuvo un «safari».

Ricardo, animado por varios amigos de la tertulia de *Sonderklass,* se apuntó en el «safari» que organizaba una agencia de viajes. Las condiciones no podía ser más asequibles: 85.000 pesetas, pagaderas en cómodos plazos, todo incluido. A su mujer le pareció de perlas que se marchase a África, porque a las mujeres, después de bastantes años de matrimonio, suele parecerles de perlas que sus maridos las dejen tranquilas algunos días. Especialmente, cuando también les dejan una generosa dotación económica, cosa que siempre hacen los maridos en estos trances, contentísimos ante la perspectiva de esas semanitas de libertad.

En el «safari», Ricardó cazó lo que quiso, ya que, en semejantes festejos, todo está debidamente programado y se trata, tan sólo, de ir abonando los respectivos «pluses»; el que quiere cobrar un elefante, paga su «plus» de elefante, que es (naturalmente) de los más caros, y le ponen enfrente, en plena selva y de manera que parece talmente casualidad, a un paquidermo, sobre el cual dispara el audaz cazador su rifle con teleobjetivo y repite cuantas veces es preciso, hasta que acierta y ya se encargan los negritos de que el animal se muera debidamente.

Como el «plus» de elefante quedaba fuera de sus posibilidades, Ricardo se contentó con matar un mono y una gacela. Pero hizo algo, mucho más noble, que sin embargo marcaría el comienzo de sus desavenencias conyugales: compró una pareja de titís, un oso hormiguero de pocas semanas y un cachorro de león, con sólo quince días. Vivos, claro está. Y se los llevó a Santander, después de arreglar los enojosos problemas de su transporte aéreo. A su digna esposa, recibir en casa aquella representación animal de la selva africana no le hizo demasiada gracia; pero hubiese transigido, si al año siguiente, ya decididamente entusiasta de los «safaris», Ricardo no hubiese vuelto al Congo, para traer en esta ocasión un orangután hembra (pequeñito), una jirafa casi recién nacida, que era cosa rica y una cebra.

Aunque los Vidal vivían en el Sardinero, en un chalé con un hermoso jardín, acomodar semejante zoo particular causó evidentes problemas. Por lo tanto, la asistenta se negó a limpiar los desperdicios de los animalitos y la cocinera pidió mil duros más al mes, para encargarse de echarles de comer. Sin embargo, Ricardo estaba feliz y los críos (niño y niña), no se diga; en cambio, la mujer contaba en todas partes que su marido había perdido la chaveta, porque no era normal semejante vocación de Rodríguez de la Fuente.

Así que un día ya no pudo aguantar más (fue la tarde en que el oso hormiguero, que crecía a gran velocidad, se había cargado todas las petunias del jardín) y le planteó a

Ricardo la cuestión de confianza. Intentó él comprender las lógicas razones de su cónyuge y le aseguró que tenía previsto el remedio, y que, a la vuelta del cercano «safari», tercero al que consecutivamente iba a asistir, le sorprendería con una solución maravillosa.

Fue peor el remedio que la enfermedad. Porque en esta ocasión, al regreso de Leopoldville, lo que trajo Ricardo no fueron animales, sino una negra preciosa, de 17 años (aunque parecía tener por lo menos veinte), que, según explicó a su mujer, se encargaría de atender a su zoológico privado. Todo fue bien al principio; la congoleña (de nombre, Dgntial, por lo que acordaron llamarla María, sin más) cuidaba de los animales con especial eficacia y como era experta en la materia, pues no en vano procedía de una tribu dedicada a la caza, la jirafa y el oso y el orangután y la cebra y los titís y el cachorro de león estaban felices, no incordiaban nada y los hijos del matrimonio lo pasaban en grande, jugando con ellos.

Pero llegó el verano y María (Dgntial), que chapurreaba ya bastantes palabras castellanas, se dedicó a bañarse en la playa de la Magdalena, con sus señores. Como África ya no es lo que era, gracias a las Misiones y a la UNESCO y a las campañas en favor del «Tercer Mundo» y a las independencias de aquellos jóvenes países, Dgntial (María) usaba bikini. Lo que permitió que todo el mundo (y Ricardo Vidal, antes que nadie) admirase la perfección asombrosa de su cuerpo, que parecía talmente (dispensen la metáfora), esculpido en ébano.

Lo que tenía que pasar, pasó, y María (Dgntial) aceptó encantada las carantoñas de Ricardo y allá, a mediados de septiembre, ya se estaba acostando con él. Su mujer se enteró cercana la Navidad y se enteró, curiosamente, gracias al cachorro de león. Porque Ricardo había dicho que tenía una cena en Puerto Chico; pero alrededor de las doce, el cachorro comenzó a gruñir y a inquietarse y a armar jaleo y la mujer de Ricardo, preocupada, salió al jardín-zoo para ver lo que sucedía y tuvo que pasar por la caseta que se había acondicionado como dormitorio de Dgntial (María), cercana a los animales y se encontró a su marido con la negrita en plena cohabitación.

Como la señora de Vidal estaba ya hasta las narices de fieras, oseznos, simios y, especialmente, marido, al siguiente día visitaba a un abogado y, dada la evidencia del caso, el Tribunal Eclesiástico de la Diócesis la depositó sin más trámites en casa de sus padres e inició la causa de separación. Le fue asignada una pensión de cuarenta mil pesetas mensuales y la custodia de los hijos; y Ricardo, que podía ver a las criaturas, tres días por semana, quizá se alegró en el fondo, pues siguió gozando de sus queridos animales y, sobre todo, pudo dedicarse al intensivo disfrute de los inacabables encantos de María (Dgntial), que además de estar tan rica, era otra fiera. Sólo que del amor.

En la ciudad, la cosa dio que hablar; pero eso, a Ricardo le importaba un pito.

*

La secretaria de *Chapete* le anunció, por el teléfono interior:

—Don Francisco, llama un tal señor Jarro.

—¿Vicente Jarro?

—Sí, eso...

—Póngame.

Tenía la misma voz de entonces y Paco le reconoció inmediatamente.

—¿Pero dónde estás, Vicentito?

—Aquí, hombre, aquí; en nuestra tierra...

—¡Qué alegría!

—Es que mañana le dan un homenaje a mi padre... Lo habrás leído, supongo; el Gobierno le ha concedido la Medalla de Oro al Trabajo...

—Ya, ya... Pensaba ponerte un telegrama de enhorabuena —mintió *Chapete,* que no tenía ni idea del festejo.

—Oye, que esto no quiere decir que no piense volver también en junio, para las Bodas de Plata...

—¡Faltaría más! Bueno, ¿almorzamos juntos?

—Por mí, encantado...

—A las dos te espero aquí. ¿Sabes dónde tengo las oficinas?

—Naturalmente. ¡Menudo tinglado eso tuyo de FIPAVENSA...!

—¡Hasta luego!

—Un abrazo, *Chapete*...

Vicente Jarro, Ingeniero Naval, vivía en Madrid desde que, recién terminada la carrera, ingresó en una Empresa del INI. Estaba casado, aunque no tenía hijos; legítimos, se entiende. Ya que «off the record», como él mismo solía decir, se le adjudicaban dos (ambos, chicos), de distintas madres, por supuesto. No estaba demasiado seguro de aquellas paternidades que, en todo caso, aceptaba que pudieran ser compartidas o dicho más finamente, fruto de una co-producción, como tantas películas españolas. Pero a falta de descendencia legal, se encariñó con la parejita y tenía con ella toda clase de atenciones, tanto sentimentales como económicas e incluso, para facilitar los contactos paterno-filiales, alquiló dos pisos encarados en un edificio del nuevo barrio de Aluche, tan sano por su cercanía con la Casa de Campo, y allí tenía viviendo a las respectivas madres con los respectivos hijos.

Las madres procedían ambas de la rama del espectáculo, porque en esto, Vicente respetaba con encomiable orgullo la tradición familiar, y si su ahora anciano padre, don Bernardo, mantuvo aquellas famosas relaciones con Gracia Iberia, que duraron doce años, doce, y después, ya con los sesenta cumplidos, todavía tuvo fuerzas para retirar durante tres temporadas a Paca *La Zarzamora*, genial intérprete de la canción andaluza, él se había enredado primero con Tina Alfaro, actriz dramática que formaba parte de un Grupo de Teatro Independiente. (La nueva generación, por tanto, acreditaba mayor selectividad al escoger sus amantes dentro del Sindicato Vertical de Teatro, Circo y Variedades, ya que Tina, en lugar de cantar fandanguillos, interpretaba a Bertolt Brecht. Mal, pero lo interpretaba; incluso con el debido distanciamiento.)

Y después, extendió sus amoríos al campo cinematográfico y se lió también con Úrsula Pleyel (de verdadero nombre, Josefa Pérez), una «starlette» que comenzaba a despuntar y que había hecho incluso un papelito en la última película de Berlanga. A Úrsula la había conocido en «Oliver» una noche que Tina le llevó allí a tomar unos whiskys. La propia Tina se la presentó; y sin duda por eso, cuando al cabo de varios meses, una llamada anónima comunicó a la actriz dramática que su amante le engañaba con la «starlette», ella no se inmutó. Seguramente, también, porque reconoció la voz de la «starlette», que efectuaba por sí misma la canallesca llamada, y no quiso darle el alegrón de mostrarse afectada. O sea que, simplemente, comentó:

—Casi lo prefiero. Así, mi Vicente podrá comparar...

Después, se firmó una paz honrosa y cuando Úrsula tuvo el niño y Vicente las instaló en la misma planta de la misma casa, con puertas vecinas, comprendieron que lo civilizado era colaborar, en vez de hacerse recíprocamente la puñeta. Se pusieron de acuerdo en las horas de sus respectivas entrevistas con su compartido amante, acordaron asimismo turnarse en las cohabitaciones con él (Tina, los lunes, miércoles y viernes y Úrsula, que era menos ardorosa, los martes y los jueves) e incluso convencieron a Vicente para que insonorizara el tabique divisorio de ambos pisos, que era tan frágil, que dejaba escuchar perfectamente, del uno al otro, los gemidos, susurros, suspiros y jadeos que las muchachas prodigaban en sus ayuntamientos con el varón compartido. Esto no les parecía nada decente y tenían razón.

Hubo un momento, cuando el crío de Tina tenía ya cuatro añitos, en que Vicente pensó restringir gastos y terminar con aquel amancebamiento; pero la reacción de la actriz dramática fue propia de un personaje de Arrabal, sin duda porque, a la sazón, la chica estaba ensayando una tabarra del pintoresco autor (que luego prohibiría la censura). Vicente le colocó un discurso, le dejó un cheque de diez mil duritos sobre la mesa y, creyendo que la «liaison» había concluido, se pasó a la casa vecina, con la natural sorpresa de Úrsula, que no le esperaba aquella noche. Lo que hizo Tina fue genial: se bajó a la calle, abrió las cuatro puertas del «Ford-Mungstag» del Ingeniero Jarro y vació en su interior todos los cubos de basura que encontró en las aceras. Dejó, pues, el auto rebosante de desperdicios y de mierda; hasta el mismísimo techo. Y para completar la hazaña, se hizo pis sobre el volante.

Cuando Vicente, cercanas las tres de la madrugada, ciertamente eufórico porque se había tomado unas copitas de más con Úrsula, llegó junto a su coche (que acababa de estrenar, como aquél que dice) y se encontró con el espectáculo, con el hedor y con la cochambre, sufrió una terrible crisis nerviosa. Más calmado, encendió un cigarro, se sentó en el bordillo de la acera y tras un buen rato de meditación, comprendió que, ante lo irremediable, había que resignarse. En vista de lo cual, subió de nuevo al piso de Tina, le aseguró que todo seguiría igual, rogándole que le perdonara su momentánea ofuscación y, tras recoger el cheque (que la chica, honradamente, seguía teniendo sobre la mesa), se marchó a casa en un taxi. Tina le dio su palabra (y la cumpliría) de que, a la tarde siguiente, el «Ford» estaría limpio como una patena y olería a colonia Lavanda Puig.

Chapete abrazó con fuerza a Vicente Jarro, se lo quedó mirando luego, mientras mantenía sus manos sobre sus hombros y preguntó:

—¿Cuánto hacía que no nos veíamos...?

—No sé... Veinte años... Quizá más... Creo que desde que salimos del Colegio...

—¡Estás colosal, tú!

—Hombre, con menos pelo y más barriga...

—Pero hecho un chaval...

Le ofreció un «Montecristo», que Vicente rehusó.

—No, puros, no. Ya tengo bastante con dos cajetillas diarias de «Fetén».

—¿Te has casado? ¿Tienes hijos? ¿Qué tal te va?

Procuró sintetizar en su respuesta la avalancha de preguntas.

—Casado, sí, como parece inevitable; pero sin chicos.

Llevo mucho tiempo en una Empresa; ya sabes, soy Ingeniero Naval. No me quejo...

—¡Estupendo...!

—A ti, no te pregunto...

—Sí, esto marcha. ¡Pero qué alegría, Vicente...!

Y en seguida, le contó lo del Padre Camí.

—¡Con lo pesado que se ponía con aquello de la pureza...! —comentó Jarro.

—La verdad es que nos educaron con demasiados prejuicios...

—Tabúes, se dice ahora.

—Eso, tabúes —rió *Chapete*.

Almorzaron juntos, hablando casi todo el tiempo de temas retrospectivos.

*

El homenaje a don Bernardo Jarro fue muy emotivo. Hubo una misa concelebrada y el Obispo Auxiliar glosó, en su homilía, las virtudes cristianas que siempre adornaron a aquel «gran caballero, gran español, gran trabajador, tan justamente recompensado». Después, en el Club Marítimo, se celebró el banquete, con más de doscientos comensales. A los postres, el Gobernador Civil (y Jefe Provincial del Movimiento) leyó un discurso, destacando la afanosa entrega de don Bernardo a su negocio, durante más de cincuenta años, «en una diaria lección de esfuerzo, de laboriosidad y de sentido social y patriótico de su trabajo». Por último, entre los aplausos de los asistentes, le impuso la Medalla de Oro. Y roto en sollozos, el homenajeado apenas pudo decir:

—Muchas gracias a todos. Muchas gracias al gobierno del invicto Caudillo por esta distinción. ¿Qué voy a deciros? Gracias otra vez...

Se sentó, llorando a moco tendido, y su virtuosa y abnegada esposa le llenó de besos y Vicente también, y los productores de la Empresa aplaudieron a rabiar, que para algo se les había concedido una paga extraordinaria, con objeto de celebrar la efemérides.

X

Antes que nadie, llegó al Colegio Paco Ventura. Casi en seguida, lo hicieron Luis Garzón y Casimiro Fandos, que venían juntos, en el coche de aquél. Y después, el primero de «los de fuera», Arcadio Figueras, al que abrazaron, palmotearon y celebraron ruidosamente sus viejos compañeros. Superada la euforia del recibimiento, el antiguo Brigadier se fue hacia el centro de la explanada, para mirar con cariño y en toda su amplitud, la fachada del Colegio de San Tarsicio. Irremediablemente, los ojos se le llenaron de lágrimas. El edificio estaba ruinoso, con los muros ajados; muchos de los cristales de las ventanas, rotos; las paredes, desconchadas y sucias.

—¡Qué pena...! —comentó Arcadio.

—Van a derribarlo dentro de unos días... Por fin se acabó el pleito y trasladan el Colegio a los nuevos locales —explicó *Chapete*.

—Ya, ya. ¿Pero no os da mucha pena...?

Efectivamente, también se la daba. El silencio pesaroso se quebró con unas voces escandalosas, que gritaban:

—¡Señor Ventura, póngase de rodillas y cara a la pared...!

Era Pepe Navarro. Y ya como de golpe, aparecieron casi todos los demás: *el Marqués*, Vicente Jarro, Ricardo Vidal, Pepe Lloret, Ernesto Ríos... Con Ernesto hubo guasa general, ya que estaba absolutamente calvo y debía pesar alrededor de los cien kilos.

—¡Centuria... firmes! —le bromeó *Chapete*.

—Si te veo por la calle, no te reconozco, tú... —dijo Casimiro.

—No me extraña.

—¿Qué haces?

—Soy médico; ejerzo en Alicante... Y, sin embargo, tengo úlcera de estómago...

Paco Ventura pidió silencio.

—Vamos a ver, muchachos. Orden del día... Ahora, ya sabéis, la misa. ¿Quiénes quieren ayudarla?

Ricardo reconoció:

—Yo no entiendo esta misa de ahora...

—Como que ya no hacen falta monaguillos...

—Esto no es misa ni nada —protestó Pepe Lloret—. Por eso yo no voy nunca; a mí, la antigua, en latín y con el cura de culo...

Justamente en este momento, apareció por la puerta del Colegio el Padre Visús, que estaba la mar de bien conservado y sobre el que se fueron todos, compitiendo por besarle la mano. Con la euforia del momento, ninguno se acordaba de los aromas del jesuita por la mañana, cuando tenía cercano el desayuno a base de cabezas de ajo crudas; pronto tuvieron ocasión de recordarlo. Pero (¡qué curioso!), el hedor les supo esta vez a gloria y hasta alguno se emocionó con él, porque los olores poseen un tremendo poder de evocación y recibir de nuevo las fétidas bocanadas fue como entrar en el túnel del tiempo, y dar un salto atrás de veinticinco años y sentirse otra vez colegiales y muchachos llenos de vida y, sobre todo, de ilusión...

—A ver, a ver si os recuerdo... —decía el Padre, mientras les pasaba revista—. ¿Estáis todos...?

—No; faltan por ahora cinco. Uno de ellos, seguro que no viene; es Alfredo Rueda. Me ha puesto un telegrama adhiriéndose, desde Kuwait, donde está destinado, como diplomático.

—Le recuerdo perfectamente... Alfredo, tan amable, tan servicial...

—Tan cobista, Padre —sentenció Pepe Lloret.

—No seas malo, Pepe... Tú estás muy bien, ¿eh? ¿Tienes hijos?

—No... —Pepe Lloret se ruborizó algo, al tener que aclarar—: Estoy separado de mi mujer...

—Vaya, por Dios —fue el único comentario del jesuita, que continuó con los siguientes, por orden de colocación en el corro—. A ti, Casimiro, te veo algunas veces... Y a ti lo mismo, Luis... ¿Qué tal tus chicos?

—Muy bien, Padre...

Comenzaron a oír la misa con singular devoción. Estaba la Iglesia medio desmantelada; los altares laterales ya no tenían imágenes y las luces no funcionaban. Gracias a eso, alumbraban tan sólo los cirios y el haz de rayos solares que, como entonces, como siempre, entraba desde el ventanal, tamizado en azul, porque la cristalera tenía ese color. El pequeño templo quedaba así especialmente recogido, especialmente íntimo y los Antiguos Alumnos de la promoción 49 se hincaron en los reclinatorios de los bancos de madera, que eran los mismos que, día a día, mañana a mañana, habían ocupado durante siete cursos. Todos sintieron que les recorría por el espinazo una extraña sacudida y aun sin ponerse de acuerdo, pero al unísono, en un reflejo colectivo, levantaron la mirada hacia la Purísima, que estaba presidiendo el altar mayor.

La Purísima, «la Virgen del Colegio», como el fallecido Padre Rector quería que la llamasen siempre, tenía sus ojos dulces dirigidos al cielo y las manos cruzadas, sobre el corazón en relieve, de oro. Sabían los antiguos colegiales que dentro de aquél corazón estaban sus nombres escritos en minúsculas letras, en papel pergamino, para que la Virgen amparase así con sus manos a todos y cada uno de los que alguna vez habían sido alumnos del Colegio de San Tarsicio. Y a nadie se le ocurrió nunca pensar que resultaba imposible que cupieran allí tantos nombres, por diminuta que fuera la caligrafía, ya que la costumbre (según siempre se les dijo) databa de 1887, cuando la Compañía fundó aquel Centro. Daba igual. Física o espiritualmente, de verdad o como hermosa leyenda, sus nombres estaban en el corazón de María Inmaculada...

Revestido con casulla blanca (la casulla ya no era como las de entonces, tan pesadas, tan solemnes, tan historiadas; sino una de éstas que se usan después del Concilio, que más bien resultan capa pluvial), subió hasta el altar el Padre Visús y un murmullo de sonrisas quebró la seria emoción hasta entonces dominante. No por el sacerdote, sino por sus acólitos: finalmente, Casimiro y Luis se habían decidido a oficiar como monaguillos, y, para hacerlo, se habían vestido con la sotana colorada y el blanco roquete que, también antes, lucían los colegiales-acólitos en las funciones religiosas solemnes. Estaban ajados y les venían chicos; hasta el punto que a Luisito Garzón se le reventaron los faldones en cuanto hizo la primera genuflexión...

Hubo unas risas solapadas, para volver en seguida todos a otro punto de dulce melancolía: cuando se escuchó el viejo órgano, que con la misma desafinación de los buenos tiempos, dejó oír «Venid y vamos todos, con flores a María...». Era una sorpresa que *Chapete* había preparado a sus compañeros, avisando a don Fructuoso (que seguía en el Colegio, en su pluriempleo musical) para que acompañara la misa desde el coro. Los Antiguos Alumnos intentaban mantener con dignidad sus emociones; pero les delataba el constante uso de pañuelos y el brillar húmedo de sus ojos...

La siguiente sorpresa no estaba prevista y tampoco resultó, ciertamente, tan grata. Al terminar la lectura del Evangelio, el actual Rector (a quien todavía no habían tenido ocasión de conocer) apareció junto al altar, sin otro atuendo que su sotana y les dedicó unas palabras. Ellos esperaban que la homilía corriera a cargo del Padre Visús y estaban entusiásticamente resignados a llorar un poco más, cuando evocase los jesuitas que fueron sus maestros y ya habían muerto, y aquellos días del Bachillerato, y tantas y tantas jornadas compartidas en las clases y en las Justas Académicas y en los recreos y en las procesiones, y les repitiera los consejos y las lecciones que de manera constante se les habían dado en el Colegio.

Fue todo lo contrario. El nuevo Rector (que tendría algo menos de cuarenta años), lo que hizo fue echarles una regañina considerable, porque (según él, que no los conocía de nada), carecían de sentido social y no habían asimilado las orientaciones del post-Concilio y sus señoras (dijo así, señoras) usaban seguramente (al menos, admitió la duda), costosos abrigos de piel y ellos tan sólo se preocupaban de ganar dinero y de ir a misa los domingos y en eso no consistía, ni mucho menos, la verdadera catolicidad.

Menos mal que, a renglón seguido, les exculpó en parte, al declarar que mucha responsabilidad correspondía al propio Colegio y a los jesuitas de antes, que les habían educado con «un lamentable criterio elitista» e imbuyéndoles «absurdos fanatismos», especialmente en lo concerniente a la «excesiva magnificación del culto a la Virgen», de manera que se les convenció o poco menos de que semejante culto era «como la panacea universal», cuando la Virgen, sí, es un personaje respetable del Nuevo Testamento, pero no constituye, ni muchísimo menos, el eje sobre el que debe girar la verdadera fe de un cristiano de nuestra época.

Arcadio Figueras, al borde de la reacción violenta, preguntó a media voz a Ernesto Ríos, que estaba a su lado:

—¿Quién es este Padre?

—¡Yo que sé! ¡Un imbécil...!

Desde el banco de atrás, *Chapete* susurró:

—Es el actual Rector del Colegio.

—¡Qué barbaridad...! —fue todo el comentario del antiguo Presidente de la Congregación Mariana.

Acabó el Rector su violenta admonición y puede decirse que, hasta que llegó el momento de alzar, los Antiguos Alumnos no recobraron la serenidad y se pasaron los minutos bisbiseando entre sí. Incluso Pepe Lloret, con manifiesto desprecio del santo lugar donde se encontraban, dijo:

—¡Lo que me faltaba a mí para mandar a la mierda a la Iglesia y a los curas...!

Afortunadamente, al llegar la consagración, don Fructuoso interpretó al órgano el Himno Nacional y con eso volvieron todos a la nostalgia de aquellas misas solemnes, el día de la Fiesta de San Tarsicio o de aquellas otras misas de campaña, cuando se entregaba algún banderín a la Centuria del Frente de Juventudes y se concentraron de nuevo y de nuevo se emocionaron. Especialmente, Ernesto Ríos, que se veía con su camisa azul y sus tres flechas blancas, horizontales y paralelas, de Jefe de Centuria, encendido de entusiasmos patrióticos, dirigiendo el cántico del «Cara al Sol». Aunque, pasado el momento, volvió a la realidad del país y siguió sollozando, pero ya no de emoción, sino de pena.

Cuando hubo que comulgar, todos se levantaron para acercarse al altar, menos Pepe Lloret. Pepe siguió de rodillas en el banco y se cubrió el rostro con las manos. Sus compañeros fueron desfilando frente al Padre Visús, que les colocaba en los labios la Sagrada Forma y era curioso comprobar la diferencia entre quienes seguían siendo asiduos practicantes, que la recibían de pie (como manda la liturgia al uso) y los otros, los que evidentemente llevaban tiempo sin frecuentar la iglesia, que se arrodillaban píamente, como antes. Tampoco éstos habían sabido contestar en castellano las oraciones de la misa, pero lo disimularon haciendo como que decían algo; y lo que decían era, precisamente, lo mismo que los iniciados en formas posconciliares; sólo que en latín.

Al terminar la misa con el «Podéis ir en paz», Pepe Lloret dijo:

—Pues yo echo de menos las tres avemarías finales y aquellos latines...

No tuvo contestación, porque don Fructuoso estaba atacando, con el órgano a todo gas, la «Salve Regina», que todos corearon estrepitosamente, porque también todos se la sabían de primera. No en balde estaba en latín, que es (dígase lo que se diga) la lengua honorable y digna de la Santa Madre Iglesia.

Desayunaron después en uno de los viejos comedores, tan llenos de recuerdos. Aquellos donde al mediodía, y durante el primer plato, se les leían obras de «Adro Xavier», el jesuita héroe. Desayunaron el clásico chocolate con sabor a algarrobas y el clásico bollo y el no menos clásico vaso de agua, y Pepe Navarro comentó:

—Por lo menos, esto es igual que antes. O sea que sigue estando horroroso...

También, igual que entonces, antes de comenzar el desayuno el Padre Visús bendijo la mesa y pronunció después la frase ritual, que autorizaba las conversaciones:

—*Deo gratias*...

Cuando ya terminaban, apareció el nuevo Rector, en traje gris y con alzacuellos. Le recibió un silencio glacial, que él, evidentemente, supo interpretar, por lo que se limitó a decir unas frases rutinarias de saludo. No contaba con Arcadio Figueras, que se puso en pie y, muy secamente, le interpeló:

—Perdone, Padre, pero no me sentiría digno de las enseñanzas que aquí mismo recibí, si no le dijera públicamente y en presencia de mis compañeros de promoción que no estoy en absoluto de acuerdo con nada de lo que usted nos ha dicho hace unos momentos...

El Rector no se lo esperaba; así que se le notó visiblemente conturbado, al contestar:

—Lo comprendo... Pero era mi obligación...

—¿Usted cree? ¿Usted cree que era su obligación, por ejemplo, poner en entredicho la devoción a la virgen?

—Quizá no me comprendieron bien; únicamente he querido dejar en claro que esa devoción, muy respetable, no debe exagerarse. A ustedes les enseñaron poco menos que, siendo fieles a la Virgen, creyendo en la Virgen y amparándose en Ella, ya tenían asegurada la salvación del alma.

—¿Y no es así? —preguntó, muy duro, Arcadio.

Hubo una pausa tensa.

—Hasta cierto punto... No de una manera axiomática... —respondió el Rector.

Entonces, sucedió lo imprevisto. Pepe Lloret se puso también en pie y dijo:

—Mire, Padre, yo soy algo así como el garbanzo negro del curso. En materia religiosa, quiero decir. Yo no voy a misa hace la mar de años ni me confieso ni nada de todo eso. Bueno, pues quiero decirle que lo único que aún me mantiene ligado, de cierta manera, a la fe, es la Virgen del Colegio, cuya estampa llevo siempre conmigo. Y que hoy me he sentido distinto, puede que hasta me haya arrepentido de muchas cosas, sencillamente cuando me he encontrado otra vez de rodillas, frente a su imagen...

Sonó un espontáneo, colectivo y ruidoso aplauso y uno de los que más aplaudían era, precisamente, el Padre Visús. Ostensiblemente violento, el Rector seguía en pie, distante, aislado, empequeñecido. Hasta el punto que, cuando terminó la ovación, solamente supo decir:

—He tenido mucho gusto, señores. Buenos días.

Y se fue. Y los compañeros se abalanzaron sobre Pepe y le llenaron de abrazos y el Padre Visús le agarró por las manos, le miró con infinita ternura y le prometió:

—Voy a rezar por ti mucho, porque te lo mereces. No sabes el bien que nos has hecho a todos. Eres la mejor prueba de la eficacia de la devoción mariana...

Le llenó otra vez de olor a ajo, porque el Padre Visús (ocioso será decirlo) no había tomado chocolate, sino que repitió su desayuno habitual, efectuado ya tres horas antes. Pero Pepe Lloret no se enteró ni tampoco todos los demás, que terminaron convenciendo al jesuita para que almorzara con ellos, en el Club Marítimo, donde podría conocer a sus mujeres.

—Debería pedirle permiso al Rector... —apuntó, nada convencido, el Padre.

—¿A ése? ¡Ni hablar! Usted se viene con nosotros a comer sin más historias —sentenció *Chapete*—. A la una y media estaré aquí para recogerle.

No quisieron dejar el Colegio de San Tarsicio, sin recorrer por última vez sus largos pasillos, de altísimos techos; sus destartaladas habitaciones, sus aulas llenas de remiendos. Y de manera especial, la que fue su Brigada, en el año escolar 1948-49. Aquel aula que era blanca, limpia, un tanto aséptica. La imagen, muy azul, de la Purísima, ya no estaba sobre la repisa de madera labrada ni estaban tampoco, claro, los pupitres ni las taquillas o armaritos. Había, en cambio, un montón de escombros junto a la puerta que daba a los retretes. *El Marqués,* inesperadamente, levantó el brazo, extendió un dedo y dirigiéndose al Padre Visús, que les acompañaba en el sentimental periplo, pidió:

—Padre, menores...

Se rieron todos; pero era verdad que a José Luis Benet le habían entrado ganas de hacer pis y lo hizo, también por última vez, en aquellos servicios cuyas puertas no podían cerrarse, para evitar tentaciones pecaminosas solitarias. Cuando regresó al grupo, *Chapete* le preguntó:

—¿Con la mano derecha o con la izquierda...?

Volvieron a reírse. Pero eran unas risas a medio tono, que apenas podían encubrir la tremenda, angustiosa, dulce a la par y desde luego invencible nostalgia que llevaban dentro.

—¿Por qué no jugamos un poco al fútbol, en los patios? —propuso Pepe Navarro, en recuerdo de sus tiempos de capitán del imbatible equipo blanquinegro.

—¡Estupendo...! —apoyó Luisito Garzón, el héroe de la portería, olvidándose de su clavícula fracturada.

Pero en el viejo edificio ya no había nada y por no haber, tampoco había balones.

—Además, últimamente —les explicó el Padre Visús— parece que la afición al fútbol ha decaído; ya no es como en vuestros tiempos. Ahora se juega más al baloncesto; debe ser por influencia de las chicas.

—¿Qué chicas? —se asombró *Chapete*.

—Las del B.U.P.

—¿Pero en el Colegio estudian ahora también chicas?

—Sí; en el equivalente a lo que era séptimo curso de vuestro Plan de Bachillerato.

—¡Anda la osa...! —comentó, por lo castizo, Vicente Jarro.

—Por cierto, que fuman todavía más que los muchachos.

—¿Cómo que fuman? —tronó Ernesto.

—Claro. ¿Qué hay de malo en ello?

—Pues a mí, el Padre Camí me tuvo un jueves por la tarde sin salir, porque el cobista éste de Ricardo Vidal se chivó de que yo fumaba y un día me sorprendió precisamente ahí, en el retrete, chupando de un «Bisonte»...

—Eran otros tiempos...

Sí; evidentemente eran otros tiempos. Eran tiempos en que aquel Padre Juan Camí, tan imbuido de la mística falangista, dirigía la banda de cornetas y tambores y recomendaba a sus alumnos, como forma existencial, lo de permanecer siempre *«serio et constanter»* y se lo decía, imprimiendo a su dicción un inevitable tono mussoliniano. Cuando el Padre Rector (*aquel* Padre Rector) se colocaba la insignia de Ex-Cautivo sobre la sotana en todas las solemnidades, y les explicaba en clase el bonito truco de la reserva o restricción mental. Cuando los jesuitas vestían impecablemente y jamás salían a la calle («de paseo», se llamaba, técnicamente), sin el manteo, la planchadísima sotana con el fajín en posición vertical perfecta y la brillante teja. Ni estaban en clase sin el bonete, aquel curioso bonete cuadrangular, con tres planos verticales y curvos...

Iban por el pasillo, largo, frío, ahora más que nunca y *Chapete* le dijo, en un aparte, a Pepe Lloret:

—Pues igual ahora, tampoco es pecado lo del «vicio solitario», con el que tanto nos daban la lata...

—Hombre, por lo menos ya no es perjudicial para la salud. ¿No viste el otro día en televisión, a un médico que desarrolló la teoría de que la masturbación supone un desahogo muy recomendable para los adolescentes?

—¿De veras? ¡No te digo! Con lo preocupado que yo me quedaba, a veces...

—Y mi pobre madre, que me puso una tabla debajo del colchón, para reprimir mis pasiones juveniles...

—Esto es la leche, Pepito...

Ya en la explanada exterior, se volvieron hacia el edificio; *el Marqués,* que llevaba máquina de fotografiar, les retrató en grupo.

—El martes comienzan a derribarlo —dijo el Padre Visús.

Salieron por el portalón, con su enorme verja metálica. Arcadio se había quedado el último; se volvió hacia la fachada y, en un reflejo emocional, se llevó la mano a los labios y envió un beso al viejo edificio del Colegio...

*

Antes de la comida, se ofreció un aperitivo, que sirvió para que todos conociesen a las mujeres de los compañeros y éstas acreditasen que sus maridos les habían hablado mucho de ellos, porque se sabían bien las anécdotas más descollantes de los antiguos colegiales. O sea, que ninguna ignoraba aquella vez que Ernesto Ríos fue sorprendido por el Padre Durán dando el cambiazo al ejercicio escrito y se confesó de buena mañana, para acogerse al secreto; ni cuando Alfredo resultó noqueado por Arcadio, a causa de su ligereza interpretando las iniciales de una pareja multada por faltar a la moral; ni la historia del Padre López del Bosque y el drama misional («Apostol de Oriente»), que nunca llegó a representarse.

La comida resultó maravillosa, no ciertamente por la calidad del menú (que no justificó las 1.500 pesetas por barba que les costaba), sino porque se la pasaron recordando. Recordar es hermoso, aunque algunos saquen siempre a colación a la mujer de Lot, por eso de los malos resultados que puede dar volver la vista atrás. Recordar es volver a vivir el tiempo que se fue, según oportunamente evocó *el Marqués* que cantaba en una revista de «Los Vieneses», aquella morena tan guapa que se llamaba Marika Magyari.

Hubo discursos a los postres y habló también el Padre Visús, que desde luego lo estaba pasando mejor que nadie y que, vencidas las violencias iniciales, terminó reconociendo que los nuevos modos del Colegio tampoco le gustaban nada y que la Compañía ya no era, ni de mucho, lo de antes. Dentro de la facilidad de comunicación que propician los buenos vinos, *Chapete* le comentó al jesuita, frente a la segunda taza de café:

—¿Y qué le parece lo del ex Padre Camí?

El Padre Visús no contestó en algunos segundos; por lo que Paco pudo anunciarle:

—Se casa precisamente hoy. Dentro de un rato. ¿Lo sabía?

La noticia alteró visiblemente al Padre.

—¿Estás seguro? —preguntó.

—Me lo dijo él mismo. Le encontré... bueno, le encontramos Lloret y yo, hace algunas semanas.

—¿Cómo está? —al Padre Visús se le notó en la voz su vieja amistad con Camí.

—Físicamente, de primera. Sólo que ahora es comunista.

—¿De verdad...?

—Sí, sí, Padre. También nos lo dijo.

—Yo pido por él todos los días. No le he visto desde hace años. Al principio, cuando estuvo de párroco en un pueblo... no recuerdo cómo se llamaba, me escribía alguna vez. Después, dejó de hacerlo. Me enteré de que trabajaba en una fábrica... En teoría, eso de los curas-obreros no es mala idea...

Se acercó Pepe Lloret.

—Le estaba contando al Padre nuestro encuentro con el ex padre Camí.

—¡Menudo número!

—No debéis juzgarle a la ligera —pidió el Padre Visús—. Juan es un hombre lleno de valores; pero con un carácter difícil. Yo le conozco bien; fuimos compañeros de Noviciado en Italia y después coincidimos en el Colegio de San Tarsicio y en el de San Javier. He seguido sus problemas con la natural preocupación. Pero creedme: aunque pueda equivocarse en el planteamiento de sus soluciones, creo fundamentalmente en su buena intención.

—Es usted un santo, Padre —dijo Pepe.

—Ojalá sea así —comentó *Chapete,* que no se atrevió a insistir en el tema, ni mucho menos, en ampliar detalles acerca de la ya tan cercana señora de Camí.

Eran casi las seis y nadie aparentaba el menor interés por levantar la reunión. Ya estaban todos al día en las respectivas situaciones familiares; ya sabían lo del prematuro fallecimiento de don Tomás Fandos y que también habían muerto don Acisclo, el padre de Lloret, y el de Alfredo Rueda y la madre de *Chapete* y la de Arcadio; y que don Anselmo Sedano, tío y benefactor de Ernesto, se casó pocos años antes (¡a los 69!) con una hacendosa señorita de cincuenta. Habían presumido de hijos de manera unánime y bromearon sobre las posibilidades de concertar matrimonios entre sus respectivos descendientes. Vicente Jarro, que era el único casado cuya mujer no le acompañaba, la justificó:

—Tiene un carácter especial... Es muy retraída; sólo se encuentra cómoda en su círculo íntimo de amistades.

Lo cual era una muy benévola interpretación del «carácter» de la señora de Jarro, nacida María Victoria Salas Sánchez-Teja, cuyas desavenencias con Vicente comenzaron la misma noche de bodas (que le obligó a pasar en blanco) y siguieron durante la llamada, tan impropiamente en este caso, «luna de miel». Puesto que, consumado por fin el matrimonio al quinto día, en el Parador Nacional «Santa María de Huerta» y en complicidad con una botella de whisky, la cópula no fue del agrado de la joven esposa. Por lo que se repitió en días sucesivos muy contadas veces, y siempre de manera desangelada y triste. Si esto sucedía en el período teóricamente de mayor atracción sexual recíproca, puede imaginarse lo que sería cuando el matrimonio se estableció en su flamante hogar de la calle de Núñez de Balboa, en la capital del Reino.

Y es que a María Victoria, el sexo le importaba un bledo; su vicio único y verdadero, en el que llegaba a los mayores excesos, era el póker. Bien es verdad (y Vicente lo reconocía) que jamás invertía en la mesa de juego otros bienes que los llamados parafernales; o sea, que él no podía impedir que la señora hiciese con sus dineros privativos lo que le viniera en gana. Podía haberse opuesto, eso sí, a que todos los días de la semana (excepto domingos), saliera de casa a las seis de la tarde, caminito del Club, de donde regresaba a eso de las doce de la noche, ufana o mohína, según como hubiese respondido la suerte. Pero tampoco se opuso, porque él era —desde siempre— persona tranquila, nada amiga de violencias y, sobre todo, fundamentalmente cómoda.

Optó, pues, por olvidarse de su mujer como complemento de sus apetitos carnales (que, paradójicamente y por conocidas razones de herencia, eran inagotables) y hasta se alegró de esa obsesión por los fules y las escaleras de color, que le dejaba tiempo libre más que suficiente para atender por fuera su vida sexual íntima. Su vida sexual íntima, compartida ahora por Tina y Úrsula, se había complementado a la perfección con su actividad oficial externa, en la que María Victoria actuaba con intachable brillantez (siempre que no coincidiera con las horas de partida).

—De todos modos, María Victoria me ha encarecido con especial interés que no deje de saludaros a todos con muchísimo cariño. Y os promete venir a las Bodas de Oro... —añadió finalmente, para que la mentira quedase suavizada por el humor.

Pepe Lloret y Ricardo Vidal, los otros dos solitarios, habían comentado sus respectivas experiencias en Tribunales Eclesiásticos durante buena parte de la comida. Cuando *Chapete* anunció:

—Bueno, chavales. Vámonos; que las mujeres ya sabéis lo pesadas que son para eso de arreglarse y a las siete tenemos el «baile familiar», en «Río»...

Arcadio se puso contentísimo y preguntó:

—¿Pero todavía funciona esa «boite»?

—Ahora es una «discoteque» y no se parece en nada a lo de antes; pero sigue llamándose igual.

Ricardo le dijo a Pepe:

—A mí no me apetece nada el número...

—Ni a mí.

—¿Por qué no hacemos plan aparte con Jarro, que también está solo?

A Jarro le pareció muy bien la idea. Empezaban a pensar dónde podrían ir los tres, a su aire, cuando Lloret se dio una palmada en la frente y, casi gritando, dijo:

—¡Qué cabeza la mía! ¡Ya sé adonde vamos a ir! ¡Casi nada! A un espectáculo fenomenal y nuevo.

—¿Adónde?

—A una boda.

—No gastes bromas, tú. De verdad, ¿adónde se te ocurre que vayamos?

—Ya os lo digo: a una boda.

Los otros dos le miraron con extrañeza.

—¡A la boda del señor cura...! —remató, glorioso, Pepe.

—¿De qué cura?

—¡Del Padre Camí, chalaos...! Conste que estamos invitados; aunque tendremos que pagarnos la merienda-cena, porque el festejo se efectuará siguiendo las normas de sobriedad del Partido...

—Pero, bueno...

—Ni bueno ni malo —meditó unos segundos—. Si es que os apetece, naturalmente.

—Sí; puede ser curioso... —reconoció Vicente. Que se apoyó en Ricardo—: ¿No crees?

—Desde luego. Pero me da un no sé qué...

—No te pongas estrecho, a estas alturas, Ricardito —reconvino Pepe—. A ver, una guía de teléfonos. No tengo idea de dónde está ese restauránte o tasca o lo que sea, que se llama «Casa Manolo».

Lo encontraron en las «páginas amarillas», que para eso sirven, como nos recuerda de continuo en su publicidad la Compañía Telefónica.

—Calle de los Mártires de Paracuellos, 6 —leyó Vicente.

—No resulta una dirección demasiado apropiada para un festejo del P. C. —ironizó Lloret.

—¿Y dónde es eso?

—Allá el taxista. Vámonos; la ceremonia religiosa es a las siete. Pasamos antes por el hotel, a lavarnos un poco y así llegaremos al guateque al tiempo que los novios.

—Si preferís arreglaros en mi apartamento...

—Mejor, mira. Así conoceremos tu picadero particular...

Se despidieron de los demás, que no insistieron demasiado en que les acompañasen a la «fiesta familiar». *Chapete,* al que contaron su proyecto, les dijo, con ojitos envidiosos:

—Me iba con vosotros ahora mismo... Pero, claro, la parienta...

—Mañana te lo contaremos.

—Faltaría más. Os invito a comer; a las dos, en FIPAVENSA...

—Yo es que pensaba salir hacia Madrid al mediodía... —arguyó Vicente.

—Pues te vas luego de almorzar. La carretera está ahora fenomenal...

Se abrazaron con fuerza.

XI

El taxista dijo:

—Miren, «Casa Manolo» está allí, al doblar la primera esquina. Lo siento, pero yo no sigo; porque hay follón...

Lo que había, por el momento, eran tres «jeeps» de la Policía Armada aparcados sobre la acera y muchos guardias escalonados, con la metralleta montada. Anduvieron los tres algo más de cien metros y al doblar la esquina, ya en la calle de los Mártires de Paracuellos, se vieron sumergidos en una variopinta multitud, que alborotaba por todo lo alto. Había grupos de muchachos melenudos, despechugados y gritones; mujeres del barrio, gruesas, charlatanas, de ésas que no se pierden festejo público, lo mismo si se trata de un entierro, que de la inauguración de una lápida conmemorativa, que de la visita del Concejal del Distrito, que de una manifestación y que siempre aplauden, venga o no a cuento. Y muchos chiquillos, como está mandado en semejantes concentraciones populares.

Los «grises» acordonaban el acceso al restaurante, para que pudiesen ir entrando los invitados. De rato en rato, la muchedumbre empujaba masivamente y una oleada humana, sólo discretamente maloliente (milagros burgueses del desodorante) hacía perder el equilibrio a los guardias. Cuando llegó el conocido galán (maduro) del cine español, Jaime Corbal, sus numerosas «fans» presentes le dedicaron una ovación; él sonrió maquinalmente, alzó los dos brazos para saludar y entró en el local, después de firmar de cualquier manera varios autógrafos.

Pepe, Vicente y Ricardo consiguieron acercarse a duras

penas hasta el restaurante; ya en la zona acordonada, recompusieron sus maltrechos trajes y comentó Lloret:

—Ni que se tratase de la boda de una «estrella»...

—No os he contado una cosa, ahora que caigo. Una cosa muy divertida —se acordó Vicente Jarro.

—¿Qué?

—A mí me casó, precisamente, el entonces Padre Camí.

—¡Caramba! —exclamó Ricardo.

—Ya sabéis cómo es mi padre... Tan tradicional, tan pesado para estas cosas... Se empeñó en que celebrara nuestra boda un jesuita, a ser posible de los que había en el Colegio, cuando estudiábamos Bachillerato. El Rector (el antiguo, claro) nos mandó a Camí, que entonces estaba en el San Javier; más cerca, por tanto, de Madrid.

—Pues tiene gracia...

Estaban en el hall de «Casa Manolo». Pepe Lloret comentó:

—En fin, ya ves: tu casador, casado...

Sonrieron con cierta mala uva. Y pasaron al gran comedor, que era una sala enorme, desangelada, con luces de neón y sillas de enea frente a las largas mesas colectivas, que no tenían manteles, sino unas servilletas de papel debajo de los platos. Sobre ellas aparecían las fuentes con ensalada de lechuga y tomate, y otras con rábanos y aceitunas y algunas menos con rodajas de chorizo y salchichón. Estaban puestas en fila las botellas de vino tinto y la, en estos casos, inevitable gaseosa. Más de trescientas personas abarrotaban el local y de casualidad pudieron ellos acomodarse en la esquina de una de las mesas, no lejos de la presidencial.

Todos permanecían de pie, a la espera de la feliz pareja de recién casados. Y en estas, llegó de la calle un rumor de gritos y aplausos. Los que estaban aguardando, volvieron la vista hacia la puerta. Segundos más tarde, agarrados del brazo, sonriendo jubilosos, hicieron su entrada los tórtolos: Lidia y Juan. Estalló una ovación clamorosa, mientras con gran lentitud (porque tenían que ir dando manos a troche y moche) se acercaban a la mesa presidencial. Por fin en ella, arreciaron las muestras de entusiasmo, que se hicieron delirio cuando el Padre (perdón: el ex Padre) Camí levantó con energía el brazo izquierdo y cerró el puño.

El saludo fue contestado de igual forma por la mayoría de los asistentes, que seguían gritando frases ininteligibles. Cuando los desposados se sentaron, los invitados también lo hicieron. Amenguó entonces el estrépito y aprovechando aquel momento de relativa calma, una mujer flacucha, que estaba en las mesas del centro, gritó:

—¡Vivan los novios...!

Tan tradicional vítor no obtuvo, sin embargo, excesivo eco. Antes al contrario; hubo siseos reprobatorios y una voz anónima, salida de un grupo de jóvenes barbudos situados hacia la derecha (del local, se entiende), dictaminó:

—¡Nada de tópicos burgueses, camaradas...!

Fue aplaudido.

Pepe Lloret tenía a su lado a un hombre ya maduro, vestido con traje gris y sin corbata, que amablemente le escanció vino en el vaso, al tiempo que preguntaba:

—¿Qué? ¿Amigos del cura Juan o de la novia?

—Del cura Juan.

—Como yo. Va por el cura Juan... —y levantó su vaso, chocándolo con el de Pepe. Éste, para quedar a la altura debida en la confraternización, le ofreció un «Fetén».

—Gracias; no gasto... —dijo el hombre, usando ese verbo, «gastar», tan frecuente entre los no fumadores y tan propio, porque hay que ver el dinero que se ahorran permaneciendo al margen de la nicotina.

Hubo una pausa, mientras Ricardo, que estaba enfrente, encendía el cigarrillo de una chica joven, guapa y elegante (pese a la discreción de su vestido) que le había tocado como pareja cercana. Su cara le era conocida. Y se lo dijo. A ella le encantó.

—Me habrás visto en algún programa dramático de televisión... O quizá en el cine; aunque, en el cine, sólo he hecho papelitos, hasta ahora.

—¡Claro...! Tú eres... —pero no se acordaba, naturalmente.

—Nieves Coral —se presentó ella.

—¡Exacto...! —(no tenía ni idea de semejante actriz).

El vecino de Pepe, que se había zampado ya, casi en exclusiva, la fuente de chorizo y salchichón, bebió otro trago de tinto y le preguntó:

—¿Conocéis hace mucho al cura Juan?

—¡Uff...! La tira de años.

—Yo, no tanto. Yo le conocí allá por 1969... Fui alumno suyo —se ufanó.

—Qué casualidad. Nosotros, también.

—¿En las clases para dirigentes sociales de Comisiones Obreras?

—No. En un colegio de jesuitas.

La inesperada respuesta desazonó ostensiblemente al ciudadano, que tras unos segundos de perplejidad, se limitó a comentar:

—¡Ah, coño...!

Y se echó al coleto otro tintorro.

Vicente Jarro, que estaba junto a Pepe, le musitó, al oído:

—Menuda sorpresa le has dado...

Como la perfección socialista no ha sido alcanzada todavía, fue necesario que unos camareros, asalariados de «Casa Manolo», desfilaran portando las paellas y las sirvieran a los invitados, por muy camaradas suyos que se sentían. Los invitados comentaron, con indudable benevolencia, la calidad de aquel arroz y lo despacharon con rapidez. Luego hubo helado de vainilla (dos porciones por comensal), café de puchero y copita de coñac o de anís, a elegir. Ricardo Vidal, que tenía la costumbre de fumarse siempre un «Montecristo», número 3, después de las comidas, lo sacó del bolsillo pero, de pronto, reparó en el contorno social que le circundaba y se guardó el puro, para que nadie pudiera tacharle de provocador.

El vecino de Pepe, superada la sorpresa, había pegado nuevamente la hebra con él. Ahora le explicaba el problema tremendo que le angustiaba en aquellos momentos:

—Yo creo que es el cárter, ¿sabes? Pero estos jodidos

del taller no acaban de encontrarle la avería y me tienen hecho la puñeta, porque el día veinte comienzo las vacaciones en la fábrica y a ver cómo me llevo la familia a Benidorm, si el coche de los cojones no marcha...

—Claro... —eludió Lloret.

—¿Qué coche tienes tú?

—Un R-5.

—El mío es también Renault, pero 10. Oye, que hasta ahora no me ha dado ninguna lata, ¿sabes? Pero de pronto, va y sale lo del cárter; porque es el cárter, a mí no me apea nadie...

—Puede que sea el cárter, sí...

Nieves Coral estaba explicándole a Ricardo que lo de Televisión Española era una vergüenza, porque había camarillas de recomendados y por si algo faltaba, estaban las listas negras.

—Como saben que yo soy del Partido, pues me hacen la vida imposible. Pero ya verás, cuando comencemos a funcionar en serio las Comisiones Obreras, el chasco que les damos a estos arribistas de ahora. No van a tener un programa que llevarse a la boca.

—O sea, que haréis igual que ellos, sólo que al revés...

La joven actriz se quedó algo corrida (en el buen sentido) y tan sólo respondió:

—Es que no es lo mismo, querido...

Varios invitados se habían acercado a la mesa de los novios, para la cosa del autógrafo. Pepe les dijo a sus amigos:

—Vamos nosotros...

—Hombre, a mí me parece que... —quiso escabullirse Ricardo.

—Déjate de soplapolleces y vamos...

En aquel momento, Juan Camí le estaba firmando a un barbudo una expresiva dedicatoria, sobre un póster del «Che» Guevara. Pepe Lloret tuvo, de pronto, una idea cruel; sacó de la cartera la estampa de la Virgen del Colegio, que siempre llevaba consigo, y se puso en la cola de los peticionarios de autógrafos. Menos mal que Ricardo y Vicente se dieron cuenta y se lo quitaron de la cabeza.

—No viene a cuento...

—Sería un desafío estúpido...

Lo comprendió Pepe, guardó la estampa y no pudo menos de comentar:

—Me hubiese encantado ver la cara que ponía...

Camí reconoció en seguida a Pepe (que, además, le dio su tarjeta), como era natural, y también a Vicente, que para algo había oficiado la misa en su matrimonio. Incluso le preguntó por su mujer.

—Bien, bien; viviendo su vida... —dijo Jarro.

En cambio, no se acordaba de Ricardo, lo que demostraba la fugacidad de las cobas humanas. A media voz, él fue dándole pistas y por fin cayó, al recordarle que le había regalado «El diablo», de Giovanni Papini.

—¡Pero hombre, claro, ahora ya te localizo perfectamente! —dijo el cura Juan. Y a renglón seguido les anunció:— Por ahí tenéis a otro antiguo del San Tarsicio que, además, sigue de jesuita: Ramón Alfaya. De jesuita de los buenos, ya se entiende. De los contestatarios.

La muchedumbre empujaba, y físicamente desplazó a los viejos colegiales, a base de codazos violentos, y Camí continuó repartiendo sonrisas, abrazos, firmas y hasta besos. Porque besaba, generalmente, a las chicas que se le acercaban, las cuales besaban después, en seguida, a la novia, para evitar suspicacias. La ronda de autógrafos duró más de media hora; al terminar, se puso en pie el padrino (ellos no sabían que era Blas Ulla), pidió silencio y dijo:

—Un momento de atención. Por favor, un momento de atención. Sentaos todos.

Se sentaron todos.

—Hemos recibido centenares de telegramas de adhesión de todas partes del mundo (Aplausos). Ya comprenderéis que no os voy a dar la lata leyéndolos. (Risas.) Pero sí quiero que conozcáis dos, verdaderamente emocionantes. (Expectación.) Uno dice: «Mi enhorabuena a los camaradas Lidia y Juan, siempre firmes en la lucha por la libertad». Firma: Marcelino. (Grandes aplausos.) Y el otro es el siguiente: «Pronto os felicitaré en persona». Firma: Santiago.

(Clamorosa ovación. Gritos de «Yo pago-yo pago; porque vuelva-Santiago». Dos mujeres se desmayan. Varios melenudos lloran. El clima emocional es muy intenso. Una especie de poseso con barbas, propone iniciar una marcha sobre la Cárcel Modelo, pero se impone el buen sentido. Blas Ulla comienza a dar puñetazos al aire y el restauránte se puebla de manos cerradas, elevándose.)

Fue entonces cuando se escuchó la insólita petición. Una voz joven, evidentemente afecta a la causa, gritó:

—¡Lidia! ¡Queremos «streap-tease»...!

Hubo unos momentos de indudable desconcierto. Y murmullos de sorpresa. La voz, la misma joven voz, aclaró, para despejar cualquier malentendido:

—¡Con permiso del cura Juan, claro...!

Le aplaudieron. Lidia dijo algo al oído de su marido, éste sonrió, habló de nuevo con ella y levantó los brazos, pidiendo silencio.

—¡Tenéis razón! Mi mujer es una asalariada del espectáculo, que se gana la vida con el «streap-tease», como antes lo hizo con el baile andaluz. ¿Por qué vosotros, camaradas, no vais a tener ocasión de admirar su arte, igual que lo admiran, previo pago, los capitalistas que acuden por las noches al local donde actúa?

La ovación fue estrepitosa.

—Lo que sucede es que, para que Lidia pueda hacer su trabajo, necesita música. Y aquí no hay.

Se escuchó un murmullo de desilusión. Y alguna de las chicas que estaban al fondo del comedor, sugirió:

—¡Cantaremos...!

El cura Juan volvió a decirle algo a Lidia, al oído. Después, aclaró:

—Pero hace falta cierta armonía... Que la canción la sepáis bien todos...

Silencio.

De pronto, otra voz anónima efectuó una propuesta insospechada:

—¡Cantemos «La Internacional»...!

Aquello fue el delirio. Entre el clamor de la muchedumbre, el cura Juan cambiaba impresiones con su mujer y su mujer le decía que, después de todo, tampoco era tan imprescindible la perfección sinfónica para llevar a cabo su artístico despelote. Y que le emocionaba profundamente la politización del «streap-tease». En vista de lo cual, el marido pidió una vez más silencio y comunicó la buena nueva:

—¡De acuerdo...!

Ovación enorme; gritos de «Sí, sí, sí-olé madame Camí».

—Pero vamos a procurar la mayor afinación posible. Que nuestro camarada Blas Ulla dirija el himno...

Blas se colocó junto al cura Juan. Los invitados se habían callado de una manera sepulcral. La señora del cura se subió en la mesa y dijo:

—¡Adelante...!

Blas comenzó:

—¡Arriba, parias de la tierra...!

La muchedumbre de invitados se unió al coro, procurando afinar lo más posible. Lidia empezó quitándose el jersey gris; a la altura de «unámonos todos al grito», se despojó de la falda. Cuando eso otro de «... en la lucha final», estaba prescindiendo del sujetador.

Pero entonces entraron los guardias, siempre inoportunos, y la señora del cura se quedó con las tetas al aire, mientras los infamantes grises desalojaban la sala e incluso efectuaban detenciones, si los pobres invitados no acreditaban debidamente su personalidad. Un verdadero abuso de autoridad, al que Ricardo, Pepe y Vicente pudieron sustraerse, porque llevaban debidamente en regla sus Documentos Nacionales de Identidad.

No encontraron taxi y tuvieron que andar un buen rato. Sin decirse una palabra. Así llegaron hasta la calle (todavía) del Generalísimo.

—¿Os acordáis cuando pasábamos por aquí, con el Colegio, en la procesión del Corpus? —dijo Ricardo.

—Y el Padre Camí iniciaba el canto del «Pange lingua» —precisó Pepe Lloret.

APÉNDICE DE URGENCIA

Hizo francamente frío en aquel verano de 1977. Pepe Lloret estaba tumbado en la cama leyendo la prensa del día, que daba cuenta de los viajes por Europa del Presidente del primer Gobierno de la Democracia, Adolfo Suárez (el que fuera «delfín azul» de Herrero Tejedor). Sonó el teléfono.

—¿Diga?

—¿Don José Lloret?

—Sí, al aparato.

—Soy Juan Camí. Bueno, para ti, el Padre Camí... El cura Juan...

—Ya, ya.

—Oye, me dijiste que habías conseguido el divorcio vincular de tu mujer, ¿no es así?

—Efectivamente. Ante el Tribunal Eclesiástico de Brescia.

—Me gustaría hablar contigo. ¿Es muy caro eso?

—Bastante.

—Bueno, nos vemos cuando quieras y me das detalles.

—¿Le parece esta tarde, a las seis, en «Navarra»?

—Estupendo.

—¿Pero, qué le pasa?

—Nada importante. Que también voy a separarme de Lidia.

Madrid-Navacerrada-III/VIII/1977

La personalidad literaria de FERNANDO VIZCAÍNO CASAS ha quedado ya definida por la más exigente crítica. Así, José María Alfaro escribió en *ABC* que «cuando Vizcaíno Casas volvió sobre sus memorias y sus nostalgias, se le vino a las manos el gran filón». Y Antonio Valencia *(El País)* opinó: «El humor costumbrista de Vizcaíno Casas se ha hecho más agudo y considerable al incidir en el área de las costumbres políticas». Por su parte, Alfonso Martínez Mena *(La Gaceta Literaria)* opinaba que Vizcaíno Casas «es maestro en provocar la sonrisa —en ocasiones, triste y dolorosa— a través de una cierta actitud escéptica, tras la observación del más próximo panorama del devenir español». Finalmente, Lorenzo López Sancho *(Marie-Claire)* ha dicho del estilo literario de Vizcaíno Casas que «es sencillo, sin retórica, directísimo».

Pues bien, en **LA BODA DEL SEÑOR CURA,** su última obra, Vizcaíno Casas confirma todas estas apreciaciones de los críticos. La novela, dividida en tres partes, incide en el humor costumbrista del autor, en su intención de provocar la sonrisa, quizá escéptica, quizá dolorosa, operando sobre áreas sociales y políticas del actual panorama nacional y en tratar todo ello en un estilo sencillo, claro y directo.

Desde las aulas de un Colegio de Jesuitas, donde una promoción de Bachilleres termina en 1949 sus estudios, hasta la celebración de las Bodas de Plata de esa misma promoción, Vizcaíno Casas abarca en su libro veinticinco años de la más inmediata vida española y los enfoca con ironía amarga, con nostalgia tierna, con indiscutible realismo. La evolución, durante ese tiempo, de un sacerdote —sucesivamente jesuita, párroco rural, cura obrero, militante de Comisiones Obreras, laico secularizado y marido de una *streap-teuse*— constituye el armazón central de la trama novelística, que permite al autor ofrecer un amplio, riquísimo y veraz muestrario de personajes humanos y recrearse en la evocación de situaciones, anécdotas y ambientes tan veraces, que será difícil que el lector no se identifique con alguno de ellos, no los recuerde de forma concreta y no sienta, al recordarlos, una indudable melancolía.

Con **LA BODA DEL SEÑOR CURA,** Vizcaíno Casas sigue la misma línea narrativa que le proporcionó sus cercanos y espectaculares éxitos: los de **Niñas... ¡al salón!** y **De camisa vieja a chaqueta nueva.**